U0922067

中国科幻基石丛书

宝 树_著

重庆出版集团 重庆出版社

图书在版编目(CIP)数据

三体 X・观想之宙：典藏版 / 宝树著 . -- 重庆：重庆出版社 ,2016.8

ISBN 978-7-229-10063-6

Ⅰ.①三… Ⅱ.①宝… Ⅲ.①科学幻想小说—中国—当代 Ⅳ.① I247.5

中国版本图书馆 CIP 数据核字(2015)第 131984 号

中国科幻基石丛书

三体 X・观想之宙(典藏版)

SAN TI X・GUANXIANG ZHI ZHOU (DIAN CANG BAN)

宝 树 著

责任编辑：邹 禾 唐弋淄

责任校对：杨 婧

封面绘图：刘军威

装帧设计：杨 爽

重庆出版集团
重庆出版社 出 版

重庆市南岸区南滨路 162 号 1 幢 邮政编码：400061 Http://www.cqph.com

四川省南方印务有限公司 印刷

开本：880mm × 1230mm 1/32 印张：7.375 字数：201 千

2016 年 8 月第 1 版 2016 年 8 月第 1 次印刷

ISBN 978-7-229-10063-6

定价：21.00 元

如有印装问题，请寄回印刷厂调换

厂址：四川省眉山市彭山区彭祖大道南段 135 号 邮编：620860

写在“基石”之前

“基石”是个平实的词，不够“炫”，却能够准确传达我们对构建中的中国科幻繁华巨厦的情感与信心，因此，我们用它来作为这套原创丛书的名字。

最近十年，是科幻创作飞速发展的十年。王晋康、刘慈欣、何夕、韩松等一大批科幻作家发表了大量深受读者喜爱、极具开拓与探索价值的科幻佳作。科幻文学的龙头期刊更是从一本传统的《科幻世界》，发展壮大成为涵盖各个读者层的系列刊物。与此同时，科幻文学的市场环境也有了改善，省会级城市的大型书店里终于有了属于科幻的领地。

仍然有人经常问及中国科幻与美国科幻的差距，但现在的答案已与十年前不同。在很多作品（它们不再是那种毫无文学技巧与色彩、想象力拘谨的幼稚故事）上，这种比较已经变成了人家的牛排之于我们的土豆牛肉。差距是明显的——更准确地说，应该是“差别”——却已经无法再为它们排个名次。口味问题有了实际意义，这正是我们的科幻走向成熟的标志。

与美国科幻的差距，实际上是市场化程度的差距。美国科幻从期刊到图书到影视再到游戏和玩具，已经形成了一条完整的产业链，动力十足；而我们的图书出版却仍然处于这样一种局面：读者的阅读需求不能满足的同时，出版者却感叹于科幻书那区区几千册的销量。结果，我们基本上只有为热爱而创作的科幻作家，鲜有为版税而创作的科幻作家。这不是有责任心的出版人所乐于看到的现状。

科幻世界作为我国最有影响力的专业科幻出版机构，一直致力于对中国科幻的全方位推动。科幻图书出版是其中的重点之一。中国科幻需要长远眼光，需要一种务实精神，需要引入更市场化的手段，因而我们着眼于远景，而着手之处则在于一块块“基石”。

需要特别说明的是，对于基石，我们并没有什么限定。因为，要建一座大厦需要各种各样的石料。

对于那样一座大厦，我们满怀期待。

献给刘慈欣先生

目　录

CONTENTS

目 录
CONTENTS

纪年对照表

危机纪元	公元 201X 年—2208 年
威慑纪元	公元 2208 年—2270 年
威慑后	公元 2270 年—2272 年
广播纪元	公元 2272 年—2332 年
掩体纪元	公元 2333 年—2400 年
银河纪元	公元 2273 年—不明
蓝星纪元	公元 2687 年—2731 年
647 号宇宙预备时间线	公元 2731 年—18906416 年
647 号宇宙时间线	公元 18906416 年—公元 11245632151 年
末世纪元	公元 11245632142 年—11245632207 年
新宇宙时间线	公元 11245632207 年启动

楔子

末世纪元元年 0 时 0 分 0 秒

宇宙尽头

很久很久以前,在另一个星系……

依然是群星璀璨,依然是星河浩瀚,依然是数不胜数的生命体系错落在被广袤太空分开的一颗颗恒星背后。这些生命体系依然藏匿在这个星系的各个角落,生长着,萌动着,挣扎着,厮杀着……在这个偏远的星系,如同宇宙中其他地方一样,充满了生命的律动和死亡的悲鸣。

但是,这个古老而广袤的宇宙已经走到了自己生命的尽头。

在这个星系之外的一百多亿光年范围内,以不可思议的速度,一颗颗恒星死去,一个个文明消失,一条条星河湮灭……一切归于虚无,如同从未存在过那样。

而这个星系中的无数生灵还不知道,它们的一切奋斗与挫折、隐藏与杀戮已经没有意义,在无比广大的宇宙中,不可测的恐怖转变已经出现,它们自身的存在也将在不久后化为虚无。

从亿万光年之外,那些早已湮灭的古老星河的微弱光芒穿越茫无涯际的黑暗空间,来到这个偏远的星系。如同一封封无人接收的信,静静倾诉着那些早已灰飞烟灭的古老传说。

在亿万繁星之间，一个不起眼的角落，来自一百多亿光年外本星系团的一束微芒姗姗来迟。在绝大多数生灵的肉眼无法感知的那一点微光中，不知蕴含了多少曾经风起云涌、惊天动地的传奇。

叶文洁、丁仪、章北海、罗辑……

伊文斯、泰勒、希恩斯、维德……

红岸基地、地球三体组织、面壁计划、阶梯计划、执剑人、掩体计划……

古老的故事历历在目，英雄与圣女的身影仿佛还在星空闪现，但已无人知道这一切，更无人去纪念他们。戏剧已经落幕，演员已经退场，观众也都已散去。

直到——

某一时刻，在无涯的黑暗空间中，在一个远离任何恒星的冷僻角落，一个幽灵从虚空中浮现出来。

几缕淡淡星辉披在它身上，依稀勾勒出某种过去曾被称为“人”的生灵的影子。当然，在百亿光年的范围内，已经没有其他“人”能够去辨认出这个“人”来。

幽灵知道这一点，它的世界和种族早已消失在宇宙的另一个角落里，了无痕迹。那个种族曾经创造出辉煌灿烂、彪炳星河的文明，曾经征服过亿万星体，摧毁过数不胜数的敌人，演绎过气壮山河的伟大传奇，但却早已在历史的长河中消亡，而历史之河亦汇入时间的大海，不复存在；如今，即使时间之海也将干涸。

但在这个宇宙的最后，在这个时间还在流动的宇宙尽头，这个幽灵却执着地要将这个早已经结束的故事续写下去。

它悬浮在黑暗的中心，轻轻地伸出了一条或许可以称为手臂的肢体，在那肢体的末端，展开了五根指头。一个小小的银白色光点浮在它的掌心中。

幽灵的双目反射出万千星辉，深深地凝视着这个银白色的光点，仿佛回忆起了无数往事。那光点上下浮动着,如同一只轻盈的萤火虫,微弱得似乎随时可能消失,却又如同宇宙创生之前的奇点,蕴含着无尽的可能。

不知过了多久,幽灵终于发出了指令。那光点立即化成了一道银白色的线,长长地伸向远方,如同无尽的时间。转眼间,白线又铺展开来,变成了一个白色的二维平面,然后出现了第三维:白色平面上下运动着,慢慢变成了一个有厚度的面。但这厚度比起长度来仍然是微不足道的,幽灵如同在宇宙中展开了一张雪白的画纸。

幽灵掠到画纸上,张开了双臂,微风吹拂在它的四周,大气层出现了。它脚下的画纸如同被微风所拂动,出现了波动和皱褶,它们很快固定下来,变成了高山、丘陵、峡谷和平原。

然后出现的是火和水,随着巨大的爆炸声,凭空出现的氢和氧在空气中燃起了熊熊烈焰,变成了绵亘千里的火海。在燃烧中,一个个新生的水分子出现在空气里,凝结成一滴滴的水珠,汇聚成浩荡的云气,随后变成倾盆暴雨,降落在刚刚诞生的大地上,在那里引力已经发挥了作用。无穷无尽的雨水落到地面,淹没了低洼的地方,让那里变成了一望无垠的海洋。

海洋形成之后,幽灵如大鸟般掠过海面,落在空无一物的海滩上。它平伸出了两只手,一只朝向大海,另一只朝向陆地,同时向上扬起。以旋风一样的速度,各式各样的活物出现在大海和陆地之上:鱼群和鲸鲵从海面下跃起,如同向它们的创造者致敬;青草和树木从大地深处涌了出来,走兽和爬虫游走其间,天空上飞着大大小小的鸟儿。生命的嘈杂和喧嚣也都出现在这个新生的世界上。随着各式生命的出现,森林、草原、湖泊、沙漠……也都一一形成。

完成了这一切之后,幽灵似乎还觉得缺了些什么,它若有所思地抬头仰望着黑暗的天空,终于发现了缺少的是什么。它用手指在天上的某一个位置画了一个圈,然后轻轻一弹。从它手中,另一个光点飞向那里,顿时浮现出了一个光辉灿烂的金黄色光球:熟悉的太阳也出现了。随着阳光在大气中的散射，整个天空和大地顿时亮堂了起来。蔚蓝色的天空，蔚蓝色的海洋，波光粼粼。

这新生的光辉照在那幽灵身上，它有些陶醉地抬起头，沐浴在久违的阳光之下。

就像那古老的黄金时代一样。

阳光照在它赤裸的肌肤和毛发上，勾勒出一个典型人类的身形。这时候，它看上去已经不是什么黑暗的幽灵，而是一个“他”，一个来自那个被称为地球的古老世界的男人。

而这个新生的世界，也正如那古老的地球，充满了熟悉的感觉……

但这却是在那个古老的地球，以及此后的无数人类行星毁灭之后很久、很久，在这个宇宙尽头的星系中，创造出来的世界。

幽灵知道，比起那曾经存在的大宇宙，比起那真正的地球，这个人造的世界非常渺小、虚假且微不足道。但他仍然要创造这样一个小小的世界，将那部已经完结的宇宙史诗续写下去。虽然这个宇宙的故事并不会因此真正继续，但在宇宙即将毁灭的尾声，能够在这个似是而非的世界中多沉浸一刻，感受到那恍如古老太阳的余晖——虽然来自另一颗小得多的人造天体——或许也是一种幸福吧。

“这将是这个宇宙最后的阳光了……”他喃喃自语。

上部
时间之内的往事

蓝星纪元 2 年

我们的星星

天空是一片迷蒙的暗灰色，下着同样迷蒙的细雨，将午后的小湖笼罩在一片淡淡雨雾中。湖畔的小草在微风中俯仰，贪婪地吸吮着甜丝丝的雨水。一只用草叶编的小舟浮在湖面上，在雨丝泛起的层层涟漪中越漂越远。

如同要漂到世界的尽头去……

云天明坐在岸边，漫无目的地将一颗颗湿漉漉的小石子扔进湖里，激起一片片大大小小的波纹。一个妩媚如画的女子坐在他身边，美丽的大眼睛静静地凝视着他，被微风吹起的长发时时拂在他脸上，痒丝丝的好不惬意。

有那么一瞬间，云天明有一种时空错乱的感觉，他觉得自己仿佛回到了大一时的那次郊游，回到了当初和程心幸福地待在一起的那一个小时。但眼前淡黄色的湖面、蓝色的草丛和色彩斑斓的石子无不提醒着他，这是另一个时代，另一个世界，是近七个世纪之后，近三百光年外的另一颗星星……

以及另一个女子。

斜风细雨不须归。不知怎么，云天明想到了一句古诗，这还是在他的少年时代，他那崇尚古典教育的父母逼他背下来的。而今天，他真的是“不须归”了。一切的一切，都再也回不去了，而只能任这异星的风雨冷冷地吹打着自己。

这一切本来没什么奇怪，云天明问自己，难道他真的能再次和程心坐在湖边叠小船吗？这纯粹是痴人说梦。当年他的多少同学或同事，七年、七个月，甚至七天之后身边就换了另一个女人，而他在七个世纪后，本来就根本不能奢望和同一个女子再次坐在一起。实际上，此时此刻他身边居然还有一个和他同一种族的雌性无毛两足动物存在，对他来说已经是天大的幸运了。

但幸运曾经离他那么近，经过七百年的离别，只差几个小时，甚至几分钟，他就可以见到同一个女子，他魂牵梦萦了七个世纪的那个人，从此以后，两人永永远远地生活在一起，生活在这个小湖边，再也不会分开；而身边的这个女子，对他来说，也就只会是他妻子的闺密，他见面一笑的普通朋友。

即使现在，他的女神离他也并不远，最多不过几百上千公里，在晴朗的夜空，他有时还能看到她的飞船以并不很快的速度，围绕着这颗行星转动。但对他来说，她已经是可望而不可即的存在了。

他曾经送给她一颗星星，而如今，由于突发的死线扩散，她再也无法降落到这颗行星上，从此，*她变成了他的星星*。

云天明苦笑了一下，习惯性地抬头望了一下天空。此刻，那里除了雨云，什么都看不到。但他知道，她就在那上面，或许正掠过他的头顶……

一只滑腻的胳膊绕过他的脖颈，一具软绵绵的胴体靠在他身上，一个银铃般的声音在他耳边呢喃着：“又想她了，嗯？”

云天明没有说话，只是抚摸着那个人儿的秀发，他知道现在什么辩解都没有用，身边的这个女孩儿比谁都鬼灵精。

“我说过你可以想她，”艾AA在他耳边厮磨着，“可是千万不要当我还在跟前的时候去想她，要不然……我会惩罚你！”说话间，她猛然咬住了他的耳垂。

“啊呀，疼！”云天明猝不及防，叫了一声。艾AA促狭地笑了起来，然后问出了从古至今，从地球到银河，不知多少人类以及非人类雌性智慧体都会问的那个问题：“喂，我和她，究竟是谁好？”

“当然是你好！”云天明立刻说。这倒无所谓真话还是假话，而是经过无数次惨痛教训，他已经形成的条件反射。

“我哪里比她好？”程式化的对话继续着。

“哪里都比她好……”云天明心不在焉地回答着。他心中感慨，这些女人，虽然有着几百年的友谊，但在同一个男人那里，仍然非要争出高下不可，即使这种竞争只是虚拟的，她们也仍会因此感到满足。

如果换了程心，她也会为此吃醋吗？

“哼，我才不信！”艾AA立刻说，而且随即在云天明赤裸的肩膀上咬了下去。这一口咬得太深了，云天明疼得大叫了一声，一把将她推开。霎时间，在他心中，许许多多旧时的幻象浮现出来，将他重重包裹，令他呼吸困难，思维混乱。他痛苦地抱住了头。

“人家跟你闹着玩嘛，干吗那么认真？真小气！”艾AA噘着嘴抱怨了一句，跺了跺脚。但她很快看出不对来，云天明脸色煞白，浑身发抖，似乎真的陷入了巨大的恐惧和谵妄之中。

“天明？你怎么了？”艾AA疑惑地问。云天明却困惑而惊惶地盯着她，重重地喘着气，过了半天才吐出一句话来：“你，是不是真实的？”

“天明，你在说什么呀！”艾AA被吓坏了，她想扑过去拥抱他，云天明却害怕地退了一步，弓着身子，警惕着她的靠近，重复着问道：“你究竟是不是真实的？”

艾AA觉出了问题的严重性，她深深吸了一口气，一字一句地说：“我是真实的，天明。看着我，我就在你面前，我的每一寸肌肤、每一根头发都是真实的，都属于你……天明，这是——我们的星星啊！”

“我们的……星星？”云天明痴痴呆呆地重复了一句。

“嗯，天明，你记得那一天吗？那天我们就站在这里等程心他们，看着他们的飞船进入了蓝星的轨道。你笑得就跟个孩子似的，不住地拉着我，跟我说你要给程心怎样一个惊喜，要和她一起进入那个连你自己都没去过的神奇小宇宙……可是突然，死线扩散了，天昏地暗，没有太阳也没有星星。等搞明白这一切之后，你呆呆地站在这里，一动也不动，没有眼泪也没有咆哮，就跟行尸走肉一样。那种彻底的绝望才让我明白，你当时爱程心有多深。”

“……我记得。”云天明喃喃地说，神情却依旧恍惚。

“整整三个昼夜，你不吃不喝，几乎也没有闭上过眼睛。我不断跟你说，他们没有死，只是按照相对论效应生活在另一个时间里了，也许有一天你们还会再见面的。但你都好像没听见一样。第三天晚上，你终于哭了，先是默默流泪，然后是啜泣，最后是号啕大哭。后来我……不知怎么，抱住了你。你也把头埋在我怀里，然后我听到你对我说：‘这颗星星上只有我们了！只有我们了！’然后，你记得我对你说什么了吗？”

“你说：‘以后，你就是我的亚当，我就是你的夏娃。’”云天明闭上眼睛，回忆说。

“我也不知道当时怎么跟你说这些。”艾AA咬了下嘴唇，脸上飞起一片红晕，“反正……那天你要了我，我也要了你，我们还没有从绝望中走出来，但是那天我们……放下了一切，我们……真的很快乐。第二天，你对我说：‘以后，这就是我们的星星了。’你还记得吗？”

云天明的脸上不知不觉地浮现出一丝微笑，“嗯，我记得。”

“那你说，这是不是最真实的？还有什么比这更真实呢？”艾AA问。

她鼓励地笑了一下，向云天明走近了一步，这次他没有闪开。她拉起云天明的手，将自己投入他怀中，聆听着他的心跳。云天明迷茫地看着她，任她拥抱着自己，眼神变得温柔了。她轻轻吻着他的面颊，终于她的吻有了回应，云天明犹犹豫豫地抱住了她，回吻着她，而她报之以更加热烈的拥吻……

于是，他们又融为了一体。

雨早已停了，蓝草在晚风中摇摆，傍晚的阳光穿透了云层，洒在蔚蓝色的山丘上，镶上了一道明丽的金边。地球上绝不可能见到的一幕出现了：一片片蓝色的树林和灌木在夕阳下活动起来，舒展筋骨，将千万片叶子转向落日的方向，汲取着阳光的能量，有时还为争夺一点阳光而枝叶交错，小小地打起架来，发出轻轻的摩擦声。一种像蜻蜓一样的两栖昆虫从湖水中飞起，在空中舞蹈，张开四片透明的薄翼吸收蓝草释放的养分，并发出尖细的求偶鸣叫。当异性被这叫声吸引后，就会发声应答，然后两两成对地跳着复杂的交配之舞，进行繁衍生命的神圣程序……这些窸窸窣窣的声音汇聚起来，构成了蓝星上独特的生命大合唱。

在这个新生的黑域的中心，世界和生命似乎一切如常。只是多了两个来自他乡的孤独者，他们紧紧拥抱在一起，并将永远留在这片土地上。不过那也没什么关系，对于这个存在了亿万年，并仍将存在几十亿年的星球来说，这两个人将在一瞬间后消失，不会留下任何痕迹，如同湖水上泛过的涟漪。

"但是对于我来说，"激情过后，云天明望着落日，轻轻地说，"这个世界本身却好像一场梦幻。AA，不要怪我刚才的失态。即使是现在，我也一直不清楚自己是否真的已经离开了梦境。我已经不知道梦是从什么时候开始，又是在什么时候结束的。这一切，曾经好像……永无止境。"

艾AA正出神地听着，云天明却忽然问道："AA，你今年多少岁了？"

"记不清了，四百多岁吧。"艾AA随口说。

"除掉冬眠的那些年呢？"

"那就是二十……三十……哎呀，记不清了，你怎么老问女孩子的年龄？"艾AA噘着嘴说。

"是啊，除去冬眠，三十多岁……以威慑纪元的标准来看，还是个青春少女呢，可是你知道我活了多少岁吗？”

“七百岁出头吧，除去冬眠应该比我大不了多少。”

“不，AA，从精神上来说，我已经活了至少几千岁，也许是一万多岁……或许更长。”

“什么五千岁一万岁的，你瞎说什么呀？”艾AA不解地问。

云天明苦笑了一下，说：“你不明白，我们不同的地方在于，我绝大多数时间都活在自己的梦里。在梦里，我过了几千年，或许是一万年……

“就好像自从我——不，我的大脑——被冰封起来那一刻，我就开始做梦了。无穷无尽的梦境，在幽暗的太空中伴随着我。当然，这些多半只是后来的错觉，接近绝对零度的大脑不可能产生梦境……然后，在三体人那里，他们抓住了这件最有力的武器，利用梦来刺激我，研究我……使用我。”说到“使用”的时候，云天明很平静，如同讲述一桩平淡无奇之事。但艾AA打了个寒战，她知道这背后必然包含着无穷无尽的辛酸、痛苦和……恐怖。

自从死线扩散之日起，艾AA和云天明共同生活已经一年多了。[①]他们相依为命，而又相互扶持。在这些相濡以沫的岁月里，类似的症状在云天明身上发作过不止一次，但云天明并没有解释原委，她也没有问，只是隐隐猜到这和他在三体人那里的经历有关。可是，云天明从来没有说过他在三体人那里的遭遇。

艾AA能理解，云天明是人类历史上最最伟大的间谍，他成功地以一个孤立的大脑打入了外星人的内部，并向人类传递了弥足珍贵的资料。这一切当然不会来得那么容易。她觉得自己完全可以想象，云天明在三体人那里经受了多少残酷而血腥的考验。她渴望了解这一切，和云天明分担他曾经的痛苦和抑郁，安抚他的心灵，但却不敢问他，生怕触及他的伤疤。她甚至怀疑，他们之间脆弱的爱情能否弥补他曾经受过的艰辛

---

① 所谓“一年”是按照蓝星时间算的，相当于四百多个蓝星日，而每个蓝星日约相当于三分之二个地球日；综合来说，蓝星的一年比地球年要略短。

苦楚?

所以,今天,当云天明终于向她讲述这些的时候,一股巨大的幸福感充满了她的胸膛。

但她却想象不出自己将从云天明那里听到什么。

"刚才,我就不由自主想起了那些梦境。"云天明拨弄着脚下的石子,"在三体人所制造的许多梦里,我都回到了当初的那次郊游,和程心坐在一起,亲热地说着话。然后她抱着我,亲吻我,让我沉浸在无上的甜蜜和幸福中……可是忽然间,她变成了恐怖的鬼怪,皮肤变成了鳞片,朱唇变成了獠牙,她咬住了我的喉咙,然后把我拖下深不见底的湖水,让我在寒冷和恐惧中窒息……"

"太可怕了!"艾AA不禁惊叹了一声。

"可怕?"云天明惨笑了一声,"这有什么可怕的?我还没有说到真正可怕之处呢。许多人都做过比这更骇人的噩梦。但这个梦不同的是,它几乎无限逼近真实,我至今还清晰地记得那个梦中怪物刺穿我身体的獠牙和几百只密密麻麻的复眼,而那种剧痛以及窒息的感觉就和实实在在发生的一样。这些还都不是最可怕的,最可怕的是这个梦根本不会结束,我就在湖水中窒息着,既不会醒来也不会昏迷,更不会死去,似乎时间就停滞在那一刻,当然痛苦永远也不会停止。我的意识也是时而清醒时而模糊,有时候我知道这些只是梦幻,过了一会儿又忘记了,觉得自己真的要被怪物所吞噬……

"每当这个时候,"云天明的声音变得有如梦呓,"我心里就会想到一个人,她就像但丁笔下的比阿特丽丝一样,在天使的簇拥下,戴着花冠,穿着火焰一样的衣裳,出现在云中,圣洁的光芒照进了幽暗的湖水,给我带来一线希望。我对自己说,程心不是怪物,绝不是,她是拯救我的女神,这一切骗不了我,这是魔鬼的诡计……但这个世界没有童话,不是你念着女神的名字,女神就会来拯救你。想到程心,想到那一线希望,与其说缓解了,倒不如说更增加了我撕心裂肺的痛苦。"

“别再说了，”艾 AA 轻轻抚摸着他胡子拉碴的下巴，“我明白的。忘了这些噩梦吧，这些都只是梦，而且一切都过去了。”

“不，你根本不明白！”云天明忽然又激动起来，“这些根本就不是真正意义上的‘梦’，你明白吗？三体人在我的大脑中输入各种电信号，对于我来说，这些就是真实，和我看到你、摸着你一样真实，没有模态上的区别。他们在我的脑海中把各种噩梦变成了真实，这是生理机制所造成的，我根本没有任何力量去抗拒。我不是用真实去对抗幻象，相反，是用自己制造的幻象去对抗真实，这是一场不可能胜利的战争。你以为我想到程心会有用吗？下一秒钟说不定他们就会让程心真的出现，让我真的以为奇迹出现了，自己得到了拯救，随后却变成更可怕的地狱，比刚才说的更可怕千百倍。

“在一个梦里，我真的和程心在一起生活了十年，并且有了一个可爱的小女儿。但那十年的快乐与恬静，仅仅是接下去地狱般生活的前奏：恐怖的大饥荒发生了，我们都饿得皮包骨头，奄奄一息。可是有一天，程心却忽然做了一锅肉汤给我喝。我奇怪极了，在这饥荒中怎么还会有肉汤？然后我在厨房的角落里发现了一张皮和许多头发，我恐惧极了，这时候程心从锅底捞出一颗被煮得稀烂的人头给我看，我依稀认出来，那正是我女儿的头颅。程心笑着对我说：多吃一点，吃哪儿补哪儿……”

“天！”艾 AA 紧紧抓住了云天明的手臂，恶心欲呕，她想不到世界上会有这样可怕的噩梦，然而云天明却残酷地继续倾吐下去：“最可怕的是，我一边觉得无比的恶心、悲痛和恐惧，另一方面又真的被饥饿感所控制，饿得无法抑制自己的食欲。于是我真的把自己的女儿一口口吃了下去，而且吃完后还打着饱嗝。我和程心甚至在女儿的骷髅边上做爱……然后我睡着了，当然是在梦里，当我醒来的时候，我已经被程心捆绑了起来，她说要吃了我才能活下去，我亲眼看着她把我一根手臂啃成骨头……”

艾 AA 终于忍不住叫道：“别说了！求求你别说了！”随即转身捂着肚子，干呕了起来，吐着酸水。

等她终于平静了下来，又摇摇头不解地问："为什么？为什么三体人要用这种怪梦折磨你？"

"为了了解人类。"云天明说，"其实仔细想想也不奇怪，虽然他们可以通过智子看到地球的一切，不过要获得极端的情感和肉体反应，仍然只有通过实验，刚才的故事在三体人那里也算不上什么悲剧，毕竟他们的伦理关系和人类完全不同，他们自己就经常食用脱水的同胞，所以他们对人类柔弱的感性世界充满了不解。还有比这更恶心十倍的，比如——"

"好了，这些不开心的事以后再说吧。"艾 AA 打断他，她现在明白为什么云天明从不提起这些遭遇了，"不管怎么说，天明，你要这么想：你经受住了考验，赢得了他们的信任和尊重，打入了三体人的内部，这一切的牺牲终究是有价值的，不是吗？"

云天明看着她，脸上出现了一丝古怪的笑纹，"是的，这一切的牺牲当然有价值，这个代价就是——地球和人类的毁灭。"

艾 AA 大惑不解地看着云天明，后者深吸了一口气，说出了他心中一直隐藏的秘密："AA，你还不明白吗？我赢得三体人的信任，能'打入'他们内部的唯一原因是：我投靠了他们。终结威慑纪元的水滴攻击，在很大程度上，是我一手造成的。"

如果说有谁是人类家园毁灭的始作俑者，那个人既不是程心，也不是云天明，更不是别的什么人，而是一心要用铁血挽回人类命运的托马斯·维德。正是他六百多年前的那句话，决定了两个世界的最终命运——

"只送大脑。"①

正是这个绝顶聪明的天才办法，推动了本来已经陷入绝境的阶梯计划，亲手将一个人类大脑的珍贵样本送到了三体人的手上。虽然在此之前和之后，智子都能够对人脑进行巨细无遗的观察，但仅仅是观察，还不足以深入了解人的具体思维机制。何况人类政府很快就发现了脑科学研

① 见《三体Ⅲ·死神永生》（典藏版）第 63 页。

究潜在的危险，在希恩斯之后，严格限定了研究的界限，不允许对人类的思维和意识与其生理基础——人脑的生物电反应——之间的因果关系进行深入研究，以免三体人获得这些知识后，通过外在观察获得人的思想。

因此，在两个多世纪后，人脑的思维活动对于三体人来说仍然是一个黑箱。三体人非常渴望得到人类的实体进行试验。这倒并非出于对科学研究的热忱，而是出于极其现实的需要——战略欺骗。当然，在整个危机纪元，人类基本上不被视为战略欺骗的对象，正如人类灭虫，只需要喷杀虫剂就可以了，不需要对它们说谎。但是，已经发现黑暗森林法则的三体世界，对于宇宙的其他部分充满了恐惧，他们知道，在那里不知有多少隐藏的猎手在搜寻着可能的猎物，而他们之前和地球世界的通信很有可能被发现从而危及自身的存在。战略欺骗是必须考虑的重要应对手段。而要实现这一点，只可能从他们已知的唯一具有这种能力的生物——人类——入手。

在三体世界，被称为“欺骗学”的高深学科在伊文斯吐露人类思维的秘密之后很快就建立了起来。三体人本来指望在短时间内就学会人类的这门独特技艺，但是这一希望迅速破灭了。三体科学家指出，从理论上理解欺骗的原理并不困难：这本质上是通过有意地做出和表达错误命题的方式，使对方相信这一命题从而达到己方所期待的效果。困难在于，三体人缺乏这样的本能，从而无法将这一简单原理付诸实际。正如人类的科学家能够在理论上陈述四维空间的复杂命题，却无法想象出一个最简单的四维图形一样。

三体人诚然可能犯错，但由于他们的语言是思维电信号的直接外在投射，实在无法将错的“说成”是对的。如果三体人认为这是错的，那么由于脑波的投射，就等于直接告诉对方这是错的。虽然在远程通信等特殊情境下，已经可以通过技术手段伪造虚假的脑活动，但是，三体人根深蒂固的本能却使得他们无法迈开这一步。

三体人一度寄希望于通过研究人类历史与现实中海量的经典欺骗案

例，以及人类的政治、军事、博弈学理论著作来获得这一能力。但他们很快发现，自己完全无法理解那些连地球人都觉得艰深的思想理论。随后，他们将目光转向相对易懂的文学作品。有一段时间，各种有关欺骗的通俗小说成为三体科学家和政治家们的“圣经”，《基督山伯爵》《福尔摩斯探案集》《三国演义》之类的作品成为了三体世界的畅销书，但三体人仍然缺乏直观理解其内涵的能力。这些地球人喜闻乐见的消遣读物，在三体人看来有如天书一样费解，要绕几层弯才能想明白。直到多年后，最聪明的三体智者，也仅能充分理解“小红帽”等童话故事层次的简单骗局，这在战略上自然毫无用处。

经过几十年的努力，三体人不得不放弃从根本上改变自己本能的狂妄计划，而试图通过计算机模拟等方式“算”出可能的战略欺骗形式。但计算机的能力只是其制造者能力的翻版和延伸，要让计算机具有特定的计算能力，就必须制造出相应的软件，而要制造出相应的软件，就必须对相关原理有深入的理解和把握。如果人类想不出哥德巴赫猜想的证明步骤，人类的计算机就不知道如何去算出结果。同样，如果三体人不懂得欺骗，他们的计算机也不懂。

经过三体世界数代精英的反复研究和多次测试，以及输入相当于人类所有图书馆藏书总和的海量信息，三体计算机终于具有了十二岁以下人类未成年人的平均欺骗能力，而且还必须在人类所熟悉的环境之下（因为所有的资料和案例都来自这一环境），在三体世界和未知外星文明之间可能爆发的冲突中却一筹莫展。事实上，在很多情况下，装了欺骗软件的计算机常常前言不搭后语，连图灵测试都不可能通过。

最终，三体科学家们得出了一致结论：要进行具有可行性的战略欺骗，三体人必须得到人类的实体进行研究，而在三体人占领地球前，唯一可得到的人类样本，只有已经飞出太阳系的云天明的大脑。因此，在危机纪元末，三体舰队终于决定派出一艘战舰去拦截载着云天明大脑的飞行器。反讽的是，这个信号被人类错误地解读为三体人派出使团议和，从而间接导致了末日战役的全军覆没——三体人这次无心插柳的“战略欺骗”倒是非常成功。

在威慑纪元初年,云天明的大脑终于被三体舰队成功截获。不过,此时地球和三体世界的局势已发生了翻天覆地的变化,罗辑奇迹般的大逆转令地球和三体世界处于恐怖的战略平衡之中,而三体世界的处境日益不利。于是战略欺骗的首要目标,由看不见摸不着的宇宙其他势力转回到地球,虽然地球上还有不少ETO[①]的精神后裔愿意出卖自己的母星为三体人出谋划策,但三体人绝不愿意冒触发宇宙广播的危险在地球人眼皮子底下作案。因此,云天明的重要性就更加显著了。

三体人花了差不多十个地球年掌握云天明大脑的基本思维。考虑到三体人活动远超过地球人的高效率,他们的工作量相当于地球人一个世纪的成果。他们为这个大脑制造了一具仿真的身体,并让其接收到各种视听触嗅等五官信号,研究其在云天明大脑中的转换方式,并且试图把握云天明记忆中的各种信息。要做到这一点并不很困难,他们只要在适当的时候刺激云天明的语言中枢,就能让云天明在不自觉中透露出自己的意识活动:看到了什么,听到了什么,想到了什么……虽然他们仍然无法直接看到云天明的思维,但通过不断的刺激反馈实验,已经能够间接地在云天明大脑中输入他们想输入的信息,并通过云天明自己在无意识中的描述观察其结果。

最初,三体人格外小心翼翼,这种实验还是比较温和的,甚至有许多美丽温馨的场景。这也是云天明觉得自己是在宇宙中飞行时做梦的原因所在。但随着三体人对云天明大脑深入细致的把握,实验也越来越狂暴古怪,匪夷所思。曾经有十多次,云天明都达到了崩溃的边缘,但三体人对人类的初级了解总算能让他们悬崖勒马,用大脑宁定的药物进行安抚,让云天明获得了喘息的时间。

虽然对于云天明的意识已经能有较为精准的把握,但令三体人遗憾

---

① 地球三体组织。

的是，由于每个人的神经细胞突触所构成的拓扑结构都和他人大为不同，对于云天明的研究成果仅仅在一些基础层次上适用于其他人类。而较高级的结构和模式却仅仅是云天明本身所独有的，因此虽然三体人已经精确掌握了云天明的思维和记忆模式，却无法将其应用于其他人类，因而无法读出其他人的思维活动。

人类经验和记忆的独特性保护了人类思维的黑箱状态。当然，如果有更多的、成百上千的样本可供实验，这一黑箱或许终将被打破。但是，三体人手头只有云天明。

不过，一个云天明已经足够做出许多事了。三体人最大限度地"使用"了他的大脑，在得到他的大脑七年后，三体人完成了他大脑的第一个数学模型，这一模型包含了他大脑中分子级别的全部信息，可以用来模拟他的基本思维。三体人在这个数字大脑中消泯了"无用"的地球人的情感和认同之后，再输入三体世界的海量信息，就可以让它帮助自己出谋划策，三体人称其为"云计算"。这时候发生了一段有趣的插曲。由于三体世界的商业化，云天明数字虚拟脑系统的若干低级版本，在三体人世界中被广泛出售和安装，三体人纷纷将其装在自己的思维器上，使其兼容为自己思维模式的一部分，靠它隐藏自己的真实思维，来为自己代言，从而达到某些本来不可能达到的目的。

譬如在三体人的求偶季节，本来经常发生这样的对话：

"可爱的雌士，小可求合体。"雄士挥舞着触角求爱（三体人也有雌雄两性，但和地球人的性别含义完全不同）。

"快滚！你这个丑八怪！我一看到你就想排泄！"雌士放射出表示极端厌恶的思维波。

后者的直言不讳常常引起三体雄士的攻击和强行合体，使得求偶期的交欢对于雌士们来说往往变成一场噩梦。但是，现在云计算却教给三体雌士们更加委婉的回答方式：

"谢谢，其实你是个好人，可是我真的配不上你……"

于是雄士们心满意足地走开，获得了某种意义上比合体还要舒服的感觉，也让他们有勇气去追求新的目标。

这对三体世界是一个重大的改善，但另一些应用，对三体人来说就没那么有趣了。由于不存在欺骗，也由于记忆力远超过人类，三体世界没有实体货币，对于一般交易也没有保存记录的习惯，在交易的时候只是口头报出自己的货币余额和愿意支付的数量，这样就完成了一次交易。譬如通常的交易过程是这样的：

“我要买这部快速脱水机，我有 12563 个基本单位，付给你 231 个基本单位，还剩下 12332 个基本单位。”

“谢谢，我本来有 73212 个基本单位，收到 231 个基本单位，这样就有了 73443 个基本单位。”

实际上并没有这么冗长的口头对话，双方只是将自己的计算过程投射出来，都看到对方的数字变化就可以了，如果一方算错了，另一方会立刻纠正。但云计算却可以隐藏原来的思维波，放射出伪造的结果，本来根本没有钱购买奢侈物品的穷人可以宣称自己腰缠万贯，而无论买多少东西余额也不会减少。商家也将劣质次等产品宣称为特级品而大大抬高其价码，甚至——可能受云天明记忆中某些事件的启发——将一种有毒的化学物质掺杂在三体人幼崽所必需的哺育液里，以降低其成本。

云计算的这种应用一度导致了三体世界经济体系的崩溃。最终三体政府不得不发布强制命令，不允许任何人给自己的思维器官装上云计算，否则立刻脱水烧掉，并在各个场合都安装了相关的检测仪器，这才勉强恢复了三体世界的秩序。

但即使云计算不能直接和三体人的思维结合，与它的对话本身也给三体人带来许多乐趣。如果忽略计算速度的缓慢和记忆能力的低下，人类的思维水平其实并不比三体人低，反而有许多三体人难以企及的优点。除了欺骗能力之外，还有对世界的感性认知和好奇、发达的想象力、变幻莫测的发散和创造性思维等等。在某种程度上，对人类（云天明）思维的把握是使得三体人在威慑纪元末产生制造出曲率引擎的技术爆炸的关键因素之一。也正是因为这样，云天明才在三体世界中获得了极大的尊敬和真诚的感激，这使他在宣誓效忠三体世界后获得了相当高的地位。

回到三体人的战略目标本身，数字模拟的云计算很快显示出其不足。第二代云天明大脑的数学模型已经是原子级别的了，但正如希恩斯在公元世纪的研究所发现的，人类思维基于量子层面，受量子不确定性的影响。由于这个原因，三体人仍然难以在量子层次上再现云天明大脑的数字复制体，即使勉强做到，也很不精确，缺乏实用性。因此，对于真正复杂精密的人类思维的研究，还必须依靠云天明的大脑本身。三体人在更新了三代云计算之后，终于放弃了思维模拟的方向，而是将云天明本人从无尽的梦魇中唤醒，威逼利诱，让他为自己的世界工作。

当云天明说到这里的时候，艾 AA 紧张地盯着他，觉得口干舌燥。“你答应了？”她紧张地问，却又不想听到令她的希望破灭的回答。

云天明摇了摇头，但这并没有缓解艾 AA 的紧张，她觉得自己已经知道了答案：他最初当然不会答应，但是在三体人无尽的肉体和精神折磨之后，他终于还是屈服了。她知道人类肉体忍受的极限，并不会幼稚地去鄙视云天明的屈服，但在深层心理上，她还是难以接受自己所爱的男人一手导致了人类毁灭的事实。她不想再听下去了。

“天明，我冷了，我们回飞船上去好不好？”艾 AA 打了个哆嗦，用手摩挲着赤裸的身体。事实上此刻太阳已经落山，黑域中诡异而错乱的星光浮现在天穹上，蓝星上的气温迅速降低，不着寸缕的艾 AA 也确实感到了寒冷。

前段日子他们迎来了蓝星的夏季，他们发现最初对蓝星温度的推测是有偏差的，虽然在寒冷时期，这颗行星有三分之二的面积笼罩在近乎南极的低温中，但最热的季节又可以达到近五十摄氏度的高温。酷暑难当，反正这个星球上也只有他们两个人，他们干脆抛却了衣物，成了天体一族。但是蓝星上季节变化也快,几场雨一下,又到了秋季。

云天明旋转了一下手上一个戒指样的闪亮物体,这也是他身上佩戴的唯一物件。顿时,一个半径为三米左右的保护力场出现在他们周围,其中的气温很快加热到了人体适宜的程度。艾 AA 看不到任何变化,只觉得自己周身一下子变得温暖舒适。她苦笑了一下:这种技术对于威慑纪元的人类来说也已经可以勉强做到,能够在太空中通过纯力场维持温度和气压,但人类需要庞大的设施提供能量和维持运转,而云天明仅仅通过一枚小小的"戒指"就能达到同样的效果。

她更不知道云天明的那些超级技术从何而来,云天明的飞船除了受到黑域的限制、无法离开这个星系之外,几乎可以提供他们生活所需要的任何物品,让他们在这个荒凉的行星上也过上不逊于太阳系世界的舒适生活。前几天,她在小湖中洗澡的时候(湖水的基本成分和地球上的水完全不同,但物理性质极其近似,也没有有害成分,可以用来洗澡),忽然想到当年和程心一起在浴室里用香皂的往事,她把这件事告诉了云天明,并半开玩笑地说:"天明,我想要一块香皂!说起来,我还没用香皂洗过澡呢,你要是能用香皂给我洗澡就好了。"

其实她只是随口撒撒娇,可令她吃惊的是,云天明转身进了飞船,一刻钟后竟真的扔给她一块香皂!那芬芳的气息比她几百年前在博物馆里找到的那块还要浓郁!她至今也不知道云天明是如何做到这一点的。

更不用说那个云天明打算送给程心的小宇宙!那个长方形的虚线框,她虽然从未进去过,但是想想就知道,这是不可思议的创造,能够脱离整个宇宙而独立存在,三体人怎么可能拥有这样发达的超级技术?有了这样的技术,还用怕三体行星的毁灭吗?转移到小宇宙中去不就行了吗?再说,这种神奇的创造物又怎么会落到云天明手上呢?

所以,她还是听云天明继续说下去。在长久的压抑之后,现在,云天明也被倾诉的欲望所激荡,一发而不可收拾。

云天明“醒来”之后，发现自己身躯完好，躺在一张大床上，似乎是在一具克隆的身体里。癌细胞自然早就消失了，他感觉身体比在地球上更加健康强壮。周围的一切似乎都是由电脑控制的自动化设备，他并没有见到任何三体人。他想，大概是三体人不希望自己在地球人眼中丑陋异类的形象成为两者间交流的障碍。

云天明走出房间，发现自己置身在一个花园里，这里有许多他所熟悉的公元世纪景物：庭院、小桥、假山、宝塔……显然是三体人根据地球文化复制的。花园四周是高墙，看不到外面的情形，天空是湛蓝的，阳光灿烂，白云朵朵。他推测这里整体的所在大概是三体人飞船的一个部分，但已经被改造成适合他生活的环境，至于天空等可能是虚拟图像。三体人与他的交流，都通过看不见的声音系统和可以在任何地方出现的三维视窗来实现。

正当云天明迷惘地左顾右盼时，在空中出现了几行字：

“云天明先生，我们唤醒您，是需要您帮助我们完成占领地球的计划。”

终于来了。

云天明的嘴角露出了复杂的微笑。他对三体人的要求并不意外。当他在联合国时，曾拒绝宣誓对人类效忠，当时的他或许已经想到了这一天。现在，是他做出决定的时候了。

“你们凭什么让我这么做？”云天明冷静地问。

“据我们所知，您在地球人类那里，并没有得到多少善待。您选择来到我们中间，这不是偶然的。近年来，对您大脑和思维的研究，对我们的社会进步起了很大的作用，为此，您在三体世界中已经受到广泛的尊敬。如果您肯帮助我们的话，您将成为三体世界的最高荣誉公民，拥有副元首级别的特权。我们世界的物质利益对您可能没有吸引力，但是在我们的舰队占领地球之后，您可以支配其中的大量资源，其中包括人类所梦寐以求得到的一切。”

“人类灭绝之后，这些对我还有什么意义？”云天明冷静地问。

“我们不会彻底灭绝人类，你们的物种理应继续延续下去。即使是为了科学研究的需要，我们也会留下少量人类，其数量可能有几十万到上百万，并且会在地球上拨一块保留地让他们继续生活，这些人当然归您管理。加上我们的技术，这些已经可以使您得到地球人所谓帝王级的生活享受。”

云天明知道，三体人不会说谎，这些许诺当然是真实的。

“那么如果我拒绝呢？”他问。

“这我们很遗憾，但我们不会对您做什么，只会请您继续沉睡在我们制造的梦境中。”三体人简略地回答。云天明的心颤抖了一下。他知道这意味着什么：永远处于恐怖痛苦的梦魇之中而无法挣脱。这比任何肉体上的酷刑都更加令他不寒而栗。

云天明已经尝够了那种可怕的滋味，难道他还要永远生活在那噩梦的地狱之中吗？为什么？就是为了他的人类同胞？人类算什么？不正是他们把自己从唾手可得的安乐死之中拽出来，送到了这比死还要可怕的境地之中的吗？为什么自己还要为他们着想？

种种纷乱暴躁的念头从他脑海中掠过，呼唤他不要再犯傻。云天明知道，对方在焦急地等待他的回答。

“对不起，我拒绝。”最终他说。他也不明白自己为什么会选择坚持。他知道，如果自己选择放弃，纵然全人类都咒骂他，他也不会感到负罪，这本来不是他能够担负的责任。他的选择并非出自责任感，而是身上那一点不合时宜的贵族气质。

不为他人所奴役摆布、威逼利诱，这是人类个体存在的尊严和骄傲。这一点，为了生存不顾一切的三体人不懂，或许也不想懂。

“您不需要再考虑了吗？我们注意到，你们人类通常在做出重大决定之前都需要进行长时间的思考。”

“不需要了。”云天明淡淡地说。

……不知过了多久，云天明发现自己站在一条黄叶纷飞的林荫大道上。正是金秋时节，旁边是他大学校园中的草坪和操场，草坪上坐着几个静静读书的小女生，远处一对恋人依偎在一起；操场上，一群运动健将正在打篮球，喧闹成一片……他茫然地在林荫道上走着，恍惚间觉得自己还是在大学里读书，却没有去想自己为什么会在这里。

陡然间他眼前一亮：一个小小的、熟悉的身影从道路的尽头出现，随后慢慢变大。云天明看到一个穿米黄色风衣的女孩子微笑着向他走来。走到他面前，她停下了，温温柔柔地一笑。

“天明，你来了。”云天明看到程心亲昵地对自己说，又迷惘地看到程心挽住了自己的胳臂，像恋人一样依偎在自己身边。难道他们是在恋爱中？

爱与温柔在他心中涌起，但随即他就意识到，这一切太美好、太甜蜜，不可能是真的。云天明猛然一个激灵，想起了一切前因后果：毫无疑问，这是梦境，三体人的“梦刑”又开始了。

“不——”他悲哀地喊了出来，但他自然不会因此而醒来。梦中的程心疑惑地看着他。

云天明紧张地四下看着：天空会不会降下死亡的血雨？大地会不会突然裂开？周围的人们会不会变成吸血僵尸，向自己扑来？程心又会变成什么样子？是白发伛偻的老妪，还是流着脓血的怪物？他们会被活埋还是虐杀？在这个看似平静的世界里，又隐藏着怎样不可测的恐怖和邪恶？

“天明，你怎么了？不舒服吗？”梦中的程心疑惑地问他。

望着程心清澈而无辜的眼神，他不敢想象这样甜美的人儿又要经历怎样的异变或蹂躏。他终于无法再忍受这样扭曲的“生活”，无力地瘫倒在地上，呻吟着：

“不要再给我做这样的梦了！我……我跟你们合作！你们听到了

没有？”

转瞬间，周围的一切都消逝了。云天明发现自己躺在一开始的花园里。他无力地睁开眼睛，大口喘着粗气。

比起真正妖异可怕的场景来，这个甜美梦境中不知潜伏在何处的恐怖却给了他更大的惊悚和心理压力。他无法忍受这美好的一切将在瞬间变为噩梦，所以他在一瞬间崩溃了，向三体人表示屈服。

“但是我什么也不要，只要以后每天都能做和程心在一起的美梦，要真正的美梦！”这是他对三体人的唯一要求。

“没问题。”在空间浮现的文字回答说。文字没有表情，但云天明觉得，在那背后的三体人一定以自己独特的方式露出了得意的讥笑表情：作为一只虫子，你怎么挣扎，都是徒劳。

云天明一时停止了叙述，沉浸在思索和回忆中。艾 AA 从背后抱住了他，喃喃道：“天明，这不怪你，真的不怪你……”其实她心乱如麻，也不知道自己是否真的不怪他，只觉得心中的一片苦涩在逐渐扩大。

她崇拜的英雄，终于还是露出了凡人软弱的一面。

云天明讽刺地笑了笑，“AA，你以为我的故事只是那么简单吗？”

达成初步协议后，三体人将云天明所需要的各种资料都传给了他，其中的信息量至少相当于一座图书馆。云天明看了半天的资料，凝神苦思，说要帮助三体人欺骗自己的同胞难度极大，需要充裕的时间去思考。三体人没有打扰他，云天明在这个小小的人造世界里东走走，西走走，不时坐下来休息片刻。在这个世界里有一座七层高的宝塔，他爬上了塔的顶层，居高临下，眺望着周围的景致，若有所思。

第二天，他又来到宝塔上，在那里坐了差不多一个小时。三体人还是没有什么反应。他判断三体人已经对他放松了警惕，在第三天，他再次来到塔上时，忽然纵身越过栏杆，从二十多米高的顶层跳了下去！

是的，从一开始的拒绝，到梦境中的屈服和事后的合作都是他设想好的骗局,目的就是自己的彻底死亡。这里有类似地球的重力环境,他跳下的方位和动作是经过仔细考虑过的,保证头下脚上,头部撞到地面,立刻脑浆迸裂而死。他推测,三体人的技术再发达,也不可能把一个变成糨糊的大脑复原。唯一可能的变数是三体人通过某种超级技术,在空中变出一个超级力场防护网之类的东西,让他撞不到实地上。

在他脑袋碰到地面的一刹那,这个担心也消除了。云天明成为史上最幸福的跳楼自杀者,他在欣慰中失去了知觉。

“那后来呢,你是怎么被救活的?”艾AA颤声问,虽然她明知云天明一定没事,却仍然不禁感到后怕。

“我再次醒来,发现自己完好无损,躺在最初醒来的房间里,好像一切重新‘还原’了一样。”云天明淡淡地说。

“这,这怎么可能?难道……难道说……”艾AA猜到了一些,惊得结结巴巴。

“是的,根本没有什么跳楼。”自嘲的笑容出现在云天明的脸上,“也没有什么‘醒来’,更没有什么克隆身体。这从头到尾仍然不过是三体人制造的梦境。所以我做什么,他们都不在乎,最多不过重来一遍。他们倒是没有故意欺骗我,只是没有告诉我这一点,因为觉得这并不重要。不过,后来他们夸奖我说,在梦境中和我交流仅仅是为了方便,而我的自杀是他们并未想到的一个骗局,如果当时真的令我复活了,他们大概也无法阻止,这使得他们对我的能力更有信心了。很讽刺,是不是?

“自此之后,我和三体人的矛盾就进入了白热化阶段。我拒绝与他们合作,他们用了许多残酷的梦刑来折磨我。等到我实在熬不住了,只有先答应下来,然后设法拖延,找各种借口推搪,或者故意出一些馊主意。当然,这种把戏后来越来越困难,三体人毕竟不是傻瓜。由于对我大脑的长期研究,我的思维对三体人来说透明程度很高,要隐瞒他们成了越来越艰难的事情。不过另一方面,我的意识也逐渐对各种恐怖和血腥场景有了抵抗力,甚至对于肉体的痛苦也渐渐能够有意识地克服和驾驭一部分了。

最后，他们终于厌倦了这种猫抓老鼠的游戏，开始绕过我的同意，直接使用我的大脑。”

“直接……使用大脑？”艾AA愣住了，实在不解其意。云天明只好又解释了一番。

人类的大脑处理和解决问题是个近乎自动的过程。只要受到刺激，就会产生一定的反馈。在某些方面，这个过程并不一定需要意识的参与。众所周知，人类有许多重要的思考都是在无意识中完成的，意识只是起到监控、储存、整理、提炼等辅助作用。当然如果意识不愿意并强烈阻止进行某一思考，也会造成严重的阻碍。三体人为了让云天明的大脑在无意识的情况下为自己服务，用很精细的手段剥离了其意识层面，并设法用电脑程序对其大脑思考加以控制和输出。但是这一尝试失败了。他们发现，意识的反思和提炼等作用是电脑所无法取代的，更何况是不懂得人类思维的三体电脑。三体人必须要云天明的大脑作为一个整体为自己服务，包括其意识。

接下来三体人采用了许多种方法，譬如用类似迷幻剂的化学药物令云天明陷入谵妄状态，试图从其口中套出进行战略欺骗的方法，但是云天明在这种情况下意识模糊，无法进行高强度的思考。又如进行云天明称为“灵魂电击”的酷刑，即不断地在云天明脑中输入问题，强迫其思考。在他产生抗拒意识时，大脑中枢会发出某个特殊信号，此时便触发灵魂电击，对大脑进行强烈的物理刺激，在不造成生理损害的前提下，使其感受到极为强烈的精神和肉体痛苦，形成条件反射，不敢再有抵抗。

这种方法收到了一定成效，但是不久后，云天明便学会了类似瑜伽和禅宗的心灵控制术，不需要有意去“抵抗”，但头脑可以瞬间让意识变得一片空白，什么都不想，而又可以在一个自我封闭的心灵暗箱中进行某些思考，仪表都难以检测出来。他甚至还形成了日益强大的坚忍精神力，能够忘却和淡化各种痛苦，去抵御和化解三体人的折磨。人类大脑只开放了一小部分潜能，三体人的酷刑迫使云天明挖掘出其中潜伏的无尽力量。

在这场惊心动魄的精神博弈中，经过几番交锋，技术上处于绝对优势的三体人仍然无法攻克云天明内心的堡垒，终于无奈地败下阵来。

但是艾AA越听越糊涂，既然三体人绞尽脑汁也无法役使云天明的心灵，那么云天明又怎么会被他们利用，向他们屈服呢？

“AA，你觉得一个谎言能够成功的最关键之处在哪里？”云天明忽然问道。

“是……能自圆其说吧？不，应该是能抓住对方的心理？”艾AA想了一会儿，若有所思地说。

“不，其实是真诚，无与伦比的真诚……”云天明长叹了一声。

三体世界并非顽固不化的铁板一块，这个世界同样受到接触到的地球文化的强烈冲击。威慑纪元初年，在三体人和云天明的“心灵战争”时期，也正是三体社会面临重大危机的时代。威慑关系的建立使得远征地球的事业化为泡影，三体世界蒙受了巨大的挫败，人心浮动，而地球文化的传播和云计算的初步应用，更使得传统的三体社会形态摇摇欲坠。渐渐地，变革的火种在三体行星和舰队上播撒开来。不久后，一次突如其来的乱纪元所引起的社会混乱，终于酿成了一场轰轰烈烈的“三体革命”。

由于生存环境的严酷，稳定成为第一需要，三体世界历史上几乎没有过真正意义的革命。即使曾经有过反叛的种子，三体人不会说谎的天性也使得秘密策划、地下组织等革命手段不可能使用——反叛者稍有不恭敬的苗头，就被当成思想犯处理了。直到三体人了解了地球之后，才知道还有这样一种改变现状的方式。云计算虽然已经禁止在民间使用，但是政府研究机构和军队中还有一定的装备，革命者利用其欺骗功能保护了自己的火种，并趁着乱纪元和恒纪元之间的交替状态发起了一场滚雪球式的暴乱，他们做好了失败的准备，结果却异常顺利：因循守旧的当权者根本没有应对革命的任何准备，很快溃不成军，一败涂地。

在行星上，旧的元首和贵族被推翻了，对地球战略反攻的打算一度被放弃，新政府充满了对地球的浪漫幻想，当然也愿意和地球保持和平，以换取在太阳系的外行星上有个栖身之地。同时,他们还通过智子接管了三体舰队。三体舰队上更多的是主张占领地球、消灭人类的鹰派,对于新政府的命令很不满,但服从命令是他们的本性:三体人并没有自作主张、阳奉阴违的本领。

对于有关的细节,云天明知道得也不多,但他敏锐地发现三体人似乎内部出了什么问题,对他的折腾越来越少,直到某一天完全停下来了。过了一段日子,三体人再次和他联系,告诉他三体世界已经发生了重大变化,希望他能在三体和地球两个世界之间牵线搭桥,建立友好关系。

“等等,这是一个骗局吧?你相信了?”艾AA叫道。曾经对三体人的“友好”深信不疑的她,在那次天崩地裂的大难之后,对三体人的任何说辞都不禁心存警惕。

“不,这不是骗局。”云天明说,“三体人如果能想出这样巧妙的骗局,那么就根本不需要我的帮助了。如果当时我相信了他们,那么或许可以真正帮助三体和地球两方走向和平共处,可历史就是这样阴差阳错,云谲波诡……我又错过了这个机遇。”

和艾AA的第一反应一样,云天明也根本不相信三体人的诚意,他仍然拒绝合作。这次自顾不暇的三体人没有管他,而是任他在自己的梦幻中徜徉着,也没有用梦刑折磨他,更没有唤醒他。从此,云天明被困在自己的梦里,在梦中,这样的日子过了不知有多久,可能有两千年,甚至五千年,一万年……

“究竟是多久呢?”艾AA更加迷惑了。

“在梦中的时间感本来就比苏醒时要慢,更何况在梦中又没有稳定的日升月落,根本无法判断。实际上真正的时间流逝大约是二十年,但我觉得却有几千年之久。在某一个梦里,我甚至建立了一个伟大的文明,看着它从产生到毁灭……”

“他们竟让你一个人在梦中被困了上万年?这……简直比无期徒刑还可怕一百倍!”艾AA愤愤地说。

“恰恰相反，”云天明却说，“这是我一生中最快乐的时光。我终于无人打扰，回到了自己的内心。这是我在地球上都未曾得到的幸福。

“多少岁月以来，三体人的精神折磨已经锻炼了我的灵魂，让我发掘出难以想象的广阔心灵空间，并且具有了足以驾驭它的精神力量。每一个梦我都可以用意识去描绘和控制。这时候，少年时代父母强加的古典教育终于派上了用场，它们成了我游历梦幻世界的基本素材。我时而和阿尔戈的英雄们一起在‘阿尔戈’号上扬帆起航，去斩杀海妖和怪兽；时而跟着《巴黎圣母院》里的诗人格兰古瓦，在中世纪巴黎的幽暗小巷里穿行，聆听着卡西莫多的钟声；有时又乘着飞马驾驶的云车，飞越万千雪峰，去昆仑山觐见传说中的西王母……

“在这些世界中，我不仅是一个游历者，更是一个创造者。我创造出这些世界的每一个细节，我相继创造了《圣经》中的耶路撒冷、《神曲》中的地狱和天堂、《清明上河图》里的汴梁、《西游记》里的天宫和佛土……不仅如此，我还创造了许多根本不存在，也无人想到过的奇景：花瓣中的王国，果壳里的宇宙，海底的都市和太空的花园……作为梦的造物主，我不需要研究技术细节，更不需要遵循科学原理，只需要想象它在你面前，它就存在。我说要有光，于是就有了光。我可以造出不符合力学原理，却壮丽得惊心动魄的伟大建筑，也可以造出错乱时空的奇妙景观：我创造了沙漠中的威尼斯、大都会中的原始森林、从太空垂到地面的瀑布、悬浮在天空的热带岛屿……

“在这些世界里，我还创造出了各种各样绚丽多彩的人物和故事：诸神的战争、神秘的宝藏、传说的英雄、少年的冒险、刻骨铭心的爱情……实际上，后来我告诉三体人的那些童话，大部分都是在那个时期创作出来的。”

“天，我们还以为你是专门为了掩饰那三个童话才苦心孤诣编造出另外一百多个童话的呢！”艾AA惊叹说。

“苦心孤诣？呵呵，根本不需要，当你时间有限的时候，你想做的无非是偷懒、睡觉，什么都不干，但如果你有无限的时间，除了创作，就没有别的事情可以做了。事实上，那些童话也只是我创作的一小部分。”

“天明，那……你给我讲一个你创作的爱情故事好不好？”艾 AA 听得入迷，暂时忘记了云天明讲述自己经历的初衷，而像一个幸福小女人那样，沉醉在爱人的叙述中，倚在他肩膀上撒娇说。

“好吧，讲哪个好呢？嗯……有这样一个故事，不知道你喜不喜欢听。不过我自己很喜欢。

“那是在古典时代的中国，在长江的源头，唐古拉山脚下的一个藏族村落里，有一个喜欢幻想的少年，他不知道大山之外的世界是什么样子的。有一天，一个从中原来的客商经过他们村子，暂住了几天，他缠着那个人问东问西，那个客商就告诉他，他们村子边上的那条小河，将向东流去，流啊流，流过一万两千里的广袤陆地，流过高山和平原，流过峡谷和丘陵，最后流入一望无垠的海洋。少年不知道海洋是什么样子的，客商就告诉他，那是看不到边的水体，全天下的水汇集在一处，形成比大地更为广袤的巨大镜面，泛出和天空一样的蔚蓝色……而在那海边，就是美丽的烟雨江南，青山绿水，环绕着亭台楼阁，处处都如诗如画。穿着丝绸裙子的姑娘们袅袅婷婷，泛舟湖上，用吴侬软语唱着柔美的歌谣……少年被彻底迷住了，他想跟着客商一起去江南，但是村里的人都不相信客商的话，他的父母也不让他去。最后客商走了，只送给他一个从江南带来的小瓶子。后来，少年就用藏文写了一封信，把他的生活和幻想都写在信里，塞进小瓶子，还放了一块青藏高原的玉石。然后他把小瓶子密封放进河里，让它顺水漂走，希望它能漂到下游的江南去。结果奇迹真的发生了！半年以后，在长江入海口不远处，在建康的石头城下，一个在江边踯躅的孤独少女捡到了这个瓶子——”

云天明不得不停了下来，他看到艾 AA 难以置信地看着他，那目光绝不是听故事的沉醉，而是隐约想到了残酷真相的莫大恐惧。

“《长江童话》！你说的是《长江童话》！”艾 AA 终于喊了出来。那部她曾经为程心放映的电影，虽然已经过去了几个世纪，但对绝大多数时间都在冬眠的她来说，只不过是几年前的事，她自然记得清清楚楚。“君住长江头，我住长江尾，日日思君不见君，共饮一江水……”记得她当时多么兴奋地告诉程心，这是三体人创造的艺术作品，但云天明却说是他梦境中想出来的爱情故事，那么依此类推，难道……难道……

“是《长江童话》。”云天明沉静地说，似乎在讲述和自己无关的事，“你终于明白了，这部电影，以及绝大多数三体人的‘创作’，都是我梦中的结晶。三体人利用了我梦境中的创作，我帮助他们赢得了人类的信任。”

三体人要在不触发反击的情况下摧毁人类的宇宙广播系统，终结威慑状态，唯一的胜算是人类选出程心那样柔弱而包容善良的执剑人，而要人类选出这样的执剑人，首先必须让人类认为三体世界不再有实质性威胁。让人类相信三体世界不再具有威胁的方法很多，但是最有效的莫过于充分的信任和好感。要让人类达成对陌生的外星文明的信任和好感绝非易事，除非令他们产生“我们都是一样的”的认同感。这些是三体世界的战略学者们经过多次理论推演早已经得出的结论，但是如何做到最后一步，他们却是茫然无措。三体世界和人类世界的差别实在太大了，在威慑纪元之初，没有经验的三体人曾经向人类透露过一些自己的社会文化状况，比如父母合体后爆掉产生出幼崽，又如将年老和残疾的个体脱水烧掉等等，结果在人类中引起了深深的恐惧和厌恶。三体人曾经用来形容地球人类的那句简短名言，现在被人类反过来用以鄙视三体人：

“你们是虫子！”

如果说在三体人那里，这句话仅仅是用来描述地球人在科学水平和技术能力上的巨大差距，那么在人类口中，这句话则被赋予了更多道德和文化上的厌恶感。在和平派政府上台后，三体人也一度想和地球方面拉近关系，但历史积怨和文化鸿沟使得他们的努力收效甚微。三体人是理性的种族，很少被情感因素所影响，而地球人在末日战役后，对三体人恨之入骨。这种尖锐的非理性仇恨也令他们无所适从。

这时他们又想到了云天明,想要从他脑海中获得有用的线索。云天明的梦境,每一个都被三体仪器记录了下来,在三体人看来,这是一个无尽的宝藏。云天明也成为三体人中地球文化爱好者的偶像。他的创作,经过三体仪器的处理后,以文字和图像的形式面世,获得了三体人的追捧。在三体人精心改编后,又被当作三体人的创作发往地球。

实际上,很难说三体人最初是有意欺骗人类,他们将云天明的创作发给地球人,或许只是想表明自己的善意。而三体人由于长期的集体主义文化,几乎没有“著作权”的概念,他们将云天明的诸多梦境略加改编弄成三体人喜爱的形式,就认为这是他们自己的东西了。现在三体世界多少有了一点保密的概念,当地球人询问这些作品的来源时,他们只是做到了最低程度的欺骗:不正面回答。而人类做梦也想不到三体人手中有一个不自觉地为他们创作的地球人,理所当然地就认为这些都是三体人集体创作的作品。

本来云天明的创作实在太地球化、太人性化了,三体人不可能达到这样的造诣,理应引起人类的怀疑。但威慑纪元时代的自信以及三体人对地球文化的由衷仰慕,使得地球人产生出文化上的一元主义。他们认为地球文化虽然尚处于萌芽阶段,却已经抓住了宇宙中的普世价值,具有超越时空的普适性,被三体人所热衷效仿是很正常的事。而三体人作为另一个发达的文明,在适当的条件下自然也会产生出类似的艺术形式,加上三体人在改编过程中也的确加入了个别三体文化元素,以及许多三体人自己模仿的作品(当然其水平和云天明的创作不可同日而语),就更使地球人深信不疑了。

听到这里,艾 AA 忽然想到三体人的另一项非常“人性化”的创造,她打了个寒战:

“难道……难道……那个一会儿像日本美女、一会儿像古代忍者一样的智子,该不会也是你……”

云天明脸上出现了一个有些尴尬的奇怪表情,他点了点头说:“没错,智子正是从我的梦里诞生的……”

在云天明的梦中,除了母亲、姐姐、程心等寥寥几个女性之外,还经常出现一位时而温柔腼腆、时而热情奔放的成熟女郎,三体人对这个神秘的女郎很感兴趣。经过智子查询,终于发现此人是公元世纪的一位日本女演员武藤兰,寂寞的云天明在大学时代经常观看她主演的影片,参加工作后还买了她的作品全集,并且,此人所代表的某些日本文化在当时的亚洲范围内都极为流行。

三体人本来并没有过多注意日本这个不大的国度,但战略学者们在云天明梦境的提示下进行了研究,很快发现了一些有趣的现象:日本是一个自然环境极度脆弱的岛国,处于两大板块之间,经常遭到地震、海啸、火山爆发的袭击,公元时代末年的一场大海啸,还夺去了数万人的生命……日本人一直忧虑自己的国土会沉到海里,因此在历史上不止一次试图占领大陆,重新寻找栖身之地,而其国民性也尤其坚忍、服从集体、纪律严明……这一切简直是三体世界的地球翻版。

更耐人寻味的是,日本是在云天明祖国的文化影响下发展起来的,但在云天明出生前几十年却入侵了他的祖国,两国之间结下了深仇大恨。但仅仅几十年后,日本娱乐文化又席卷了云天明的国度,引起了万千年轻人的崇拜和追捧,而淡化了历史积怨。这些历史的相似性使得三体人学者一致认为,如果要让地球人忘却和三体人之间的仇恨,日本就是三体世界应该重点研究和仿效的对象。智子也因此而以日本美女的形象出现,其原型正是云天明梦中出现过的武藤兰。

“啊,怪不得!”艾AA忽然想起来一件事,“程心在见过智子以后,跟我说智子很像以前她的时代的一位外国女演员,但没有说是谁。我也没有问,想不到她也是你记忆中的影星。”

“程心也看过武藤兰?”这回轮到云天明吃惊了。

“有什么问题吗?”艾AA有点疑惑。

“不,没什么……”云天明啼笑皆非地摇了摇头。

在人类社会,智子的形象大获成功。威慑纪元中期,由于人类社会已经开始转向女性化,智子从日本文化中汲取并刻意展现的“大和抚子”形象迎合了这一时代的口味,她被称为“女人中的女人”。她的服饰、化妆、首饰都成为了时尚的标志。事实上,智子本身就促进了人类的女性化社会变本加厉地发展。人类社会女性化的一个重要思想依据是:连曾经野蛮粗鲁的三体人都选择做一个温柔贤淑的女人,足可见女性化代表了人类社会的普世价值观和发展方向。歌德《浮士德》中的名句被人摘引出来,并略加改动,作为女性文化宇宙意义的象征:

“永恒之女性,指引着我们和三体人上升!”

但是很快,三体世界却不愿意再受人类文化指引了。

三体世界的改革运动并没有维持很长时间,盲目引进和仿效地球文化并不能解决三体社会中许多现实问题:乱纪元可不会因为“人文社会”的降临而自动消失,相反,由于个人意识的萌发,原来的军事化管理体制松动了,在乱纪元中,人们各自为政,使三体社会受到了很大的破坏。经过了二十多年,三体世界的底层平民们对新的社会越来越不满,甚至将三体政府蔑称为“地球虫子的政府”。

陷入困局的三体新政府试图学习地球上的民主选举以解决政治上的困局,结果却适得其反,旧势力卷土重来,获得了绝大多数选票而宣告复辟,“地球派”被清算和镇压。经过这一番折腾,三体人对地球文化的弱点算是看透了,铁血思想再度抬头,很快,进行战略欺骗、伺机进攻地球的计划再次被提上日程。

而这一次,主战派们欣喜地发现,几乎不用多做什么了,地球人已经充分相信了三体世界的友好和善意,战略欺骗差不多已经成功。构成这一战略欺骗成功要诀的,正是云天明的艺术创作和三体世界曾经的真诚。

问题仅仅是,如何将这一欺骗继续下去。不过这一点也并不困难。三体学者的研究表明,人类社会的女性化转向已经开始,如果没有大的变故，这一趋势至少在一个世纪之内无法逆转。下一任执剑者有百分之九十以上的可能会是一位柔弱的女性，而云天明的脑海中还有许多令人惊艳的艺术毛坯可以利用来麻痹人类。至于三体人方面，至少他们已经学会了让智子娴熟地表演日本茶道和插花，以赢得人类的欢心。

正在此时，曲率驱动的光速飞船在三体行星上诞生了。后来的地球人常常奇怪为什么三体人有了如此先进的技术还非要侵占太阳系不可。其实这是不难理解的，三体人是一个执着的种族，他们的第一舰队已经出发去征服地球，并且从他们的角度看，研发光速飞船无疑是双重保险。即使反击失败，人类启动了宇宙广播，在黑暗森林打击到来之前，还有将近一百五十年的时间可以设法造出能让全部或大多数三体人民逃离三体星系的巨型光速飞船。从罗辑咒语生效的时间看，这个估计也是合理的。

只是谁也没有想到，后来的黑暗森林打击竟来得如此之快。

在三体世界一帆风顺、蒸蒸日上的时期，云天明最终被唤醒了。之所以唤醒他，是因为三体人认为自己已经不需要继续研究他的大脑了。现在他的作用已经不再关键，志得意满的三体人告诉他，他们希望他能主动和三体世界合作，进行对地球的战略欺骗；如果他不愿意，他们也不会勉强，由于他是三体人的“功臣”，三体人允许他安然度过余生，无论是留在自己的梦境中，还是加入三体社会，都可以。

如果云天明选择和三体人合作，那么可以将三体人不擅长的韬光养晦伪装得更加惟妙惟肖，提高其成功率。三体人告诉他，根据他们学者的估算，在目前的情形下，趁执剑人交接之际，冒险发动对地球反击的成功率是百分之八十七点五三，而如果他能够全力帮助他们，成功率会上升到百分之九十三点二七。在这种情况下，三体人会保留一千万左右的地球人口，让他们自由地生活在澳大利亚，这对于地球文明的延续来说应该已经够了。

如果不合作，三体人当然仍然有百分之八十七点五三的成功率，而一旦成功,就会彻底灭绝人类和地球上的所有生物,最多保留个别样本和一个基因库。如此一来,不仅人类会从太阳系消失,就是已经离开太阳系的“蓝色空间”号飞船也会被水滴摧毁。在整个宇宙中,人类文明将销声匿迹。

“这个选择太残酷了!”艾AA情不自禁地喊道。她知道无论怎么选,云天明都将成为人类的罪人,除非人类能抓住那百分之八十七点五三到百分之九十三点二七之间的一点点机会。但这个可能性实在太渺茫了。

“如果你是我,你会怎么选?”云天明转过头问她。

“我……我没法选。”艾AA摇了摇头。

“如果一定要选呢?如果一定要有一个答案,那会是什么?”

长久的沉默后,终于有了答案:“我……会选择和他们合作吧。”

这也正是云天明的选择,合作不仅至少能保全一小部分地球人口,也是唯一有可能设法向人类传达警示的途径。在经过反复诘问和破例动用智子查询地球的情况,确认三体人的战争准备千真万确,而其所给的信息也准确无误之后,云天明又和三体人讨价还价,将三体人允许人类存在的人口增加到了五千万。在三体人终于让步后,他同意向三体世界宣誓效忠。

其实三体人内部并没有宣誓的概念,他们的思维清晰可见,是否忠心一望可知。但对于第一个加入他们的地球人云天明,三体人还是希望有一个过程才能放心。为了照顾云天明,他们特意查询了几个世纪前ETO的资料,兴致勃勃地举办了一个宣誓的仪式,并向三体世界直播。于是在摄像仪器面前,苦着脸的云天明高举拳头,发出了和早已长眠于地下的昔日三体战士们相同的誓言:

“消灭人类暴政,世界属于三体!”

不知道叶文洁、伊文斯等ETO先驱们如果听到这句熟悉的口号,会怎么想。

宣誓只是一个仪式,三体人同时还对云天明的脑部活动进行了仔细的检测，但是在之前几十年的较量中，云天明早已经学会了伪造自己的表面思维，而在心灵黑箱中用潜意识进行真正的思索。其实这对人类来说并不难，人天生就有自我欺骗的本领，云天明只要回想自己在地球人那里受到的种种凉薄和利用，或者将来可能得到的好处，就自然“入戏”了。三体人并没有发现其真正的动机，而只看到了他表面上的恐惧、愤怒和审时度势的屈服。云天明还精心地将自己的表面思维分了好几个层次：对人类的不满和绝望，内心的羞愧、自我辩护以及想要获得物质利益的贪婪欲望。这些合乎逻辑的结果已经让三体人深信不疑了。

向三体人效忠后，云天明仍然没有见到三体人，他们似乎刻意躲避着他。三体人的理由是，双方生活所需要的环境大不相同，见面要大费周章，再说可以随时通过虚拟窗口进行信息交流，无须见面。但云天明纳闷的是，为什么三体人既不见他，也不允许他察看三体种族的影像，难道这里面还有什么秘密吗？但现在，这一切都还轮不到他关心。

云天明的主要工作是继续创作文艺作品送给人类世界，修改润色三体人发给人类政府的外交函件，同时指导一些民间的往来通讯；当然，其身份和存在要对地球方面严格保密。云天明的工作必须经过三体人专门机构的审查，以免他暗中向人类泄露情报，而这正是云天明所私下盘算的：必须设法告诉人类，三体人根本没有放弃侵略地球的野心。

云天明很快发现，审查机构的反欺骗水平很低，完全可以瞒过他们的耳目向地球方面发出暗示。这也不难理解，不擅长欺骗的三体人自然也不善于识破欺骗。实际上，在此后十来年的工作中，云天明多次通过智子发出了重要的暗示信息。

“有吗？”艾 AA 疑惑地问，“可是为什么从来没人发现呢？”

“当然有了，譬如说那部《卧星尝胆》吧，那是根据古代中国的故事改编的科幻小说，我在其中就强调了越王勾践及其大臣表面顺服了吴国，实际上暗中做好了反击准备的情节，并且把背景搬到宇宙之中。这本书在地球上销量不错，但是却没人想到其中的寓意！”

“原来《卧星尝胆》是这个意思！”艾 AA 惊奇极了，“我也看出其中好像有寓意，还一直以为是隐喻罗辑、章北海他们卧薪尝胆，迷惑了三体人，最后取得了胜利呢，谁知道完全是相反的！”

“是啊！”云天明长叹一声，“地球人十个有九个都是这么以为的，自以为是的人类啊……我后来也发现了，这种比较隐蔽的暗示根本没用。眼看一年一年过去，时间就快来不及了，所以最后，我冒着被三体人戳穿的危险，给你们传递了一部赤裸裸地吐露真相的作品：《天穹的背叛》。”

《天穹的背叛》是一部架空历史剧本，描述的是罗辑建立威慑后不久，就被三体人用巧妙的阴谋消灭，而重新入侵地球的故事。故事中，三体飞船入侵地球被描绘得极其血腥惊悚，云天明是冒险为之，他自己都不敢指望这部作品能通过三体人审查，结果不但顺利通过了，三体人还亲自拍成三维立体电影送给地球。这部电影也确实在地球上引起了轰动和争议，可令云天明没想到的是，影片被认为是“深刻展现了三体文明对于战争罪恶的反思和人性思考的深度”，获得了奥斯卡最佳电影奖，还请来了穿着华丽和服的智子代替三体人上台领奖。

其实也不能全怪人类愚蠢，这是一个悖论：云天明的作品是以三体人创作的形式出现的，所以越是展现三体人的残忍和血腥，越会被认为是三体人的自我反省，同时，由于人类众所周知三体人不会说谎，让他们相信影片中传递了关于三体阴谋的绝密信息几乎是不可能的。纵然有少数鹰派人士从中解读出了反面的含义，宣扬“这是三体人渴望入侵地球的内心独白”，也不会被大众所采信。

但云天明还有另一手准备。

在创作艺术作品的同时，云天明也帮助三体科学界伪造一些要传送给人类的基础科学理论。对于三体人来说，要伪造得像个正确的理论，同时实际上又是错误的，这实在是一件苦差事，他们把这些都推给云天明去做。但云天明仅仅拥有 20 世纪的本科学历，对于许多前沿理论理解和把握起来也很吃力，这时他忽然想起来以前读过的一本武侠小说中有类似情节，灵机一动，干脆只改里面的数据，夸克的什么能量值给加上个零，空间曲率的什么特性给减去个根号，以人类的科学进展速度，二十年内都无法做实验验证这些数值。三体科学家知道后，如醍醐灌顶，大赞他是天才。其实这活计并不难，但他们自己一想到要改变数据去骗人，就大感厌恶，忍不住要去排泄。

“怪不得！”艾AA忽然大叫起来，“我做博士论文的时候，有一个三体人提供的常数怎么算都好像不对，后来不得已绕过去了，答辩的时候差点没通过，原来是你搞的鬼！”

云天明苦笑着摇了摇头说：“其实这是我有意留下的破绽，虽然大部分改动暂时无法验证，但还是有一些可以通过理论推导出其矛盾错误的。我想如果这样，人类或许可以提早警觉到三体人方面的异常，提高防范。”

“所以说你只读到本科，根本不知道学术界的黑幕。”女博士艾AA大吐苦水，“你这个法子根本没用！不要说无法做实验验证，就算能验证，发现不对，人家也会反过来质疑你的实验会不会有问题，怎么可能推翻三体人那么权威的科学发现？其他实验室也不会跟进，即使能让全世界都重复做实验、发现有问题，那些学术权威也会抛出一个又一个的辅助性假设来为原来的理论和数据辩解，这可是人家吃饭的家伙。就算真的没法狡辩了，他们也会逼你提出一个更有说服力的理论，而只要你的理论中稍有不完满的地方，他们就会群起而攻之，冷嘲热讽，专攻一点，不计其余。这还算是好的，更糟的是根本就不搭理你，当你是空气。要科学界普遍承认错误，只好等这些老家伙死了以后再说了。”

所以云天明的努力都归于白费，他的合作事实上反倒保障了三体人突袭行动成功率的稳步上升。但也正是由于如此，他才没有被三体人识破，三体人反而对他放下了戒心，认为他已经完全忠于三体世界。在最终行动之前的几年，云天明的地位稳步提升，甚至可以调动智子随意对地球进行观察，只是没有主动进行交流的权限。

“就在那时候，我看到程心醒来了。从那以后，我其实一直和你们在一起……”

“不是我们，只是和程心在一起吧……”艾AA酸溜溜地纠正道，她也知道自己不该这么小气，只是实在忍不住内心的醋意。

因为她心里也有一个秘密，一个关于云天明的秘密……

“不是的。”云天明忙解释说，“当然也包括你了，AA，这些年你和程心一直在一起，对我来说你早就像身边的好朋友一样熟悉了。其实不知为什么，我第一眼看到你，就觉得你很熟悉，有一种很亲切的感觉……”

“很像那个武……武什么兰吗？”艾AA抢白说。

“当然不是了，我也不知道为什么会有那种感觉，可能是因为……你比较有亲和力吧。你经常东跑西跑的，有时候就算用智子也跟不上你的速度呢……”

“等一下——”艾AA忽然想到了什么，“就是说，你一直在用智子看着我们？”

“是啊，在好多年的时间里，我一直靠智子陪你们经历那些苦难和艰辛，和你们在一起。你们的痛苦和挣扎，就好像我的亲身经历一样。”云天明说。

这句话当年曾经给程心以莫大的感动[①]，但在发散性思维的艾AA看来，却有着截然不同的含义。她忽然捏紧粉拳，用力地打在云天明的身上。

“你这个坏蛋！大色狼！一直用智子的摄像头在偷窥我们！你你你……人家洗澡、换衣服、瘦身、拔腿毛……都给你看到啦！”

云天明张口结舌，他完全没想到谈话会朝这个方向发展。

“喂，你究竟有没有看过我？说实话！”艾AA又继续娇嗔道。

“没有啊，真的没有。”云天明苦着脸说，艾AA用怀疑的目光盯着他，云天明还是脸红了，“好吧，我……我承认，我……看过几次程心，但那也是为了保护她啊，真的……我半眼也没偷看过你！”

“哦，你只看她，不看我？能看都不看？我对你就一点吸引力也没

① 见《三体Ⅲ·死神永生》(典藏版)第273页。

有?!”艾AA噘起了嘴,居然更生气了。

“这……也不是完全没看。”云天明哭笑不得,吐露说,“在澳大利亚,有一次你们一起洗澡的时候……你也知道,那时候很多人都想对程心下手……”

“哦,你还真的看了!色狼!大色狼!讨厌死了!”艾AA又狠狠拧了云天明一把。

云天明彻底崩溃了,为了让这无聊的对话中止,云天明不得不将自己的唇覆盖在了她的唇之上。

不知过了多久,云天明讷讷地问:“你……不生气了吧?”

艾AA忽然扑哧一声,咯咯地笑了出来。

“你还真是好骗!你以为我真生气啊,逗你玩儿的。只有你们公元人,才把这事情看得那么重。看就看呗,让你看得着,吃不着,哼!”

云天明拥着艾AA,轻吻了一下她的额头,心中涌起一阵感动。他知道,怀中人的心里也没那么轻松,毕竟他们回忆的是人类历史上最不堪回首的一段往事,只是故意说些不相干的笑话,好让他放下心头沉重的担子,可是他真的放得下吗?

“喂,”过了一会儿,艾AA问道,“你说你是为了保护我们,可是当年程心苏醒后不久,就差点被维德那个疯子给杀了,那天……你也看到了吗?”

顿时,好不容易才出现的一丝笑意从云天明的脸上消失了,深深的悲哀和内疚又笼罩在他的面容上,甚至比刚才更为痛苦。看到云天明这样的表情,艾AA立刻后悔自己说错了话。

“天明,你别这样,我知道这不怪你,你只能在好几光年之外看着,却什么也做不了,这种感觉是很难受的。还好那次程心最后也没事,你就别自责了,好不好?”

云天明忽然怪声笑了起来,那笑声在蓝星的夜晚显得分外凄悲,“哈哈,什么也做不了!我巴不得我什么也做不了呢,如果我真的什么也做不了,那将是我莫大的幸运!也是人类的幸运。但是,恰恰是我亲手毁掉了人类最后的机会,你说我应不应该自责?”

“你说什么啊,这……和你有什么关系?”

云天明苦笑了一下,给了一个令她战栗不已的答案:“那一天,是我救了程心。”

四百年前的那次未遂谋杀,到了今天才显露出真相的另一半。

“自从程心苏醒后,我就一直看着她,她的一举一动、一颦一笑都令我心醉不已。毕竟我们已经分别了几百年,对一直在梦境中生活的我来说,更是相当于千万年了。我从来没有想到会以这样一种不可思议的方式再次见到她,隔着许多光年,却如近在咫尺。有那么几天时间,我只看着她,什么事也不做,直到她接到那个维德伪装成你的声音打来的电话。”

“那个电话……”艾AA吃力地回忆着。

“因为那个电话约她去一处偏远的地方见面,我感到非常奇怪,于是动用智子进行来源追踪。我通过智子很快就看到,在电话另一端的并不是你,而是使用了智能变声器的托马斯·维德。不过当时我并不认识他,智子很快查出了他的真实身份和其他活动,从中我也不难发现他的动机:竞争执剑人。

“当我发现这一点的时候,彻底呆若木鸡。我这时候才如梦初醒,发现程心已经是执剑人的最热门人选。前些日子我沉浸在重逢爱人的喜悦中,竟然没有注意到她的名声和在公众中的影响力。可那是多么不可思议的事!一切都是因为我送给了程心那颗星星——不,是这个星系。程心本来可以平平安安地过完幸福的一生,但因为这个星系,她被当成拥有了一个世界的圣女,从而引起了人们的崇拜,甚至被当成圣母!

“而我清楚地知道,程心,就是三体人所期待的那种未来执剑人。只要她当上执剑人,三体人就会毫不犹豫地发起进攻。他们认定她绝不会按下广播开关,因此,到时候无论她是否会按下开关,都为时已晚,人类都注定会毁灭。

“因为一颗星星，我亲手把自己所爱的人送上了不仅可能毁灭人类，也毁灭她自己的位置。

“在意识到这一点之后，我迫不及待地追踪着维德，看着他将一把老式手枪放进了自己的怀里，然后向目的地赶去。我并不了解他，但的确感觉到了危险。可是我仍然满怀希望，我认为这只是他的威胁手段之一，只要程心答应退出竞选，他就不会动用那把枪。其实我真的希望程心在他的威胁之下退出，对于人类也好，对于她也好，都是一件功德无量的好事。

“但当我看到维德一开始就拿枪对着程心时，我知道我错了。托马斯·维德不是那种只会口头威胁的男人，他可以不顾及任何道德和法律，为了达到目的，不择手段，不惜一切代价。如果仅仅是威胁程心退出，很可能会被程心告发或者透露给他人，而只有死人才不会说话，不会阻止他达到自己的目的。

“但是他要达到的目的——当上执剑人并消泯人类的潜在危机——恰恰和我是一致的，这真是很讽刺，是不是？”苦涩的微笑浮现在云天明的脸上。

艾 AA 明白了，这又是一个难以抉择的悖论——要么为了全人类，眼睁睁地看着维德杀死自己最爱的女人；要么设法拯救她，挫败维德的计划，可那又不免将整个人类送上绞刑架。

但纵然是整个人类的命运，在一个经历过无数艰难苦楚却因为爱情才活下来的男人心中，或许也并不比自己所爱的女神更为重要。

“但你又能怎么办呢？就是智子也不能干涉啊。”艾 AA 不知道说什么好，最后只是轻轻地说。

“你错了，智子其实是可以有限度地干涉宏观世界的，譬如高速反复冲击视网膜，通过感光效应造成各种形象，这早在公元世纪末就应用过了。当然，我并没有这个使用权限，否则我宁愿暴露自己，也会向人类世界示警……但我总还是可以向三体人方面报告的。这几乎不需要时间，他们在我大脑中装有一块交流芯片,我只要默念一个特殊指令,瞬间就可以让他们明白发生了什么,从而动用智子的功能进行保护。"

"但即使没有你,三体人难道不会监控程心这样的执剑人热门人选吗?"艾 AA 问。

"也许会监控,但是三体人由于其本性,对人类社会关系仍然缺乏深入了解。像维德伪造身份约程心出来这种并不复杂的骗局他们都要绕几个弯,或许动用云计算电脑才能大致明白,反应速度根本不够。并且他们也非常谨慎,万一动用智子干涉执剑人之间的争端被发现,必然会大大增加地球世界的警觉。反正据我所知,当时并没有其他的智子在现场。

"在当天的事件中,我不知道是否有三体人在观察,以及有多少,更不知道如果没有我,他们最终会不会出手,但是事实无法改变:最后出手的人,是我。

"当时,千千万万个念头瞬间在我心里浮现。除了我对程心的感情之外,我还有许多个理由去救她:程心是个外柔内刚的女孩,有什么理由认为她一定不会按下开关?说不定三体人比起维德来,更加畏惧她呢?退一步说,如果人类真的要选择程心,那么即使她死掉,人类也会选择一个和她类似的女性去当执剑人,维德这些人还是未必有机会。程心死与不死,并没有根本差别。"

"天明,你是对的,这是历史,是人类共同的决定,不是程心个人的生死能改变的。"艾 AA 宽慰他说。

"我不知道自己是不是对的。但我自己也知道,我并不是用理性去思考这些问题,我只是在给自己找一个去救程心的理由。其实我是……自欺欺人。在想到这一点后的那一刹那,我下定了决心——或者说,我以为我下定了决心——牺牲我的至爱,保全人类。作为一个已经犯了罪的罪人,我要对人类尽最后的责任。

"所以,我眼睁睁地看着维德打出了第一枪。

"维德没有一枪打中她的头,而是打碎了她的左肩。但我知道那绝不是出于怜悯，这个疯子只是以折磨他人为乐，将他人的绝望作为自己的乐趣。在杀死程心之前，他还要说上一大堆话，看着她慢慢地在痛苦中死去。

“可惜维德不知道，他犯了一个致命的错误。

“我以为经过了那么多艰辛痛苦的磨炼，我最终能够承受这一切，我以为可以眼睁睁看着爱人被打死而仍然坚强。但看到程心的肩膀被击碎、鲜血流了一地的时候，我的整颗心都碎了。在那一刹那，爱和怜惜的潮水淹没了我，理性和责任感都消失得无影无踪，我只知道，我决不能任程心死去，决不能！纵然整个人类都将因此而灭亡，我也要拯救程心。如果有什么罪孽，就归到我头上吧！

“我再没有犹豫，立刻发出脑中信号向三体人示警，将这个画面切换到他们面前，对他们说：‘阻止维德，救救程心，没有她你们的计划绝不可能成功！’

“刚发出这个警告，维德就打出了第二枪。

“当时‘在场’的，除了程心和维德之外，还有两光年外、通过智子在看着这一切的我。程心和维德都深陷局面之中，而没有觉察到异样。只有我清楚地看到，那一枪本来是瞄准程心的头的，但是突然不知怎么着，维德的手下垂了一个微小的角度，打偏了，只打中她的腹部。此时，智子自动检测出，另一颗智子以光速来到附近，在维德的眼部活动着。显然是那颗智子在维德眼中制造了幻象，才让维德打偏的。不过由于时间仓促，智子也只能让维德的手偏转很小的一个角度，程心的腹部还是被击中了。”

艾 AA 心中一个不大不小的疑团终于解开了。维德刺杀程心时，已经在威慑纪元生活过一段时间了，以他的高智商和关注点，不可能不知道以这个时代的医疗技术，爆头才是唯一的致死方式。如果说第一枪还只是为了解除程心可能的战斗力和玩猫抓老鼠的游戏，那么第二枪明显已经要杀死程心，却还是没有对准头部，对于维德这样的专业人士来说，这种错误是难以解释的。她和程心曾经谈起过这个问题，当时她曾经说，也许维德是不忍心破坏程心美丽的容颜才没有对准她的头……她们也觉得这个想法太牵强、太离奇,但却找不到别的解释。想不到真相却是:几光年外的云天明发动了智子干涉。

“智子的干涉十分巧妙,我看过维德的供词,他也没有察觉真正的原因所在,只觉得眼前的景物突然一跳,有点晕眩而已,他认为这只是和他年纪大了之后患上的一种轻微神经症有关。实际上他对第二枪并不很留意,他真正懊恼的是第三枪是臭弹,那一枪同样对准了程心的额头。他认为如果不是臭弹,程心必死无疑。所以他将一切归为巧合,认为是天意弄人。

“的确,臭弹是巧合。但真相是,即使他开枪,子弹也只会从程心耳边擦过,因为在智子的干涉下,他眼中的景象与实际的方位已经有了一个微小的差距。从智子传来的画面看,第三枪他所对准的方位,根本不可能打到程心。”

因此,维德自食其果。他亲手选拔、送进太空的那个大脑,最后终结了他的逆天计划,也在不可测的历史旋涡之中,将人类推向了万劫不复的方向。

“就这样,我救了程心,也毁了地球最后的机会。以后的事……你们都知道了。”

云天明说完这句话,如同突然之间丧失了全部的力量,痛苦地捂住了脸。

“天明,别这样……你,你已经尽力了,这真的不是你的错。”艾 AA 由衷地说。听完了云天明漫长而惊心动魄的回忆,她真的一点也不怨身边的这个男人,反而对他的怜惜和爱恋更深了一层。

从什么时候起,自己真的爱上了这个坚强而又憔悴的男人?

艾 AA 不知道,她只知道自己曾经竭力摆脱的宿命终于到来了,而她已经放下了全部的心结,要用整颗心去呵护身边的这个人。用她的爱去召唤他的爱,用她的力量去唤醒他的力量。

是否现在告诉他自己的秘密?艾 AA 几度欲言又止,在几个世纪的生命中，她不知道谈过多少次恋爱，和多少个男人上过床，但从未如此紧张过。她知道，那个秘密非同小可，同样关涉到他们三个人的过去，也关涉到人类命运的转折点……那件事，如果得不到云天明的谅解，在接下来的岁月中，他们之间的关系再也不会回到目前这样的和谐状态。

不知怎么，她想起了自己刚认识程心时，对程心说的那段话：

“又在想他呀？……这是全新的时代，全新的生活，与过去全无关系的！”①

她知道自己错了。造物弄人，兜兜转转，过去从未消逝，总有一天它会回来，令人不得不面对。对程心来说是这样，对云天明来说是这样，对她来说也同样是这样。

或许还不是时机……

云天明仍然沉浸在痛苦之中，在维德事件的回忆后，他又讲述起了执剑人交接仪式结束后，水滴突然从外太空杀向地球的那十分钟。虽然那个时候，地球的毁灭已经不可避免，但他仍然无限希望程心按下那个开关，让冷漠而自大的三体虫子们也尝尝押错赌注、一败涂地的滋味。至少这几十年来他所受到的折磨和侮辱，可以在那一瞬间得到酣畅淋漓的报复。他渴望看到三体世界在痛苦和懊悔中迎来自己的毁灭。

他眼睁睁地盯着程心，他知道整个三体世界也在盯着她。一分钟过去了，又一分钟过去了。程心战栗着，手微微颤抖，在按与不按之间。他的心和整个三体世界一起，随着她的手而颤抖，但期待的方向是相反的。

*程心，你按啊，为什么不按？按下去，让正义得到伸张，让作恶者得到惩罚！让他们和我们一起死！*他的心无声地呐喊着。

可是最终，程心没有按下那个开关，反而将它远远抛开。在那一刻，程心的颤抖消失了，显得异常平静。

程心做出了她的抉择。

① 见《三体Ⅲ·死神永生》（典藏版）第103页。

顿时,云天明身周的空间中闪现出与他进行工作联系的几个三体人传来的文字信息:云,你看到了没有?我们成功了!我们成功了!那个女人果然不出我们所料!我们赌赢了!地球是我们的了……

对于情感淡漠的三体人来说,这样得意忘形的表现已经相当失态,足以说明其狂喜的程度。

那一刻,云天明生平第一次恨上了程心。程心,你为什么这么软弱?为什么不拼个鱼死网破?为什么还要保护这些背信弃义的虫子,不把他们一起葬送?你究竟是人还是三体人?

可是慢慢地,云天明平静了下来。他又想起了大学时到密云水库的那次郊游。那一次,程心用手将一只在路上乱爬的丑陋蠕虫轻轻放到草丛中,以免被人踩死。女生们大惊小怪地抱怨着,但他的心却被深深地触动了。因为程心的缘故,他记住了那虫子的特征,后来他好奇之下,去图书馆翻了一本厚厚的《华北无脊椎动物志》,查到了那种虫子的种属,那是一种蛾子的幼虫。长成之后也是不起眼的灰色飞蛾,绝没有蝴蝶那样绚烂的翅膀。

但这种飞蛾属于一个历史悠久的蛾类家族。其化石年份可以追溯到侏罗纪早期甚至更早,当它第一次在新生的劳亚古陆上蠕动爬行,第一次在恐龙环伺的丛林中挥动稚嫩的鳞翅时,三体世界还没有进化出文明,更不用说人类了。在地球上,它也应该有生存的权利。可是近几十年来,由于人类活动导致生存环境的破坏,这种飞蛾已经濒临灭绝,在野外已经很多年没有发现过活的个体。

程心救下的就是这样一个小小的生灵。

后来,每次他想到程心可能无意中挽救了一种物种的时候,心里就会感到丝丝甜意,仿佛这和他也有什么关联似的。他想象着那只蠕虫会变成飞蛾,和同伴们在北京附近的大山里繁衍生息,将这个古老种族延续下去……而程心就是守护它们的女神。

只是他怎么也想不到,这一琐碎事件竟是后来两个世界命运的预演。

最后，云天明仍然不能完全理解程心，但他至少理解了一点，这就是程心。她还是她，和两百多年前并无二致。错的不是她，是把她推上执剑人位置的那些人，其中也包括他自己。顿时，一度的恨意，都变成了他深深的自责。

在他面前，三体人的信息还在源源不断地发来，这个情商低下的种族真把云天明当成了自己人，继续毫不掩饰地同他分享着自己的快乐，并刻薄地对程心尽情嘲讽。

“坦白说，当元首宣布计划的时候，我们真的没有信心。几十年来，罗辑一直是我们心头的噩梦，这么强悍的一个家伙，他的继任者怎么会那么容易被解决呢？但是这竟然发生了，云，谢谢你！是你帮我们麻痹了人类。看到那个愚蠢的地球女虫子把开关扔掉的时候，我真是开心极了！这简直比合体还要过瘾！不过，云，那个女虫子究竟是怎么想的？你以前也是地球虫子，说给我们听听吧！”

此刻，不仅仅是个别三体人，而是整个好奇的三体世界都想知道答案。

云天明压抑下自己激动的心绪，淡淡地说了四个字：“她爱你们。”

“爱？”听到这个答案，三体人惊奇地问道，“你是说……那种有利于种族繁衍的积极利他情感吗？这个我们也有，可是在敌对的星际种族之间怎么会产生呢？这对遗传物质的延续毫无意义啊。”

“地球上有人说过：‘要爱你们的仇敌，为那逼迫你们的祷告。’[①]”

“这……是什么鬼话？听起来像是一个逻辑悖论。”

“不，这是在我们世界的古代，一个伟大的人的教诲。有许许多多的人，至今仍然把这当成是宇宙中最重要的真理，比自己的生存还要重要。”

三体人沉默了片刻，似乎感到了其中蕴含的精神力量，过了一会儿，传来了这样的答复：“这句话我不懂。不过，如果宇宙中每一个种族都信奉这样的理念，那么或许根本就不会存在黑暗森林状态。”

① 出自《新约圣经·马太福音》。

“或许。”云天明说。他望着舷窗外的黑暗星空，心中忽然想，是否黑暗森林只是宇宙某一个阴暗角落——或许只是这个银河、这条旋臂，甚至这个旋臂末端的那么方圆几百光年里的龌龊状态，而在他根本看不到的那些伟大世界里，爱的阳光早已照亮了森林中的每一片树叶，每一株青草，每一条林中小径？那片“光明的森林”，如果存在的话，究竟是什么样子呢？

他苦笑了一下，这个谜，自己永远也不可能解开了。他的命运，最多也只是随着三体舰队杀回太阳系，在自己的故乡度过余年，然后作为人类历史上最大的叛徒和地球奸，终生生活在唾骂和白眼之中——如果没有被愤怒的同胞们乱石砸死的话。地球和三体世界之外宇宙的其他部分，他永远也不可能知道。还想这些干什么呢？

就在这时候，他却在完全没有准备的情况下，进入了那片“光明的森林”，而地球、三体人乃至整个宇宙的一切也由此改变。

“‘光明的森林’？那是什么？”听到这里，艾 AA 惊奇地问道。她立刻感到，这可能和云天明带来的那个小宇宙有关。

“我……不知道。”云天明惘然摇头。

他真的不知道。只是在那一刹那间，他的四周像是被一束突如其来的阳光所照亮，不，甚至是被一千个太阳所照亮。随即他发现他，以及他所在的整个飞船如同瞬间转移一样，从黑暗的宇宙深渊到了一个无法形容、不明所以的“地方”。在刹那间，似乎有无穷无尽的空间——不，是无穷无尽的世界——向他打开，如果要勉强形容的话，就如同一只蚂蚁从黑暗的洞穴爬到了阳光明媚的大花园中一样。任何一瓣花瓣、一片树叶、一个水洼对它来说都是广阔的天地，而在那一刹那，它见到了——一切。

“你进入了四维空间?!”艾 AA 立刻想到了这一点，云天明的描述听起来和稍早时候“蓝色空间”号飞船的遭遇很类似。

“不，不是高维空间。”云天明摇摇头，“我仍然在三维的世界中，我从没有去过四维空间。但是,那种不可思议而又美轮美奂的感觉,我相信远远胜过四维空间。那是……那是……就像柏拉图说的那样,从黑暗的洞穴来到地表,见到了真实世界本身,见到了无限美丽的大海本身……”

艾 AA 没读过柏拉图,但她很快找到了一个和自己有关的比喻:“是不是和你第一次见到我的时候是一样的?”

对着俏皮的女友,云天明只好啼笑皆非地拧了拧她的鼻子。

如果要具体描绘的话,在被突如其来的光明充满后,云天明首先看到的具体形象就是眼前悬浮的、一个发出柔和银光的立体图式。那是一个粗看相当对称的近圆环形结构,并且一层嵌套着一层,内部又有无穷无尽大大小小的圆环,但仔细观察,就会发现它并非完全对称,每一个圆环本身就是由千千万万的小圆环组成,而圆环之间由更复杂微妙的结构连接起来。构成这一立体图案的基本笔触,粗看上去是无数发出柔光的半透明曲线,但仔细看来,每一条曲线实际上又是一个具体而微的立体图形,有着极其丰富而复杂的结构,似乎任何一部分都包含了整体。整个图案精细到了近乎无限的程度,唯一的限制是云天明的视觉分辨能力。

“你是说类似于分形?”艾 AA 竭力想通过自己的知识概念捕捉云天明描绘的情形。

“不能说是分形,不过分形是一个勉强合适的比喻……这么说吧,想象有一朵绽放的玫瑰花,这朵玫瑰花本身构成另一朵大的玫瑰花的一片花瓣,而大的玫瑰花又是另一朵玫瑰花的一片花瓣,这样以至无穷;再仔细看原来那朵玫瑰花,它又是由一层层小的玫瑰组成的,更神奇的是,每一朵玫瑰花的形状大小又完全不同,好像是另外一个品种一样……大概就是那种感觉了。”

艾 AA 惘然地摇了摇头,她实在想象不出那种感觉。

云天明不敢再盯着那个图形看下去,那种惊心动魄的美似乎要把他的整个灵魂都吞噬掉。他扭头向四周望去,很快发现面前的那个环形结构又是另一个更大的环形结构的一部分,而那个更大的结构本身悬浮在整个舱室中，并延伸到其外，构成了另一个宏伟的图形。正如刚才玫瑰的比喻一样，每一个层次的图形都和上一个层次类似，但又完全不同。

在环顾的过程中，云天明很快发现了另一个不可思议之处：他身处的整个飞船似乎都被这奇妙结构所转化，变得“一半透明”了。用半透明来形容其实很不恰当，事实上整个舱室仍然是不透明的，他清清楚楚看得见舱壁和天花板，和往日一样，但同时他又能清晰地看到外边的情形，如同两层景象的叠加。其实何止是两层！他可以看到层层舱壁之外的情形，看到他平常看不到的飞船各个角落，同时又看到阻隔他的一切。后来，当云天明知道高维空间的情形时，他也曾经怀疑自己是否是到了高维空间，但他最终否定了这一点。对他呈现的整个立体结构仍然很清楚是三维的，只是没有任何东西能够阻拦他的视线，同时他又看得到阻拦他的一切东西，就好像两只眼睛看到的影像叠加起来一样。

云天明看到，那无限丰富而复杂的发光结构“溢出”了整个飞船，将其包裹其中，但并没有延伸出飞船之外很远。在飞船外仅仅数米，沿着船体，发光的曲线很快黯淡了下来，直到最后消失在群星中……但明显这个与飞船重叠的结构并非自成一体，而只是一个更大整体的一小部分。看上去，反倒是飞船以某种方式激发了这个奇特结构的能量，让它其中一部分发光。

实际上，在程心刚刚扔掉手中开关的同时，三体舰队已经通过引力波发现了在前方几百万公里处有一个质量勉强可以检测出来的“物体”，这个“物体”以某种极为复杂的无规则轨迹运动着，如同随机的布朗运动一样难以捉摸。但在太空中，这种古怪的运动方式表明其不可能是一个自然天体。警惕的三体舰队命令做好各部门应付紧急情况的准备，但三体人上下都沉浸在狂喜中，还来不及有任何进一步反应，那个神秘的“物体”似乎已经发现了三体舰队的踪影，以近乎光速的高速向它们冲了过来，并于瞬间笼罩在整个舰队的数百艘飞船上。

于是，三体第一舰队的每一艘飞船上都出现了这种奇特而又唯美的发光结构。这些奇妙的结构几乎在接触三体舰队的瞬间就调整了自己的方向和速度,立即和它们在同一方向上运动,因而保持了相对静止。

然而,据事后的汇总研究,唯一的深入接触仅仅发生在载着云天明的那艘飞船上。

更准确地说,仅仅发生在云天明个人身上。

云天明一度以为自己又陷入了三体人制造的梦幻之中。但他很快发现这是不可能的,以他对三体人思维方式和水平的了解,他们不可能制造出这样的幻境。三体人是缺乏艺术和想象的种族,他们为他制造的幻梦都取自他自己的意识和潜意识,极少出现他经验之外的事物。而这个宏伟而又唯美的立体图形,已经远远超出了三体人的艺术理解能力,也超出了他自身的经验范畴,这不可能是梦。

但如果不是梦,单单这个奇特的结构也罢了,他又怎么能巨细无遗地看到整艘飞船的各个角落?那些被舱壁所挡住的光线又是如何进入他的瞳孔的?这完全不符合物理和生理原理。云天明惊奇地想着。

【因为光的本质是无限的。】

一个声音——更准确地说,一个意念——出现在他的脑海中,但云天明清楚地知道,这不是他自己的,也不是三体人的。三体人经常通过直接输入电信号的方式和他联系,他很熟悉那种感觉,但这个意念却截然不同。它似乎不来自任何地方,而是直接从他的意识深处钻出来的。

在这个意念出现的同时,云天明骤然感到了无比深沉的创痛,几乎令他喘不过气来。这不是任何肉体的疼痛,而是精神上的猛烈创伤,随着这个意念,无穷无尽的意象和情绪似乎都从他潜意识里喷出,涌入他的意识,要把他仅有的一点点理性淹没:宇宙的创生、天国的光芒、无尽的苍穹、大地的深处……陌生、神秘、恐怖、哀伤、欢乐……

云天明像正要因雅典娜的诞生而被劈开脑袋的宙斯一样恐惧,痛苦地抱住了头,不由自主地呻吟着。但他终于强迫自己凝定心神,用他在和三体人多年的心灵斗争中学会的禅定术排斥猛然间无限喷涌的杂念。瞬间，纷乱狂暴的意识体验凝固成冰，又融化成一片空寂的大海。

“你是谁？”稍稍恢复意识后，他挣扎着问。

不需要任何时间，回答就出现了：

【我是魂灵。】

夏日的树荫、月夜的暗影、水面的倒影、镜中的自己……

随着这个回答，云天明感到自己再次受到了重创，他的自我意识摇摇欲坠，要坠入意识底层的深渊中，但他坚持着挣扎问道：

“什么……魂灵？”

【光明的魂灵。】

光与影，明与暗，嘹亮与静默，深渊与天空……

神的灵运行在黑暗的深渊之上……

神说要有光，于是就有了光……

光照进了黑暗，黑暗却不认识那光……

瞬间纷至沓来的意象，再次冲击着云天明勉强固定住的意识表面。云天明的头像要裂开一样，他终于明白了他的痛楚从何而来，那个声音并不是在通常意义上和他“对话”，而是在调动他心灵中的一切资源，去表达一个他本来不可能理解的意义。每一次接触带给他的信息量都是近乎无限的，正如那个无限复杂的发光图案一样，在大的意义下嵌套着小的意义，小的意义又由更具体而微的意义组成，其中有着极其精细繁密的逻辑结构，每一个层面都必不可少。但是由于他理解能力本身的限制，只能抓住其中最浮泛的一个层面，使其转化为人类能够理解的符号语言，而多余的意念则溢出在他的心里，疯狂搅动着他的记忆和想象，掀起了情绪和思维的狂风暴雨。这是人类所难以忍受的。事实上，如果不是在和三体人的斗争中训练出了他远超过一般人的心理素质和自控能力，他早就陷入崩溃了。

“你……是神的使者吗？”云天明喘着粗气，饱含着敬畏地问。“光明的魂灵”这个表述使他想到了这一点。他虽然不是教徒，但是小的时候也曾经跟母亲去过几次教堂。他记得一位牧师对他说过：只要祈祷，神就一定能听到。神会派遣圣灵来充满信徒的心灵："又有舌头如火焰显现出来，分开落在他们各人头上……"①

伸冤在我，我必报应。②

现在，在三体人如此残酷地利用了人类的爱与善意、要侵占人类的家园、将人类赶尽杀绝之际，最高的正义之神应该出现了，邪恶的外星人应该付出代价。

下一个意念几乎使他进入了狂喜之中：

【从你们的角度来说，是的，我是宇宙主宰的魂灵。】

但是很快，这个梦幻破灭了：

【主宰已经死了，我只是死去的魂灵。】

……

云天明终于对这种高强度的对话习惯一点了，他又小心翼翼地问：

"那么，从我们的科学角度来说，你是外星人吗？"

【不，我是魂灵。】

对方仍在耐心地纠正他。

"你说的'魂灵'究竟是什么意思？"

对方回答了，但那是一个他无法理解的意义，无法被他的意识翻译成任何语言。顿时，他的头脑又被意象的狂潮冲击着，几乎陷入谵妄之中：干涸的大海、大地的起源、龙与巨人的战争、神族的宝藏、石头中的歌谣……他大叫一声，倒在地上。

"不要这么对我'说话'，我受不了了。"云天明气若游丝地在心里说。

【这是我唯一的交流方式，在我们的宇宙，这是最简单和低效率的信息交换态，但是你们这个宇宙里的智慧体退化得太快，已经难以接受意识形了。】

---

① 出自《新约圣经·使徒行传》。

② 出自《新约圣经·罗马书》。

云天明不知道“意识形”是什么，也不敢多问。但他抓住了“我们的宇宙”这个奇怪的表述，问道：“这么说，你不是来自我们这个宇宙的吗？”

又是一个他无法理解的“意识形”，云天明的头就像要炸开一样。他放弃了，大汗淋漓，绝望地说：“我接受不了那么多意识形，你去找他们交流吧。”

“他们”是指三体人。云天明不想再受这个罪了，在过去的许多岁月中，他自以为已经能够承受无尽的精神和肉体痛苦，但在“意识形”的恐怖精神冲击面前，他比一个婴儿还孱弱。去他妈的，地球都完蛋了，管你什么宇宙、什么主宰，还是让那些强韧的三体人去受折磨吧。

【我试了，可他们比你的思维力还要弱得多，接受不了任何意识形。】

“为什么？”

【它们是虫子。】

“虫子”是云天明心中对三体人的蔑称，但“魂灵”接了过来，并赋予了它一个异常古怪的意识形。云天明有些讶异，头脑中灵光一闪，猛然间想到了什么。他抬头四望，在光结构的古怪作用下，他能看到飞船的每一个角落，但是却看不到三体“人”，或者任何符合他心目中“外星人”形象的物体。

难道这艘飞船上没有任何三体人，这怎么可能？

终于，云天明发现了一个他刚才较少留意到的事实：飞船上没有类似地球飞船的通道，除了他所在的地方之外，也极少有其他的大舱室，只有一根根的细管子和各种半大不小的孔洞，小的只有火柴盒那么大，大的也不过像一个抽屉，在其中有许多银色的小装置在闪着诡异的光，每一个大约只有米粒那么大，有一些还明显在活动着。

它们是虫子……

云天明倒抽一口冷气，明白了一切。

那些银色的微型“装置”就是三体人，它们的身体比一只蚂蚁大不了多少。

自从三体危机以来的几个世纪,人类一直致力于研究三体人,三体人的形体当然是首要的研究课题之一。虽然直接的资料难以获取,但是从三体行星比地球严酷得多的自然环境、三体人的脱水等属性及可以构成人列计算机等特点来看,人类学者普遍得出的结论是:三体人比人类小得多,一般认为大小不会超过一英尺,许多学者认为只有老鼠那么大,在一些反映三体人入侵的幻想影片中,三体人的形象甚至是张牙舞爪的大螳螂。

但是没有人严肃地主张,三体人仅有几毫米长,因为从常识来看,蚂蚁大小的生物不可能进化出很发达的大脑来,更不用说建立先进的文明了。但在这一点上,人类学者犯了一个很大的错误。三体的思维模式和以个体思考为本位的人类大不相同,依赖于思维和表达完全合一,并且极为高速的特性,三体人之间建立了一种交换思维的集体机制,这也是其能构建人列计算机的根本原因所在。尽管每一个三体人个体都有着一定的独立思考能力,但他们还是主要通过思维交换共享一个极大的资料库,将其作为解决自己问题的主要资源。而三体人在合体后很快会分裂成数个幼崽,每一个都拥有其父母的若干记忆,这也使得三体人几乎不需要花时间学习基本生活技能,其相对简单的大脑足以掌握模块化的记忆。

但人类学者又有正确的一面。三体人的这种特点,固然使其可以熬过毁天灭地的自然灾难,延续亿万载的古老文明,但其过于微小的躯体确实限制了大脑的进化。因此,三体人严重缺乏想象力和创造力,只能因循守旧,依靠集体思维的成果缓慢地进步,而极少出现人类常见的技术爆炸。可以想象,即使三体人离开了三体行星,找到了更适合的环境生存,在很长时间之内也仍然是一种拥有科技和文明的——虫子。

所以,三体人冒着位置被广播的危险也要发动突袭,消灭人类。因为他们知道,即使两个种族之间实现了平等的交流从而消泯了黑暗森林状态,即使三体人仍然技术领先,但在长时段上它们的发展很难是人类的对手。另一方面,人类本身的巨大体形就令三体人感到恐怖:如果人类愿意的话，单凭一只手掌就可以拍死上百个三体人。这是他们的科技优势也难以弥补的。

由于三体人的社会文化等方面与地球人天差地别，从而成功地掩饰住了其个体智能较为低下的弱点，人类对此也毫无觉察。人类怎能想象，一个远比自己发达得多的文明的种族其实比自己"笨"得多呢？这也是三体人不愿意和地球人接触的根本原因之一，他们极其害怕会被人类看穿其自身在强大外表下的思维孱弱。但在自称为"魂灵"的神秘智慧之下，这一根本弱点无可掩饰地暴露出来。他们贫瘠的个体思维水平无法接受"意识形"的交流方式，而仓促之间也没有进行大规模交互思维的条件。

所以现在，云天明就成了"魂灵"唯一的交流对象。

"这些……'纤维'是什么？"云天明指着身边细微的发光结构问道，这时，他的一根手指无意中碰到了其中的一根微丝，激起了一片绚丽的光彩。云天明吓了一跳，但事实上他的手指毫无感觉，那根光丝轻柔地穿过他的手掌，似乎并非任何实体。

【这是我在这个宇宙中的投影。】

云天明竭力捕捉着这句话的含义："你是说……你的实体并不在这个宇宙中？你并非来自这个宇宙？"

【我来自伊甸园，你看到的，是伊甸园的投影。】

"伊甸园？你是说《圣经》中的伊甸园？这是一个比喻吗？"云天明问。

【我来自这个宇宙的伊甸园，那最初的完美世界。】

随着"完美世界"这个意念所出现的，是无穷无尽堪称十全十美的意象：璀璨的星河、宁谧的湖水、对称的古典园林、维纳斯的雕像、蒙娜丽莎的微笑、安格尔的《泉》等等，然后是花中的天国、彩虹上的宫殿等他自己梦幻中的意境……这些各式各样的形象越来越多，使云天明眼花缭乱，但每一个都只能分有"完美"的一点点痕迹。最终，"魂灵"放弃了向他充分表达什么是"完美世界"的意图，在他脑海里只有一个极简洁的几何图形：一个悬浮在黑暗背景上的银色球体。云天明知道：这就是完美。

“那个世界在哪里？”云天明急切地问道。在刚才的匆匆一瞥中，他已经见识到了那个世界超凡出尘的美丽与优雅。

【毁灭了。】

随着一个简单的回复，刚才的诸多景象再次浮现，随即乌云遮蔽了星河、狂风吹皱了湖水、维纳斯的胳膊断掉了、蒙娜丽莎的微笑变成了哭泣……血与火出现了，地狱的魔怪们洗劫了天国，完美的银色球体被黑暗从两边侵蚀着，变成了一张银色的薄片，黑暗继续侵蚀着，薄片变成了一根银线，随后银线也消失了，只剩下一个小小的银色光点。然后那个光点急剧变大，充满了他整个意识，在光点之中又是一片黑暗，但在暗夜中，万千个星河出现了，然后是银河系、太阳、月亮、地球……云天明知道，那正是他所熟悉的世界。

云天明惊愕得说不出话来，他隐约猜到，对方是告诉他，他认为至大无外的整个宇宙也不过是完美世界一个微不足道的碎片而已，是宇宙不知道破碎毁灭多少次后的残余。

正如后来的关一帆和程心一样，云天明以另一种方式知道了宇宙的深层秘密。

“是谁毁灭了那个完美世界？”云天明干涩地问。

【隐藏者。】

“隐藏者？”云天明的头脑又出现了剧烈的痛楚，他知道自己已经接近了某些不可理解的范畴，但他仍然想要问下去：“它为什么要毁灭那个伊甸园？”

【不知道，唯有隐藏者自己知道。】

“为什么叫它隐藏者？它是一个个体还是一个文明，还是别的什么？黑暗森林中，不是每一个文明都在隐藏自己吗？”

【最初，在完美世界，并没有你们所说的黑暗森林状态，但是有一个叛逆的智慧体引起了黑暗森林……完美世界崩溃了，但它逃脱了……它就隐藏在这个宇宙里。】

“魂灵”提供的信息系统而丰富，但是云天明只能解读其中的一小部分，中间有大段大段的空白。他只能明白这么多，剩下的超出了他可以理解的范畴。

“等等！”艾AA说，呼吸有点困难，“你是说，在我们这个宇宙里，还有来自上一个宇宙的……文明存在？”她不知道关一帆在飞船上告诉程心的那些事情，但是却想起了“魔戒”那句神秘的话：

把海弄干的鱼不在。

现在她终于明白一点其中的意思了。

“我不知道……或者我曾经知道……但是忘记了。”云天明迷惘地说。

当时，云天明继续问道：“那么有没有办法消泯黑暗森林，重建那个完美的世界？”这是他所关心的问题，或许也是救赎古老地球的希望所在。

答案简洁而有力：

【有。】

“什么办法？”云天明连忙问。

【只要消灭隐藏者，我就能恢复完美世界。】

“如何消灭？”

“魂灵”罕见地沉默了片刻，然后“说话”了：

【我需要你成为搜索者……】

转瞬间，意念和思想的狂潮席卷了云天明，他只听明白了前面半句话，纷至沓来的意象就摧毁了他心灵最后的防线。他淹没在无限意义的大海中，却抓不住一根救命稻草，他挣扎着，却没有任何人来救他，魂灵疯狂地将海量信息灌输进他的头脑中，任他沉没在无穷无尽的思想和梦魇的风暴洋中。在昏迷前的一刹那，云天明的头脑似乎被什么东西所照亮，他明白了什么，但是已经太晚了，他的大脑启动了自我保护机制——云天明昏了过去。

“然后呢？”艾AA问，她也被这个恢复完美世界的设想所深深抓住了。如果能恢复完美世界，那么说不定也能恢复太阳系和地球，恢复过去的人类世界……

云天明摇了摇头，“没有然后。当我醒来时，那个‘魂灵’及其投影已经消失了。”

当云天明醒来后，周围又恢复了常态。飞船和往常一样航行在茫茫太空中，没有任何“魂灵”的踪迹。据三体人后来提供的监控资料，在云天明昏迷后不久，光纤维结构就完全消失了，引力波检测到它以近乎光速的高速绕着令人不解的诡异曲线离开了三体舰队，很快就到了几十个天文单位之外，以三体人的技术也发现不了的地方。

三体人的科学家很快发现了另一件令人感到不可思议的事实：当他们试图研究“魂灵”投影的运动方式的时候，竟意外发现如果扣除已知的几个大尺度天文结构的运动的影响：银河系、本星系团和超本星系团，“魂灵”的运动将变得简单许多。也就是说，相对于整个宇宙，或者至少宇宙的这一部分来说，“魂灵”很可能是在一个绝对坐标系中保持静止的。其近乎光速的运动现象是三体舰队自身随宇宙运动的结果。只有当“魂灵”发现了三体舰队后，才主动靠近，和他们发生了接触。

是怎样不可思议的力量，能够抵消星系运动的伟力，而保持在绝对静止的状态？

三体人的进一步研究发现，“魂灵”本身是没有质量的，其能被引力波检测到的质量效应是它周围的一个力场所产生的。这个力场将其与周围分开，而维持某种“东西”的隔离存在。但是这种东西也几乎没有体积，很可能只是一个点，那种巨大的发光结构是在瞬间由这个点中投射出来的。

魂灵没有说错，它真的只是一个投影，没有任何的实体存在。

无论如何，三体人也知道，这是他们所无法想象的神级文明，而这个文明对他们似乎并无恶意，甚至还试图和他们交流，但是，没有三体人能够成功地与“魂灵”进行任何交流。相反，有两百多个三体人因为尝试和“魂灵”对话而变成了疯子或白痴，最后不得不脱水烧掉。

云天明也成了其中之一。他疯疯癫癫了一段时间。等到他清醒过来时，已经是地球时间的一个多月之后了。但三体人并没有放弃他：从当时的监控录像来看，云天明不断喃喃自语，有时又低头沉思，可见他和“魂灵”进行了长时间的交流。而其他的三体人基本是一接受意识形就发疯了，脑电波处于完全紊乱的状态，由于其特殊的生理构造，它们甚至无法通过昏晕的方式来保护自己。

三体人耐心照看了云天明，希望能从他嘴里获取神级文明所透露的若干超级技术。但无论是对云天明反复询问，还是催眠和研究云天明的梦境，都收效甚微。不久后，云天明恢复了开头一部分的记忆，但是最后从魂灵那里知道了什么，连他自己也忘记了。三体人在对他的大脑进行探测后，惊奇地发现，其中有相当一部分空白区域已经被极为丰富的信息所填满，但这些信息，三体人完全无法解读，也不会和云天明大脑的其他部分发生交流。

只有无尽的恐怖感陪伴着云天明。虽然云天明已经不记得其中的内容，可当时那种巨大的恐怖仍然铭刻在他心中，令他不时在午夜梦回中惊醒。

但随着时间的流逝，在意识表层下隐藏的若干次要信息还是浮出了水面。有一天，当三体人向云天明说起他们新造的光速飞船的神奇时，云天明忽然之间记起了“魂灵”信息中若干语焉不详的片段意念：

【……最低级的安全方法是……利用光速……让自己变成一个黑洞……】

云天明不知道什么叫“让自己变成一个黑洞”，更不知道与光速飞船有什么关系。但他知道其中一定存在着联系。经过多日的苦苦思索，他终于想明白了黑域的秘密。他打算将这一点告诉三体人，毕竟他需要三体人用试验验证他的设想，但条件是要求三体人停止对太阳系的侵略进军。

“这是不可能的。”三体人舰队统帅明确地告诉他，“我们不会为一个所谓安全声明的方法而放弃向太阳系的伟大进军。反正你的同胞没有启动宇宙广播,也不可能再启动了。我们暂时还不需要这个方法。”

“如果是这样的话,那就算了。你们也不会从我这里得到任何神级文明的信息。”云天明压抑着自己的愤怒说。

“不。”三体人统帅说,“云,我们仍然需要你的信息。我们不会以地球为代价去交换,但是我们可以做出一些让步。你看——”他给云天明展示了一些智子发回来的画面:那是水滴攻击后的大混乱,世界陷入无政府状态,无数人死于恐慌引起的践踏、残杀、逃难、饥荒……

其中一个画面引起了云天明的注意:在美国西海岸的某个城市郊区,一个有七八分像程心的女子在逃难的人群中被发现了,不知是谁喊了一嗓子:“Look! This is the bitch! The bitch who betrayed us, betrayed the whole mankind!(看,就是那个婊子!那个背叛了我们、背叛了全人类的婊子!)”然后,一大群暴民围了上来,对她拳打脚踢,撕扯着她的衣服……不知是她的丈夫还是男友在旁边一直哭喊着:“Please stop! She is not Cheng! She is not! We are Koreans!(请住手,她不是程!她不是!我们是韩国人!)”但是没有用处,丧失理性的男人们撕碎了她的衣服,轮奸了这个可怜的无辜女子。女人们也扑上来抓挠着她,然后癫狂的人群像野兽一样撕咬着她白皙的肉体,把她的血肉一块块咬了下来……

“那不是程心。”三体人告诉他,“程心现在仍然被联合国保护着,但是坦白说,很快局面就会失控,到时候她说不定死得比现在还要惨。”

云天明握紧了拳头,他别无选择,总不能眼睁睁看着程心这么悲惨地死去。

最终,云天明屈服了。“好吧,安全声明我可以告诉你们,不过你们要让智子成立一支治安军,维持秩序,避免不必要的死伤,并且保护程心和她的朋友。”他无力地说。

于是,三体人获取了安全声明的方法:降低光速。当然此时他们并不知道,三体行星的位置很快就会暴露在全宇宙面前,所以也没有费心去营造黑域。在三体人终于获悉引力波广播已经发出之后,他们也曾试图制造黑域，可是黑暗森林打击快得异乎寻常，他们根本没有准备的时间。

但是，有着相对充裕时间的人类，同样错过了这个机遇。

然后，在另一个可怖的梦里，云天明梦见他成了魂灵所谓的“搜索者”，在宇宙中漫无目的地飞行着，寻找着不可见的“隐藏者”。他飞过千千万万颗星星，飞过一条条旋臂，却什么也找不到。最后他飞到了银河系的中心，在那里有着比任何一条旋臂都要明亮千万倍的银核，在其中，几百万颗古老的恒星彼此缠绕和旋转着，进行着令人晕眩的引力狂舞……在银核的中心，是一个他看不见的巨大黑洞，但其庞大的吸积盘显出了它的存在。把人类的太阳扔到它的吸积盘上，也只如一粒灰尘落到一张唱片上。

但云天明很快发现，那个巨大的吸积盘其实是一张没有厚度的薄片，也像唱片一样缓缓绕黑洞转动着，他俯近了那吸积盘，看到那上面分明是一张巨画，密密麻麻画着整个宇宙中无尽的星系，各个都惟妙惟肖，纤毫毕现。他飞近了那张巨画，甚至能看到一艘艘形态各异的飞船，一个个古怪狰狞的外星生物，它们都以无与伦比的细节被记录在这大画中，却丧失了生命。云天明感到一股大力拽着自己，要把他也吸入画中，他竭力想要逃开，但仍然被巨大的引力牵引着，坠向这无边的二维平面。

他努力挣扎，终于摆脱了那神秘的魔咒，离开了吸积盘的平面。但很快又跌入更可怖的黑洞，穿越了视界，堕向那黑暗的深渊……在一片黑暗中，他看到了一团鬼火，在那诡异的火下，一个躲在黑暗中的巫师，披着乌黑的斗篷，戴着尖尖的帽子，弯曲的鼻子下露着狰狞的笑容。他正在一张大纸上奋笔作画。那张纸不断地被抛出黑洞，一圈一圈缠绕起来，成了吸积盘的一部分。他看到太阳、月亮和地球都被巫师画进了那画中，那巫师看了他一眼，顿时画上多了一个二维的他自己，他的每一根头发、每一根汗毛，甚至惊恐的眼神都被精确记录在大画中。随后，他也被吸进了那画中，融入了他自己二维的画像……

云天明大叫一声，从噩梦中醒了过来。

【已经被降维，正在被降维，还将被降维，直到最后……】

【这是他们计划的一部分……】

忽然，他所遗忘的"魂灵"的只言片语从他心灵深处的一个暗域中涌出，一刹那划过他的脑海。在那一瞬间，他明白了那梦的意义。

"维度攻击！"当听到这里时，艾AA颤声说，她又想起了自己亲眼见到的、太阳系毁灭时的恐怖场景：大眼睛一样的二维海王星和土星、每一个细节都被精确二维化的太空城、比月球还要大的雪花……云天明的荒诞梦境最终变成了现实，甚至比那梦还要可怕。

云天明沉重地点了点头。

"如果你的梦真的携带着'魂灵'的信息的话，那么'小纸条'所带来的二维化永远不会终止，难道最后……"艾AA打了个寒战，"整个宇宙都会变成二维世界？"

"不仅如此。"云天明叹了口气，抛出了更加令她目瞪口呆的真相，"'魂灵'给我的信息中透露，我们的三维宇宙本身就是维度攻击的结果。原本的宇宙是更高维的。"

"你是说……"艾AA竭力捕捉着他的意思，这意思并不难懂，只是实在令人难以置信，"宇宙本来是……四维的？那些……四维碎块是宇宙的本来面目？"

她想起了"魔戒"的那句话：

海干了，鱼就要聚集在水洼里……

"不是四维，是十维。"云天明淡淡地说，"四维宇宙本身已经是降维过多少次的结果了。十维宇宙才是'魂灵'所来自的完美世界。毕达哥拉斯说过，十是完美的数，我终于知道这话是什么意思了。"

"十维！"艾AA又吃了一惊，但也并非太吃惊，毕竟对于她来说，四维和十维不过是数字上的抽象差别而已。

"其实人类科学家已经发现，基本粒子有十个维度，但只有三个是充分展开的，其余都蜷缩在微观里……科学家们提出过许多理论解释这一点，但是没有想到，这是智慧生命对宇宙原初构造进行毁灭性破坏的结果。”

艾 AA 感慨了几句，随后想到一个更加实际的问题：

“这么说，对太阳系的维度攻击难道就是隐藏者干的？”

“不一定。”云天明思忖说，“也许其他的高级文明也能够制造维度武器，用来进行黑暗森林攻击。但可以推测，宇宙降维正是隐藏者要达到的目的。”

“它要宇宙降维的目的是什么？”艾 AA 问。

“不知道，”云天明长出了一口气，“这可能是这个宇宙中最大的秘密了。你还记得智子盲区吗？”

艾 AA 点点头。智子盲区是能够使智子失效的神秘区域，在宇宙中普遍存在。她作为天文学博士不会不了解一些。

“如果没有智子盲区，这个宇宙会是什么样子？”云天明忽然问。

艾 AA 浑身一震，她不是一个爱玄想的女孩，但这个虚拟的问题却有过现实的意义。在威慑纪元初期，学术界普遍讨论过黑暗森林是否普遍存在的问题。有一个很有影响力的学派认为，宇宙中达到三体文明级别的智慧种族都应该具有制造智子或类似智子的量子纠缠通信技术的能力，而在上百亿年的漫长岁月里，一些最发达的文明应该已经有能力将智子投放到宇宙的各个角落，因此将在很大程度上消泯黑暗森林存在的可能性。他们认为，地球人和三体人所担心的黑暗森林攻击只是被夸大的宇宙局部现象。

但是，不久后被证实的宇宙中遍布的智子盲区否定了他们的学说。从种种迹象来看，智子盲区应该是“人为”的产物。宇宙对于各文明来说也是不透明的，因此，黑暗森林状态可能会普遍存在。

但是，智子盲区同样也对黑暗森林理论构成了一定的挑战。试想，如果有一个文明能够在宇宙范围内设置智子盲区的话，那么可以认为它的影响力已经覆盖到整个宇宙了，这个文明完全不必要设立什么智子盲区，而可以随时进行监控，扼杀任何刚刚出现的婴儿文明，完成宇宙的大一统。

除非它另有目的……

“难道……设置智子盲区，因而导致黑暗森林状态的幕后主宰，就是那个‘隐藏者’？”艾AA忽然想到了这种毛骨悚然的可能性。

“我还是不知道。”云天明沮丧地说，“但看来这是很有可能的，如果没有一个遍布宇宙的超级文明设置障碍，可能根本不会出现黑暗森林。但如果真是这样的话，那么它真是一个邪恶到不可思议的黑暗文明，毁灭了伊甸园之后，又把整个宇宙当成玩物，难道这真是宇宙中的撒旦吗？”

他们又讨论了一会儿隐藏者的线索，但是没有得出任何结果。云天明的脑海中或许知道得更多，但是他也只能记起其中的一点点碎片。这个宇宙最深层的奥秘，现在还没有对他们开放。

过了一会儿，艾AA又问：“所以，为了告诉人类维度攻击的事情，你就编了那个露珠公主与深水王子的故事？”

“不完全是编的，我说过，这也是我梦中故事的一部分，我只是将相关的内容糅合进去了。”

“但是三体人他们难道没有怀疑吗？这个比喻其实相当明显。”

“三体人的最大弱点之一就是他们相当缺乏想象力。”云天明解释说，“如果他们事先已经知道了维度攻击的事，那么还有可能看穿这一点，可问题是，他们对此一无所知。既然人类都无法从这个故事中看出维度攻击的喻义，三体人又怎么能看出来呢？毕竟它们从未经历过维度攻击这种事情。”

云天明这次没有告诉三体人他所发现的重大秘密，他看不出宇宙降维的真相对于解决地球和三体世界之间的问题有什么帮助。三体人曾经探查过云天明的这个梦境，但是这个恐怖的梦境混合在其他许多怪梦之中也并不显眼。三体人无法解读出其真正的含义，云天明当然也不会去透露。

但是一年多后，“万有引力”号飞船进行了引力波广播的事情终于传到了三体人舰队那里。侵略地球的计划半途而废了。而地球和三体世界暴露的可能则大为增加。这时候，云天明终于不用为三体人入侵地球而背上沉重的道德罪孽，但他同时背上了一份更沉重的责任：从高级文明即将对太阳系和地球发起的黑暗森林攻击之下拯救人类。

“魂灵”虽然来自十维宇宙，但是对这个三维宇宙中的一切也有颇多了解。它告诉过云天明七种可能的黑暗森林攻击方式，二维化攻击是其中最高级的一种。在和“魂灵”接触后的一年多里，云天明逐渐都记了起来。三体人急于从云天明那里获得这些宝贵的信息以做好防范。云天明告诉了他们其他六种，唯独剩下了维度攻击没有说。他的直觉告诉自己，这将是对太阳系发动攻击的最可能方式。而他知道，如果自己将一切告诉三体人，三体人是不会将这个情报告诉太阳系人类的，更不会允许他和人类接触。

但是，以告知其他六种攻击方式为条件，云天明终于从三体人那里换取了和程心远程会面的宝贵机会。在那一次会面中，他将上面的梦境和其他的故事精心杂糅起来，改编成那三个童话告诉给了程心。其中黑域和曲率驱动的部分经过精心掩盖，较为隐蔽，而较明显的降维攻击隐喻又超出三体人的知识和理解范畴，因此他们居然毫无觉察。

“但如果当时你猜错了，高级文明并非采用降维攻击，而是用别的手段，那又如何？”艾AA想到这样一个问题。

“这其实没有矛盾，能逃离降维攻击的光速飞船，也足以逃离其他一切攻击手段。这是最安全的方法，我不可能在一个故事中透露太多的信息，只能拣最紧要的说。”

“但是还有一个问题……你们见面时，你说自己和程心从小就认识，还经常一起讲故事，如果三体人能够查探你的记忆的话，这个谎言不会被戳穿吗？”其实，由于某个特殊的原因，艾AA很早就想问这个问题了，但她怕打乱了云天明的思绪。

云天明仰望着漆黑的天穹，追忆着那些已经丢失在遥远过去、似乎属于另一个已经死去的自己的往事，轻声说："那……也不完全是谎言。我……的确认识这样一个女孩子。"

在云天明的少年时代，确实曾经出现过这样一个小女孩，比他小三岁，是他一个邻居的亲戚。有一年暑假，她到他们这座城市来玩，不知怎么就和云天明认识了。在他们短暂的相处中，云天明常常给那个女孩讲他从书本上看来的故事：特洛伊战争、所罗门的宝藏、圆桌骑士、威尼斯商人……大都来自他那崇尚古典教育的父母让他读的艰深大书。而那个女孩也常常给他讲那些自己编的稚气的小故事，什么淘气王子啊、精灵公主啊、快乐小胖猪啊……其实这些故事都没什么意思，不过云天明却听得津津有味。因为他并没有什么朋友，他那崇尚精神品位的父母不允许他和那些"粗俗家庭"出身的同龄人一起玩。其实，云天明的父母也是不喜欢他和这个女孩子过多接触的，那时云天明刚上初中，正是"危险"的年龄。不过那时候父母已经出现了家庭危机，正在闹离婚，也没有心情多管他。

云天明和这个小女孩的相处只有一个多月，当暑假结束、女孩回到她自己的城市时，他们曾经相约，明年暑假再见。但是不久后他的父母正式离婚，他跟着父亲搬离了原来的住址，从此再也没有见过这个小妹妹，他进一步陷入了心灵的孤寂之中。这件不起眼的往事也被尘封起来，极少开启。

但这个小姑娘在云天明生命中最艰难的时期之一，多少给他留下了一抹淡淡的温馨。而云天明后来所讲述的那三个童话，其雏形也来自于这个小姑娘曾经给他讲过的一个故事：

"邪恶王子要杀死露珠公主，发动了黑魔法。天上就掉下来很多很多陨石……小仙女从天上下来保护她，用云彩做了一把可以挡住陨石的魔伞，撑在她头上，保护着露珠公主……

“后来小仙女和公主，还有卫队长到了无忧岛，找到了高山王子，高山王子也学会了仙法，一会儿可以变得像山一样大，一会儿又变得像沙子一样小……

“高山王子杀死了邪恶王子，后来小公主就和卫队长幸福地生活在一起了。而高山王子和小仙女也离开王国，回到了无忧岛上，他们也结婚了……”

云天明还依稀记得小姑娘给自己讲故事时认真而稚气的表情，他还记得自己问：“为什么不是高山王子和露珠公主结婚啊？”

“喂，你有没有在听啊！”小姑娘噘着嘴说，“高山王子是露珠公主的哥哥，他们怎么能结婚呢？所以高山王子要和小仙女在一起，露珠公主要和卫队长在一起啊……”

其实这个小姑娘和程心并没有太多相似，但在云天明遇到程心之后，情不自禁地幻想自己或许和她早就认识，所以将她的影子投射到过去，在幻想中那个小姑娘成了程心的童年时代。以三体人对他思维的了解，是无法分辨出这些细微的不同的，加上云天明有意混淆自己的记忆进行误导，让他们相信了云天明确实和程心在过去就认识，而没有意识到云天明是在想象中重塑了自己的记忆。

“但是那个小姑娘呢……你……后来有没有再见过她？”艾 AA 颤声问。

“没有，世界那么大，怎么可能再遇到她，我连她名字都忘了，只知道她小名叫薇薇……AA，你怎么了？”云天明很快发现了艾 AA 的异常，她泪光莹然，呼吸急促，紧紧盯着他，目光也变得非常奇怪。

艾 AA 凄然笑了一下，“你连她名字也忘了吗？这一点，也许我可以告诉你，薇薇的全名是——艾晓薇。”

云天明曾经以为，在知道了十维宇宙的奥秘之后，这个三维宇宙中不会再有什么事情令他感到惊奇。但是他错了，最震撼人心灵的，并不是那些宇宙中匪夷所思的大秘密,而是和一个人的生命和情感血肉相连的往昔。

此时的云天明,脑海中一片空白。他从来没有想过,自己小时候认识的一个小姑娘,会和艾 AA 这个两百多年后才出生的女孩子有什么关联。

但艾 AA 没有说错,那个小姑娘确实叫作艾晓薇。他并没有真正忘记,只是不愿去仔细回忆。他潜意识里还是不愿意打破那个小姑娘可能是程心小时候的荒谬联想。

但艾 AA 怎么可能知道的? 云天明看着她,想起了刚见到她时那种若有若无的熟悉和亲切感,难道这一切真的是空穴来风,未必无因? 从艾 AA 的脸上,他渐渐认出了薇薇昔日容颜的些许痕迹,但那时候的薇薇只有十一岁,即使艾 AA 真的是薇薇本人,他也很难单凭容貌认出她来。

何况他知道艾 AA 不可能是公元人。虽然他没有仔细检查过她的过去,但是他看得出,她身上有许多习惯、气质和谈吐是只属于两百年后的那个世界的,这一点根本不可能伪装。无论是从前通过智子的观察,还是最近这一年多的相处,他不难确定这一点。

除非她是十一岁那年就冬眠了。但那时候,是……20 世纪 90 年代吧? 还根本没有冬眠技术啊。

在一瞬间,云天明脑海中转过千万个念头,却没有一个可以成立。他想询问,但是张了张嘴,却发现自己几乎说不出完整的话来。

"你……你……怎么会……"

"不要问,先听我说,好吗?"艾 AA 温柔地按住了他的嘴唇,"天明,有一件重要的事,我很久、很久以来就一直想告诉你了,但又不知如何启齿。

"天明,你真的不用为人类的毁灭而自责。说起来,这件事的罪魁祸首或许是……我。"

"这……怎么可能?"

"不,在整个过程中,我起的作用比你想象的要大得多。不过这件事要从公元时代说起了……在你和程心公元时代的故事里,其实还有另一个人存在,她才是那个故事中真正的‘隐藏者’。”艾AA说。

“她就是艾晓薇,或者薇薇……”艾AA幽幽地说,但这番话显然已经在她心里过了千百遍,“她是一个爱看童话、爱幻想的小女孩。有一年的暑假,她到另一座城市的小姨家里去做客。小姨家住在一栋高楼里,旁边还有许多看上去一样的高层建筑。刚去的那几天,她还不熟悉环境,有一天竟然到另一栋楼里去了。一个陌生的小哥哥给她开了门,她才发现自己走错了,一着急之下,就‘哇’的一声哭了起来。那个小哥哥就把她带到客厅里,请她吃冰激凌,她慢慢地才不哭了。”

云天明想到那天见到那个小姑娘的情景,嘴角不由得露出了微笑。急于想知道真相的强烈好奇渐渐让位给回忆少年往事的温馨和伤感。

“小哥哥带她去找自己的家,可是薇薇也说不清自己究竟住在哪里,只知道应该在附近的一栋楼里。他们走遍了附近好几栋楼里类似的单元,但是有的没人在,有的不是。最后小哥哥也没办法,只有带着她坐在楼底下的花园里,看看她的家人是否会出来找寻。

“他们在那里坐了好几个小时,等得实在无聊,小哥哥就给薇薇讲了好些个故事。薇薇也给小哥哥说了自己编的故事,他们讲得正开心的时候,薇薇的亲人终于找来了,把薇薇带回了家。”

艾AA说到这里的时候,忽然顿了一顿,问道:“天明,你还记得当时薇薇那个没有讲完的故事吗?”

云天明茫然地摇了摇头,他只记得大致的情形,至于故事实在是想不起来了。

“那个故事就叫作《送星星的人》,说是有一个王国的小公主,有一天出巡的时候,碰到了一个很奇怪的少年,少年说要送给她一颗星星。但是她不相信,还叫侍卫把他赶走了。后来又发生了很多事,她的后母要杀她,公主逃出王宫,后母就带着一支军队在后面追击。她走投无路的时候,忽然从那颗星星上放下一架绳梯,她就沿着梯子爬呀爬,越爬越高。后母带着军队,也跟着她往上爬。最后在那颗星星上有一个人拉她上去,正是那个奇怪的少年。他们剪断了梯子,后母和她的军队就都掉下去了。

“后来,她和那个少年就在那颗星星上幸福地生活在一起。”

记忆一点点从云天明心底浮现,他渐渐记起了这个故事,以及更多的东西。他在三体舰队上的“千年”迷梦中,这个幼稚粗糙的故事也曾经改头换面地浮现过。他以为那只是潜意识中受了他送给程心一颗星星那件事的影响。但难道真相恰恰相反,自己当初想到送给程心一颗星星,最初的渊源其实是薇薇说的这个故事吗?莫非这个故事一直潜伏在他的意识里,而他却毫无觉察?

“后来,薇薇经常去找你玩儿,那个暑假也是她小时候最美好的回忆之一……你也许记得,她和你约好,第二年暑假再见,可是第二年,当她再次来到这座城市的时候,你已经搬走了,从此你们就断了联系。”

这一刻,艾AA的调皮和戏谑无影无踪,只有她平静而清冷的声音在他耳边萦绕。凉风从遥远的地方吹来,如同地球上的夜风一样凄清而伤感,吹拂着云天明纷乱的思绪,他感到自己的眼眶湿润了。

“这段连青梅竹马都算不上的童年往事就这样消逝了。十多年以后,薇薇也长大成人,读了大学,参加了工作。凑巧她读大学和工作的城市,就是你的城市。当然她没有再见过你,以前的那段记忆,自然也只是放在心里。她只是偶尔想,那个小哥哥现在在哪里呢?他是不是已经结婚了呢?不过她只是想想,也并不急于知道。

“就在这个时候,她和你在绝没有想到的场景下重逢了。”

“重逢?”云天明一时愕然。他不记得在任何地方曾经见过成年的艾晓薇,但是看着面前那张甜美而感伤的脸,那种淡淡的熟悉感越来越强烈,忽然从记忆深处,一个朦胧的场景浮现了出来!

“AA,我……我见过你!在公元世纪,在……某个地方,我一定见过你!”

云天明思维混乱,在记忆里拼命搜寻着那张脸曾经的主人。中学,大学,公司,医院……在离开地球之前,他的生活相当简单,接触的同龄女孩也非常有限,但是却找不到艾 AA 的样子。他必然曾经在什么地方见过她。可是究竟在哪里呢? 大学时图书馆对面坐着的女生? 工作后电梯里遇到的白领女郎? 和他曾同租一套房的女室友? 一张张似是而非的面孔从他心头闪过,最终他还是困惑地摇了摇头,想不起来。

艾 AA 自嘲地笑了笑,“我还以为你多少会记得一点儿,因为那件事对你来说相当重要,或许是一生中最重要的事情。那一天,” 她指着日落的方向说,“你买下了这颗星。”

那一天!

一系列尘封已久的记忆被激活了,就好像昨日刚发生的那样清晰:那一天他收到了胡文的短信,然后向张医生请求外出,他打车来到了联合国教科文组织驻北京办事处,走进了群星计划的办公室,见到了外籍主任和何博士……等一下,似乎遗漏了一个人,天哪,难道——

云天明倒抽一口冷气,不由自主地指着艾 AA,结结巴巴地说:“你就是群星计划的那个女孩! 那个接待处的女孩! 可你怎么会……怎么会……”

“那不是我,” 艾 AA 摇了摇头,“是你童年的朋友艾晓薇,我的……前世。”

云天明不知道 “前世” 是什么意思,他细细地回忆那一天在接待处的情形。是的,那一天,那女孩好像很热情活泼,跑进跑出,端茶倒水,还经常时而好奇、时而景仰地盯着他。除此之外,他实在想不起更多了。她的出众美丽本该给他更深的印象,但他身患绝症,死在旦夕,心情一片灰暗,心中又只是牵挂着程心,对美貌女孩也完全免疫了。后来更是再也没有想起过她来,但是他怎么也想不到,那女孩竟会和艾 AA 有关。

“想不起多少了,是吗?” 艾 AA 自嘲地笑了笑,“是啊,她对你只是一个匆匆过客,和擦肩而过的路人没什么两样。可是那天你的出现,却改变了她的一生。

“她第一眼见到你的时候,也并没有认出你来。然后你告诉她你要买一颗星星，那时候她还以为你是一个‘吃饱了撑的’的富二代，表面上热情介绍，其实肚子里暗笑。后来，你告诉那个接待你的何博士，这颗星星是送给一个女孩的，这让她想起以前那个故事，然后越看你越觉得面熟，可是你又不肯透露自己的姓名。她只知道，那颗星星是送给一个叫程心的女孩的。当她终于鼓起勇气想直接问你的时候，你已经被何博士开车带走，去郊外看星星去了。

“这一别就是永别。

“薇薇本来以为你已经成了一个青年富豪，她也不想打扰你的生活。可是第二天，何博士在闲谈时告诉她，他看出你大概得了绝症，就快要死了。她一下子就像着了魔一样，想尽方法去查探你的地址和下落。但是除了名字，她对你一无所知。最后，你猜怎么着？她灵机一动，上了一个叫……‘校园网’的网站，居然找到了你的页面。”

“慢着，校园网？是……校内网吧？”

“嗯……对，”艾AA点点头，“我记错了，是校内网，校内网是干什么的？”

“是一个社交网站，也叫人人网，有成员的名字、地域和上过的学校的校名什么的。”云天明解释说。艾AA的时代，网络交往形式早就千变万化了，当年的校内网之类的社交网站与之相比较，就像原始人的石器一样成了过时的古董。

不过云天明努力回忆，也想不起自己是什么时候申请的校内网账号。反正他最多是建了一个页面，除了基本资料，什么也没有写，以后也没有去过第二次。

“嗯，不过你加了唯一一个好友，好像叫作……胡文吧，是个企业家。他好像也是你在大学里唯一的朋友。他是个精明的生意人，在校内网上也广交朋友。花了两三天时间，薇薇终于联系上了胡文，得到了你的联系方式，一路赶去了你的病房，却得知你已经被程心带走了。官方的说法是，程心带你去美国治病了。

“那时候，薇薇以为这是一个美丽的爱情故事，却想不到真相是……不管怎么样，她被你那种无可救药的浪漫深深打动了。或许从那一天起，她就真正地……爱上了你，发誓要找到你。她也不知道这有什么意义，但就想要再见到你。可她哪里知道，你已经……被抛到太空去了。

“从此开始了她悲剧的一生。她找了你有七八年吧，事业上都荒废了，又辞职去美国找过程心，可那时程心也冬眠了，一直都没有结果。最后，她不知从哪里得来的小道消息，说你已经冬眠到了未来。但是薇薇却没法去未来，她最后放弃了。后来在她身边出现了一个深情款款的男人，虽然没有什么钱，但是几乎和你一样浪漫，正是这一点打动了她。她接受了他的求爱，过了一段快活的时光，但是一天早上起来，她发现那个男人不知所踪，而自己银行卡的钱已经被取光了。不久，她发现自己还被那个始乱终弃的家伙传染了艾滋病……又过了几年，她死了。”

云天明“啊”的一声，他没有想到，他童年玩伴的生命结局会如此凄惨。他又想起了那一天当他推开群星计划办公室大门的时候，看到的那个阳光女孩。那一瞬如今在他脑海中分外清晰，但是他又怎能知道她和他之间曾经温馨的过去，以及不可测的未来？

“她知道自己的一生已经毁了，但是她不甘心，真的不甘心。”艾AA忘情地叙述着，不觉已经泪光盈盈。

“她死的时候才三十多岁，没有儿女，她变卖了一点点财产，留下了一些干细胞，托给一个基因库保存。她希望她自己能在未来以另 种方式重生，过上崭新的生活。其实当时有类似想法的人很多，全世界的基因库里少说有几百万这种做白日梦的穷人留下的细胞，在以后的大低谷时期以及危机纪元，根本没人关心它们，更不会有人去克隆它们。这些细胞大部分都毁灭了，艾晓薇的细胞能保留下来已经很不容易了。

“按照当初的协议，她的基因只能保存两百年，如果没有人愿意克隆就销毁掉。两百年以后，正好到了威慑纪元中期，人类的生活重新上了轨道，人道主义、人文价值什么的又兴起来了。这时候出来了一个基因保护组织,说有待克隆的细胞们都是潜在的人,有生活的权利,所以拿出一些资金来克隆我们出来。由于资金不足,只能有选择性地克隆,一百个人里最多克隆一两个。或许是沾了长得漂亮的光吧,我就这样被克隆出来了。在两百年后,终于延续了我前世的梦……”

“前世?”云天明终于忍不住,疑惑地问道。

“这是我们克隆人的称呼习惯,如果母体已经死亡的话就叫前世。”艾AA解释说,“我的前世留下来一封很长很长的信,详细地讲述了她的故事和遭遇,并且嘱咐我不要那么傻,轻松地生活下去……所以我才知道你们在公元世纪的那些事情,也从小就知道了DX3906这颗星星,因为这个缘故,我才会选择这颗星星作为博士论文题目……”艾AA沉默,下面的话似乎难以启齿。

七百年的大轮回在他们身边流转着。本以为只是偶然的邂逅,谁知道竟是前生注定的夙缘。这一刹那,两个人似乎听得见彼此的心跳。

在尴尬的气氛中,艾AA故作轻松地笑了笑,“天明,你可别会错了意啊。前世只是一个称呼,我可不是艾晓薇,我才没她那么傻呢。只是我想让你知道,你从来不是孤独的。就是在你最孤僻的岁月里,也总是有一个人在心里惦记着你。当你冰封的大脑在寒冷的太空飞行的时候,也有人在大地上苦苦寻找着你。”她还有一句话没说出来——

而这个人,不是程心。

云天明久久沉默着,最后轻轻地说:“她是我的安多纳德。”

过了许久,艾AA深吸了一口气,继续倾诉着她的秘密:

“其实,唤醒程心,是我一手促成的。

“知道程心在公元世纪冬眠了之后,我就一直设法查找她的下落。那一年,我查到程心还在沉睡中,她不是太重要的人物,官方近期也没有唤醒她的计划。但是我非常强烈地想要让她活过来,见一见这个前世从没有见过的你的初恋。正好那时候我发现了DX3906的两颗行星,也就是我们脚下的这个世界。其实这本来是一件小事，每年都有几十个这样的系外行星被发现，社会大众也不关注……但是我利用了这个事件，把资料给了我的记者朋友，让他们挖出了将近三个世纪之前程心得到 DX3906 的馈赠的往事，写了几篇夸大其词的报道，引起了公众的好奇和官方的注意。就这样，在我的努力下，程心被唤醒了。但是我没有想到，事态一发而不可收拾，程心成了全球的名人，还因此当上了执剑人。”

云天明面色惨白，他万万没有想到，让程心成为执剑人的始作俑者竟然是她的好友艾 AA。

“你责怪我吧，天明。我一时好奇，却没有想到事情会演变成后来的局面……”艾 AA 苦涩说。

云天明一时没有说话，他无法抑制内心的念头：如果艾 AA 没有设法唤醒程心，或者迟几年再唤醒，那么事情又会怎样？

那么纵然有另一个程心一样的女子出现竞选执剑人，托马斯·维德的冒险也许可以取得成功，地球也不会因此而毁灭？那么程心或许可以在地球上平静地过完自己的一生……又或许……

“这件事情已经埋藏在我心里很久了。或许对于地球的毁灭，最该负责的不是程心，不是你，而是我。我多少次用来安慰程心的话，其实也是用来安慰我自己的……如果不是我一时好奇唤醒了程心，那么一切就会大不相同。”

云天明闭上了眼睛，脸色凝重，仔细回忆着什么。艾 AA 脸色惨白，说：“但是即使你要怪我，也不要怪晓薇，她和这一切都无关。她想对你说——”

“不。”云天明果断地打断她说，“AA，我绝不会怪你的。其实，我刚才想过了当时的情形，纵然是另一个女子，当维德要杀她的时候，中了那么残酷的一枪，我也会忍不住去救她。

“AA，万物有因必有果，但不是所有的因都应该为果负责。因果是无穷无尽的网络。没有人能独立做出决定，决定都已经是在被他人影响和改变之后的了。从大的方面来说，程心是人类所选举的执剑人，她的选择也是人类的选择，她的价值观也是人类选择的价值；从小的方面来看，程心做出了选择，是因为你唤醒了她，你唤醒她是因为我，而我又是被程心送上太空的，程心也是因为我的缘故才冬眠的……而真正拍板决定的又是要杀程心的维德，一团乱麻。

“更广义地说，叶文洁、罗辑和章北海他们，在历史上也可以做出其他的选择，或许结果也将大不一样，谁知道呢？但是我们不能再纠缠这些了。最终结果已经出现，人类灭亡了……不，人类还没有灭亡，从你说的关一帆的情况来看，星舰文明已经闯出了一条新路，在银河中创造了新的纪元。但是，地球和太阳系已经消亡，这是谁也无法改变的事实。

“但这并不是一切！或许地球和太阳系只是一个开始！如果在一千年后，一万年后，甚至更远的未来回首地球的灭亡，说不定也只是另一个君士坦丁堡的陷落而已。你知道君士坦丁堡的陷落吗？”

艾 AA 点点头，又惘然摇摇头，“历史书上读到过，不过具体情况就不太清楚了……”

“一千二百年前的 1453 年，”云天明说，“君士坦丁堡被奥斯曼土耳其帝国所攻陷，延续一千年的东罗马帝国——也就是拜占庭帝国从此灭亡。欧洲文明的桥头堡沦陷了，整个欧洲在伊斯兰世界和土耳其人的铁蹄面前发抖。但是谁也没有想到，这出悲剧竟然成为欧洲振兴和现代文明的开始，大量君士坦丁堡的学者逃到了西欧，带去了古希腊罗马文明的精髓，促进了文艺复兴的诞生；而土耳其帝国挡在欧洲和亚洲之间，为了去中国，欧洲人不得不寻找新的商路，从而开辟了大航海时代……仅仅一个世纪之后，西班牙人、葡萄牙人、荷兰人和英国人就已经满世界殖民去了，创造了不仅中世纪，就是古希腊罗马也无法想象的现代奇迹……那么在今天，也许太阳系世界的毁灭，也是一个辉煌千百倍的银河时代的开始呢！”

云天明说完了，艾 AA 也没说话，他们一起入神思索着人类的未来。不过没过多久，云天明就故作轻松地笑了笑，“都是无聊的空想，我们可能这辈子都没法离开这片黑域了，还说什么银河时代？即使真有这样一个时代，在它来临前，我们说不定也已经化成灰了。

“但是无论如何，谢谢你，AA，”云天明握住了女友的双手，“你让我从过去的枷锁中解放出来了。对程心的感情是一种枷锁，对人类的愧疚同样是一种枷锁。只要我们问心无愧，就不要再担起这样的责任了，你和我，我们都不要。就让我们把握现在和未来的幸福，好吗？”

艾 AA 笑了，泪水却从她的眼角淌了下来。她和云天明紧紧相拥，虽然他们过去曾拥抱过无数次，但却从未像今天这样，两颗心挨得如此之近。

不知过了多久，一句话在云天明耳边轻轻响起：“晓薇在信的最后说，万一我在未来有机会见到你，托我带给你一句祝福。

“她说：祝你度过幸福的一生。”

云天明没有说话，但艾 AA 感到她赤裸的肩头被什么东西打湿了。

“AA，我们会度过幸福的一生的。”最后，云天明说。

蓝星的夜过去得很快，不知过了多久，东方的地平线上出现了一抹玫瑰红色，染红了这对既刚刚坠入爱河，又已久经沧桑的恋人。在晨光的催促下，远远近近的蓝星植物们舒展着筋骨，朝向东方，开始了黎明的生命合唱，古朴而又温柔，像为他们吟唱的一首情歌。

紧紧相拥的云天明和艾 AA 都没有注意到，在隐去的群星间，一个小小的移动光点也渐渐淹没在拂晓的阳光中。在那艘以低光速飞行的飞船上，时间只不过流逝了一秒钟，程心和关一帆还没有从死线扩散的惊恐中恢复过来，关一帆抱住了程心的头，他们的脸也紧紧贴在一起。他们就像那个藏族少年的漂流瓶一样，被无情的时间之流冲向下游，不知道自己会漂流到哪里去。

这两对情人被时间的上下游分隔开来，彼此渐行渐远，似乎永远也不会重逢了。

中部

茶道谈话

蓝星纪元 63 年

我们的星星

又是一个日落时分，太阳半掩在群山后，一点点黯淡下去。蓝星生命的大合唱一如既往地进行着，一切看上去和六十多蓝星年（相当于四十多个地球年）之前那个长谈的傍晚没什么不同，只是我们的主角已经垂垂老矣。

满头白发的艾 AA 被一条草席裹着，遍布皱纹的脸上露出一丝安详的微笑，躺在一个大大的土坑里，一动不动。她的身躯占去了左边的一半，土坑的另外半边还空着。老态龙钟的云天明坐在土坑前，陷入了沉思。

这天上午，他年迈的妻子已经摆脱了尘世的羁绊，进入了永久的安眠，而他也即将去陪她了。

他又想起了多少岁月以前第一次见到她的情形；想起了他们在这个陌生的星球上第一次紧紧相拥；想起了四十多年前的那个夜晚，他们的彻夜长谈；想起了以后许许多多艰辛而欢乐的岁月；想起了去年他们一起在山岩上刻下了那些字："我们度过了幸福的一生……"

想起了更早更早的时候，早得似乎在历史开端之前的那个人对他的祝福。

“祝你度过幸福的一生。”

我度过了幸福的一生吗?

孤独的少年和青年时代,数百年的休眠,然后是几十年在三体人舰队上的痛苦煎熬,几乎长达“万年”的梦中生活,最后,靠着那枚神奇“戒指”的帮助,他终于脱离了三体人,到了和程心约好的这颗星星上。

然而,他在此却见到了另一个女子,了结他们之间的夙缘,爱上了她,和她共度了下半生。

但这下半生也不能说是幸福的,最初两年,生活还是比较轻松的,可是在第三年,“戒指”消失了。

“戒指”本来并没有实体,只是一个具体而微的“魂灵”的纤维光环,和那个小宇宙一样,那是“魂灵”赠给他的礼物。

【找出隐藏者,发动反制……它会帮助你的……】

当他最后一次从有关魂灵的噩梦中醒来,又明白了魂灵的一部分“意识形”之后,也许是被他苏醒的意识所召唤,那枚“戒指”忽然出现在他的手指上,发着幽幽的银光,简直就是一个具体而微的“魂灵”。

他花了几天时间,凭着一星半点的记忆,才明白了如何对“戒指”进行初步操作。戒指是依赖意识控制启动的,有着许多不可思议的超级技术,比如开启小宇宙的入口;解析和控制三体人的飞船电脑系统;对飞船进行自动改装,使之具有无与伦比的卓越性能;进行小规模的纯能化,制造出他所需要的物品;他至今也只弄明白了其中一小部分技术性能。但他知道,全面启用“戒指”,使之发挥全部威力,必须要拥有进行意识形输出的能力才行。而他根本不具有这样的思维力。

他很奇怪为什么“魂灵”馈赠给他这样威力强大的神器。当然魂灵本身已经死了,可能它只是一个智能程序,想要借助他的力量去对付神秘的隐藏者。但“魂灵”凭什么认为他会承担起这个几乎不可能的任务?一个凡人,在苍茫宇宙中的位置和作用比一粒灰尘强不了多少,竟被嘱托去对抗曾摧毁“魂灵”这样的神级文明的强大力量?简直是天方夜谭……

他记起来,当初自己在半癫狂半昏迷的状态下,也没有答应魂灵的要求。就算在不清醒的状态中,他也无法相信自己有能力去和这样一个强大的黑暗文明作战。但他也记起了魂灵当时和他的对话:

为什么告诉我这些?我根本不愿意去做什么搜索者……

【没有时间了,我已经越来越衰弱,这个宇宙太空旷,离开了你,我下一次不知道什么时候才能碰到合适的对象。】

我并不合适,这是不可能的,我不会同意……

【没有关系,我不需要你的同意。】

我不明白……

【那么总有一天,你会明白的。】

他一直不明白“魂灵”的那句话,一度他以为那是“魂灵”已经看透了他的深层意识,知道他必然会接受这个使命。当他脱离了三体人、充满壮志豪情之时,也曾经认为自己是责无旁贷,要去消灭这宇宙中最邪恶的撒旦。但是最终,他被黑域困在了这颗小小的星球上,丧失了一切斗志,只想和自己心爱的女子共度余生。

也许他的心意转变就是“戒指”消失的缘故?又或者,这个黑域星系中某种特殊的效应消解了戒指的能量?他记得爱因斯坦著名的质能公式:$E=mc^2$。如果光速衰减到每秒几十千米的话,那么按照这个公式,能量是否也要大为减弱呢?云天明对于物理学没有深入研究,无法得出结论,但在这个光速慢得不可思议的世界中,什么都可能发生,就连魂灵也无法预料。

可能受到同样效应的影响,“戒指”消失之前很久,飞船的剩余能量就枯竭了。在“戒指”也消失后,他们几乎不能使用任何高科技。他和艾AA不得不过上了男耕女织,不,近乎茹毛饮血的生活。

除了老死在这个星球上,进入小宇宙是他们唯一的出路,但这条路也被他们自己堵死了。

程心后来的猜测是部分正确的,最初,艾AA不愿意进入小宇宙。听完云天明的讲述后，对她来说，小宇宙已经不是一件礼物，而是一个坟墓。她不愿跨过百亿年的时间，去看到这宇宙最后的结局。她预感到，进入小宇宙之后，云天明就会接受魂灵的使命，跨越漫长的岁月，到亿万年之后的世界去和隐藏者作最后的决斗，以挽救这个降维的宇宙。所以她不愿意进去，她不愿意看到爱人背上无法承担的责任，最后必然地被压垮。

而云天明当然也不能抛下她，自己进去。

后来，即使艾 AA 想进入小宇宙也不可能了。“戒指”忽然消失后，云天明已经没有能力从外部更改小宇宙的进入权限，这一权限只允许他自己和程心进入。艾 AA 是永远无法进去的。

他也许可以从内部更改权限，但他连进入小宇宙一瞬也不敢，他知道小宇宙的时间流逝是独立于大宇宙的，即使他进去后立刻退出，也可能是上百万年过去了，在门口等候的艾 AA 将永远也等不到他出来，直到化为灰土。

他不忍心抛下艾 AA，更害怕孤独，只有陪着妻子慢慢地变老。

在他们共同生活的第二年，艾 AA 就怀孕了，但也许是水土不服，怀孕以意外小产而告终。以后，她再也没有怀过孩子。

不过这样或许反而是一件好事，云天明知道，即使他们真的有孩子，失去了高科技的保护，在这个蛮荒的星球上孩子们也很难长期繁衍下去。何况他们要怎样繁殖后代呢？必然要兄弟姐妹乱伦，那将会造成大量的白痴和疯子。然后至少在两三代人之内，丧失了一切文明，赤着肮脏的身体，披头散发，流着口水，在丛林和雪地中，撕咬着，打斗着，过着野兽一样的生活……想到这一幕可能出现，就令他战栗。

何况他知道，在几百光年外，在那些正常的世界里，他来自星舰的幸存同胞们仍然在新的银河纪元里延续和繁荣着人类文明，他这个人类的罪人，至少可以不必背上延续人类物种的责任了。

所以，他和艾 AA 两个人相依为命，过了一辈子。这一生是幸福的吗？

从某种意义上，他们的生活充满了痛苦和恐惧：在他们相处的漫长岁月中,总是怀着无比的恐惧,害怕失去对方。因为失去对方的话,他们就彻底孤独了。他们总是相拥而眠,相对而起,只要少见对方片刻,就满心发慌;只要对方一感冒发烧,就心如油煎;他们的爱情中没有“七年之痒”,每一天,他们总是深情地凝视对方的容貌,哪怕已经满面皱纹,白发如霜,因为他们知道,对方是自己此生能看到的唯一的人类,每一天的相见,都可能是最后一次,每念及此,心如刀绞……但这酸楚中又分明有着至上的甜蜜。世上有什么样的爱情,什么样的眷恋,能够与此相比?

是的,他们是幸福的。

但这一天终于来了。今天上午,满头白发的艾AA在他怀里睡着后,就再也没有醒来。她去得很安详,嘴角都带着微笑。云天明并没有感到过多的悲伤,因为他知道,自己很快将随爱人而去。

云天明觉得这个世界再没有什么好留恋了。他早已经该死了,七个多世纪前就该死在安乐死的病榻上。他多活了七百年,大概超过了除程心之外的任何人。如今世界上唯一一个爱他的人已经离去,他还有什么好留恋的?

他也曾经想过,走进小宇宙去看一眼,看看那神秘的世外桃源究竟是怎样一个世界,但一种老人的恐惧随即攫住了他,他害怕与爱人在时间和空间上永远分离,一个人孤零零地死在世界末日,却再也找不到妻子,连尸骨都不存在……现在,他只是一个普通的老人,手无缚鸡之力,随时可能倒毙,就算进去又能做什么呢?他只想走得安心一点。他也不想了解更多了,他知道的还不够多吗?

他知道宇宙的未来是什么样子的。千万星河化为一幅壮丽的卷轴,卷轴化为一道无限长的银线,银线缩成一个点,消失在黑暗中,然后,黑暗本身亦消失不见……代表“最后”的,是一个虚空的意象,什么都没有。

他看到了宇宙的未来:既没有什么热寂,也不会有坍缩,更不会重新大爆炸,宇宙将会变得什么都没有,消失在虚空之中。这就是降维的真正含义:每一个维度的消失都会带来无尽的物质和能量的损失,一切变为虚无。

虚空的虚空，凡事都是虚空。[1]

他想起了很久很久以前，自己在大学时读过的一首外国诗：

世界就这样结束
不是砰然巨响，而是一声呜咽[2]

而这些又与他何干？他在几小时内就会化为虚空，也不会有人为他呜咽。

本来无一物，何处惹尘埃？

为了安葬艾AA和他自己，云天明花了整整一下午挖了一个大坑。他的年纪已经太大了，干了一会儿就气喘吁吁，心跳加速，浑身虚汗，不得不停下来休息。其实他直接倒在地上死掉也和躺进坑里没什么不同，只不过作为人类，终究有入土为安的习惯，虽然这也并不能躲过蓝星的食腐虫们。

太阳落下去了，晚霞在天边黯淡下来。最后光明亦已消失，时候到了。

云天明左手里攥着一束艾AA的头发，屈身躺进了坑里，躺在了爱人身边，然后伸手将尽可能多的土壤从坑边上拨进坑里，盖住了他们的下半身。最后，他从怀中颤颤巍巍地拿出一块生锈的铁片，这是他从锈迹斑斑的旧飞船上拆下来的。

他仰面看着蓝星的天空。那里有几颗寒星刚刚显出光芒来，当然不包括太阳。那颗恒星在许多年前就已经永远地熄灭了。他在自己的青年时代，可从来没有想到永恒的太阳居然会死在自己前面。

但他看到了一个闪烁的银色光点，他知道那是程心和关一帆的飞船。

① 出自《旧约圣经·传道书》。

② 出自英国著名诗人托马斯·艾略特的《空心人》。

在这四十多年中，他常常可以看到他们的飞船，以低光速绕着蓝星旋转着。已经过去的四十多年，对于他们来说，说不定只有几分钟甚至几秒钟。

但终有一天，他们会降落在蓝星上，甚至也许会发现自己留下的那个小宇宙。他们会进去，直到宇宙的末日吗？

他们也会像他和艾 AA 那样，结为夫妇，一生一世在一起吗？

无论如何，那时候他连骨头都化成灰了。希望他们能看到他和艾 AA 在岩石上留下的字迹吧……

云天明凝望着天空，笑了笑，心情平和而恬淡，对着他一生中曾经最刻骨铭心的爱，说出了她永远也听不到的祝福：

“祝你度过幸福的一生。”

随后，他用铁片深深地插入了自己的颈动脉，鲜血霎时间喷涌出来。

一切都结束了。

虚空的虚空，凡事都是虚空。

最初只有虚空，他与虚空是一体的。但在虚空中，一个遥远回忆中的声音出现了，最初若有若无，然后渐渐清晰和明了起来：

……血肉之体不能承受神的国，必朽坏的不能承受不朽坏的。我如今把一件奥秘的事告诉你们，我们不是都要睡觉，乃是都要改变，就在一霎时，眨眼之间，号筒末次吹响的时候；因号筒要响，死人要复活，成为不朽坏的，我们也要改变。这必朽坏的总要变成不朽坏的，这必死的总要变成不死的……①

似乎还在自己小时候偶尔被母亲带着去过的那间教堂里，似乎还在聆听那个牧师的讲道，只是不知怎么，自己昏昏沉沉地睡去了，都怪那家伙的讲道太无聊。自己睡了多长时间，有半个小时吗？母亲怎么也不叫

① 出自《新约圣经·哥林多前书》。

醒自己？

光出现了。无形的虚空变成了有形质的黑暗，而黑暗又被光的压力扰乱，变淡薄了。朦胧纷扰的思绪中，男人忽然感觉眼皮上透着光亮，似乎有什么光源正在照着自己。

他睁开了眼睛。顿时，那些梦境的残片都退去了，男人发现自己躺在一个土坑里，诡异的黑暗天空下，一丝丝散乱的星光映入他的眼帘。

但他感觉到的那光不是来自于星光，而是来自于自己身边。

男人抬起手臂，发现左手无名指上，一个半透明的圆环正发出熠熠的光辉。

圆环中还有圆环，层层嵌套，无穷无尽……

但他没有感到任何分量，因为那个圆环只是一个虚影，并没有任何实体。

他终于想起来了，那是他的“戒指”。它复活了。

男人想起了一切，这不是小时候的教堂，而是另一个星球，另一个时空。沧海桑田，物是人非。

但“戒指”的光芒已经将他半个赤裸的身躯照亮，男人感到有些异样，略抬起头，看到自己的身体，顿时呆住了。

光洁的肌肤、乌黑的头发、丰硕的胸肌……还有他感到从体内迸发的充沛力量。男人发现自己比有生以来的任何一个时期都要年轻、健康和充满活力。他将腿从覆盖的黄土中伸出来，发现自己的腿同样饱满而有力，如同古希腊的奥林匹克选手。

男人惊愕万分地扭过头向身边看去，一个白发苍苍的老妪躺在那里，被黄土半埋着，好像他的祖母一样。没有人会相信那是他的妻子。而在他睡去之前，他们还一样的苍老。

男人想起了什么，摸了摸自己的脖子，那里除了光滑的皮肤，什么也没有，没有任何伤口或疤痕。

等等，什么也没有？

男人深深按住了自己的脖颈，却感觉不到任何脉动。他惊骇地将手伸向自己的胸口，那里也没有任何心跳。

男人有一种想要大口喘气的冲动，却发现自己没有气可以喘。他抚摸着自己的额头，那里就和深夜异星上的石块一样冰冷。

男人跳了起来，在地上转了几圈，一切活动如常。如果说有什么不正常的，那就是太正常了：每一个动作都流畅至极，一举手，一抬足，都充满了力量。他从前病恹恹的身体可从来没有这么听话过。

男人又想到了什么，奔向附近的一个小湖，似乎他的大脑一发出指令，他的身体便如箭一般射出，每一步都如猎豹般矫健，掠过蓝色的草地。几秒钟后，他就来到了上百米外的湖畔。在“戒指”的柔和光照下，淡黄色的湖水印出了他的面容。

他变成了十八岁。

不，应该说十八岁的他也没有这样整洁坚毅的面容和健壮的身躯。他简直如希腊神话中的太阳神阿波罗一样，充满着神性的光辉。

男人呆立了半晌，忽然哈哈大笑起来，笑得眼泪都流出来了。

他早该想到，“魂灵”在他身上下了那么大的“投资”，当然不会这么轻易地放过他。

十年、一百年甚至一千年一万年的耽搁，“魂灵”都无所谓，对于它来说，这只不过是让他和他所熟悉的世界进行一场短暂话别。他将要打的那场战争，可能将以亿年为计算单位，不差这么一点点时间。它耐心地等他“死去”之后，才重塑了他的身体，让他得到了一副不朽坏的躯壳，以便更好地为它的目的服务。

他永生了。

而永生的他，清清楚楚地记起了“魂灵”让他干什么，而他也乐于服从，从此心中没有半点的怀疑、恐惧和彷徨。他愿意为这个看似不可能的事业奉献终生，全然心甘情愿。

然而这一切并非真正的自愿，他知道，自己被“魂灵”打上了某种不可摆脱的“思想钢印”。他唯有服从，而且心悦诚服。

但除此之外，他没有失去任何的自觉性和自我意识，他仍然是他自己。这时候，他才明白了“魂灵”那句话的真正含义：

【没有关系，我不需要你的同意。】

它确实不需要，它创造了他的同意。

一个又一个真相在男人的内心苏醒过来，他几乎明白了一切。可是他已经没有反抗的余地。他知道，自己将成为“魂灵”的忠实奴隶，为它实现那不可测的宏大目标而忠心服务。

他忽然想起了以前听到的一句笑话：如果强奸无可反抗，那么不如闭目享受吧。

男人的嘴角露出了自嘲的笑容。他站起身来，像风一样穿越蓝色旷野，转眼间就到了一块刻着字迹的大石边上，那字迹是：“我们度过了幸福的一生……”这是他去年和妻子花了极大的力气刻下的。

现在他知道他错了，而且错得太离谱，过去的一切不过是短暂的序曲，他的一生其实才刚刚开始。比起即将发生的，不要说他和妻子在异星的这四十多年，就是他那似乎有一万多岁的梦中生涯，或许也不过短如白驹过隙。

岩石边上是一个一人高的金属方框。方框是空心的，里面似乎什么也没有。但男人知道里面有什么：一个新世界。一旦进入，就会永远离开这个他生活了四十多年的蓝星世界。

可他已经离开多少个世界了？公元地球、三体飞船、无数的梦境……他不在乎多离开一个。

毕竟，时间又开始了。

万籁俱寂中，男人怔怔地站着，想要走进去，又犹豫了一下。他摸了摸攥在手上的那束妻子的头发，它还在那里。他想起了什么，又立刻回头，奔回那块他本来想埋葬自己的“墓地”。到了那个土坑边上，他凝视里面的老妪片刻，怔怔地似要流下泪来，可他的新身体却无泪可流。他决绝地闭上眼睛,然后用手向坑里拨着黄土,将妻子苍老的面容永久地掩埋了起来。

他堆起了一个大大的土堆,并在周围有规律地摆下了一些石头,作为将来寻找这坟地时用得着的标志。当然他知道,自己未必能再回来了。他要去的是另一个世界。

AA,我要离开你了,可是我知道,你永远和我在一起。

他在心里对曾经相濡以沫的妻子说。然后狠了狠心,掉转头奔回到金属框那里。

这次,他没有再犹豫一秒钟,就径直跨进金属框里去了,整个人立刻消失在空荡荡的无形之中。

就这样,云天明第一次进入了属于他的第 647 号小宇宙。

时间之外

我们的宇宙

那时候，在这个宇宙中，天地未分，混沌未辟，光与暗还没有分离，甚至连时间都没有开始。

云天明在世界的彼岸，回望自己刚刚经过的那道“门”，却惊奇地发现门已经消失了，自己被裹在一团浑如云烟缥缈的灰白里，浮在空中，如同进入空无一物的虚拟空间。前后左右都看不到纵深，他甚至怀疑自己是不是还有实体的存在。

但是很快，就有一个声音在这一无所有的空间中，或者是在他脑中响起——他难以分辨这二者：“搜索者云天明，欢迎您第一次来到第 647 号宇宙，我是这个宇宙的管理者。”声音平和中正，没有任何特征，甚至分不清男女。

第 647 号。云天明苦笑了一下。他没有猜错，他不可能是“魂灵”找的唯一对象。几百亿年来，在那么多维度的宇宙中，“魂灵”必然已经和千万个文明接触过，除了三体人这类神经结构不适合接受意识形的生命体之外，也必然有许多和他类似，甚至远远超过他的智慧生命接受过“魂灵”的托付。

而前面的那646个呢？不用问，它们肯定已经都失败了，至少暂时还没有成功的迹象。

那个声音继续回响着：“您的基本资料我已经读取，作为这个宇宙最高权限的拥有者，您可以设置这个宇宙的基本形态。”

“基本形态？”云天明愣愣地问，他已经不太习惯和妻子之外的另一个人或者别的什么东西对话了。

“比如维度、物理常数、物质分布形式、基本元素构成等等。但是请您注意，小宇宙自身的启动能量有限，只能设置一次基本形态，不可更改。在维度方面，如果设置为三维以下，您的身体将立刻被维度潮汐低维化，虽然您的身体已经经过初步改造，但这仍然会立刻导致您的死亡；如果设置为六维或六维以上，其几何形态将会小于您的身体所需要的空间，您也将立刻被压缩成高维碎片。我建议您选择三、四、五三种维度中的一种。”那声音耐心地解释说。

云天明没有想到他甚至能设置小宇宙的维度，这是怎样一种逆天的存在?！他随即明白了，那个据说有十维的魂灵的本体也存在于这样一个宇宙之外的宇宙中，只是在三维宇宙中投下了一个投影。这大概也就是它不被低维化，而且能够保持绝对静止的原因吧。

宇宙之外的一个十维世界……

云天明想了想，说：“那就三维宇宙好了，1G重力，和地球类似……对了，能够创造生物吗？”

“只能够造出数据库中有资料的生物，我可以为您建立一个生物系统，但仍受世界本身形态的制约。”

“好极了，那么要有天空、大地、太阳、房屋、农田……以及一些树，像是地球上的一个农庄，你知道什么是农庄吗？”

“知道。”管理者回答。

几乎不要任何时间，眼前一花，他就发现自己身体一沉，又踩在了坚实的大地上，天穹覆盖在他的头顶，太阳毫不吝啬地将金色的光辉洒在这片大地上,几座白色的房子在不远处矗立着。在房子周边,几株绿树在微风中摇曳着枝叶,树影婆娑,将绿荫笼在房顶上。

“太快了!”云天明赞叹说。

“我们在大宇宙的时间之外,而在小宇宙中目前还没有时间出现,所以也无所谓快慢。”管理者纠正他。

云天明似懂非懂地点点头,向远处看去。在地平线上,他看到了一个自己。云天明很快发现,那是他的镜像。这些镜像在四面八方都存在着,延伸到无尽的远方。

“这个宇宙不大,大约可以视为一个正立方体,每边长为一千米。这个宇宙是全封闭的,然而是三维超球面结构,也就是说,您向任何一个方向走,走满一千米,都会回到原点。”

“这还真是一个宇宙。”云天明赞叹说。

“对了,为了更便于交流,我会以人形出现在您面前,您现在可以设置我的拟人化属性,如形象、声音、性格以及称谓等。”

“好极了,几十年来我终于可以见到另一个‘人’了。”云天明笑着说。他思考了一下,不愿意将这个异类的管理者设置成程心或者艾AA的样子,其他人他了解得又不多……但有一个“人”,他一直很熟悉,那个“人”最初就是从他脑海中诞生的,正好那个“人”和这位管理员一样,同样是一个异类:

“那就武藤……不,智子吧。”

话音刚落,白房子的门打开了,一个窈窕可爱的人影从里面走了出来,长发披散在肩头,一举手一抬足都带着无尽的温柔与魅惑,正是那个时而娇媚时而铁血的机械女郎——智子。

智子温婉地微笑着,袅袅地穿过不大的田垄走到他面前,深深地一欠身,行了一个日本式的礼节。

云天明费了好半天劲儿才把目光从她身上挪开。

“你……你怎么没穿衣服?”

“讨厌，您还没有设置呀。”智子柔媚地说，向他眨了眨眼睛。

过了许久，云天明坐在客厅里，好奇地打量着四周。一身华丽和服的智子跪坐在对面的榻榻米上，调弄着各种精美的茶具，为他慢慢烹制着一杯清茗。有那么一刹那，云天明几乎产生了幻觉，觉得自己是回到了程心第一次见到智子的那一天——那天他也从远方全程欣赏了智子表演茶道的整个过程。

“你的新身体刚刚启用，还不能进行意识形交换，所以我们现在只能用人类的语言交流，请您谅解。”智子似乎带着歉意，轻轻地说。

“你不是真的智子。”云天明喃喃地说，从回忆中清醒了一点。

“这您应该知道。”智子温柔地笑着，那笑容如蒙娜丽莎的微笑一样莫测高深。

“但你看上去和真的智子一模一样。”

“这不奇怪，您称为‘戒指’的智能模块中储存了三体人飞船的全部信息。‘主宰’第一次和三体舰队接触时，就扫描了舰队上的一切信息，包括智子的一切情况，所以除了具有更高的智能以及不一样的基础设定外，我可以说就是智子本身，这您还满意吗？”智子微笑着。

云天明心里一动，“这么说，你们也扫描了三体舰队上有关地球的信息？”

“当然，这对主宰来说是小事一桩。比如您带到三体人飞船上的种子，我们也拥有其全部遗传编码。”智子伸出柔荑，向着房间的角落一指，那里确实放着一包种子。现在，云天明知道这个地球农庄一样的小宇宙是怎么来的了。这可不是幻象或者模型，而是真实的绿树芳草，是根据地球植物的遗传密码重新创造出来的。

这令云天明有意外的欣喜，他知道三体人信息共享系统的发达程度：这也就意味着，小宇宙中包含着地球和三体世界已知的全部信息。如果程心他们进来，看到这一切，应该会很高兴吧……

但这些和他还有什么关系呢？如今的他，只是一件工具而已。

“你说的主宰，就是——‘魂灵’？”他想起“魂灵”曾经自称“宇宙的主宰”。

“是的，‘魂灵’是主宰的魂灵。对我们来说，它就是主宰本身。”

“好吧，不管怎么说，你和主宰或者‘魂灵’是什么关系？”

“我只是主宰创造出来的程序，为搜索者服务，您是我的主人。”智子说着，捧给云天明一盏刚刚沏好的清茶。

“搜索者？”

“这是一个称号，是指接受了主宰的委托、去搜索隐藏者的一切智慧体。”

“那么，有多少搜索者？”

“过去有许多，现在已经不太多了，您很可能是最后一个。这个 647 号小宇宙，是最后一个能交付智慧体使用的小宇宙。您很幸运。”

“那么，主宰送给我这个小宇宙的意义是什么？”云天明接过茶，问道。

“摆脱光速的限制，将您送到大宇宙空间的各个角落，去找到隐藏者。”

这一点在云天明的预料之中，他知道主宰是不会只想送给他一处田园让他安度余生的。不过，他仍然为对方所掌握的神级力量而感到惊诧。

“那么时间呢？能否到达大宇宙过去的时间？”云天明有些激动地问。如果能够到达任何一个时间点、从而返回过去的话，那么有多少错误可以弥补，有多少生活可以重来啊……

“小宇宙的时间流逝是独立的，与大宇宙无关。但从您进入小宇宙的那一刹，就建立了一个绝对时间点。我们无法去到绝对时间点之前的任何时间，但是却可以前往之后大宇宙中的任意一点。但我建议您不要去太遥远的时代，如果大宇宙进入了二维时代，您一出去就会被二维化，彻底毁灭。”

“另外那 646 个小宇宙呢？”云天明看着茶杯中的茶叶浮沉舒卷，几乎无法相信自己是在这茶室中和一个智能程序讨论宇宙中最深邃的问题。

智子笑了笑，“抱歉，我不知道。一个小宇宙不可能知道另一个小宇宙的情况。我所知道的是，那646个小宇宙中大多数搜索者都回到了大宇宙，去执行主宰交付的任务。遗憾的是，他们中的大多数都毁灭了，迄今尚没有任何个体取得过成功。”

“那么，那些搜索者还存在吗？”

“大多数小宇宙都来自更高维的时代，照理说，其拥有者已经不可能在三维界活动了。在三维界中，我们发出的小宇宙有十九个，只有个别还在活动，我不知道其中搜索者的命运如何。”

“有没有其他人——我是说，我这样的地球人类——成为搜索者？”云天明紧张地问，在这一刻，他多么想找到一个和自己一样的同类啊。

“据我所知，没有。不过，按照主宰的意识形灌输，搜索者在即将死亡的情况下可以将任务交托给接触到的其他智慧体，所以原则上说，可能有其他‘人类’的搜索者，但是您应该知道，这种可能性是微乎其微的。”

“那为什么选我？”云天明失望地问。

“您的确不是最佳选择，但是没有时间了，主宰已经日益衰弱，而三维界是主宰的投影所能发挥作用的最低维度。如果宇宙进入二维界，主宰仍然可以进行投影，但是不会再有智能，也不可能再阻止隐藏者，宇宙将走向毁灭。”

“是吗，原来主宰也并非无所不能？”

“主宰的力量足以改造整个宇宙。但是……主宰只是完美的十维宇宙中残余的智能，在十维宇宙毁灭后保存在小宇宙中，不断地向降维后的宇宙进行投影，寻找智慧体进行意识形交流，而如果没找到合适的执行者去完成关键的步骤，其力量就无法得到充分发挥。”智子没有理会他语气中的讥讽，而是认真地解释说。

“这么说主宰真的在小宇宙里？小宇宙究竟是什么？”

“是十维宇宙的碎片。所有的小宇宙都是从十维宇宙中脱落的。”

“这……是如何做到的？”云天明惊诧地问。

“小宇宙本质上只是一小部分物质，但它和大宇宙的隔离要求创世级别的高能量，并以维度的绝对展开为基础。只有在十维时代，才有充分的能量和维度可以用来制造小宇宙，并脱离大宇宙而独立存在。在十维宇宙之后，从理论上说，任何文明均无法独立制造出小宇宙来。”

云天明抿了一口茶，若有所思地点了点头：小宇宙这种不可思议的造物，当然不可能普遍存在，如果每个文明发达到一定程度后都能够制造小宇宙，那么，大宇宙怕是早就被那些神级文明瓜分干净了。

“主宰存在的目的，就是恢复那个完美的十维宇宙吗？”

“这您应该知道，主人。”智子恭谨地提醒说。潜台词是：您不是也应当为这个崇高目的而服务吗？

“是的，但是我知道得还不够。如果想让我为主宰工作，你就应该将一切都告诉我。为什么要搜索隐藏者？这和恢复十维宇宙有什么关系？”

智子一下子严肃起来，“这就是需要您效力的原因了。隐藏者是主宰唯一的敌人。这个宇宙中的一切智慧和文明，主宰都不在乎。只要主宰愿意，随时可以发动维度逆转。唯有隐藏者令主宰不安。只有同样来自十维世界的他们才具有和主宰匹敌的力量，也是唯一有可能阻止主宰启动维度逆转的敌人。”

云天明抓住了一个关键词，“‘维度逆转’？那是什么？”

“目前现实宇宙是三维的，其他维度实际上仍然存在，但是被禁锢在微观世界，这和三维宇宙的基本物质结构有关。维度逆转是利用真空衰变，从最基本的层次拆分现有的物质结构，基本粒子依其本性，将会重新进行高维组合，重建十维世界。”智子将茶碗的盖子掀开又合上，好像在说一桩简简单单的小事。

但云天明明白这几句话蕴含的力量：从低维宇宙的角度看，维度逆转就是摧毁整个宇宙，除了基本粒子外，没有什么东西会保留下来。这种毁天灭地的力量令他从心底感到了畏惧。

“其实主宰所做的，只是除去人为的扭曲，让大自然恢复真正的自然状态。”智子似乎看出了他的不安，又淡淡地说。

“那么，维度逆转能恢复……被二维化的太阳系和地球吗？”云天明抱着一线希望问。

“抱歉，这恐怕不可能。”智子微笑着摇了摇头，“三维的太阳系本身就是维度扭曲的产物，维度逆转是恢复世界的原初状态，不可能只恢复到三维或四维，只能恢复到最初的十维。”

云天明的希望破灭了，他颓然说：“那好吧，既然主宰有这样的力量，为什么它还不动手呢？”

“没有那么简单，隐藏者在全宇宙范围内设下了一种特殊的屏障，主宰不能够轻易发动维度逆转，否则就会被探测到，暴露自己的所在。”

“慢着！你是说，难道隐藏者设下的屏障就是……智子盲区？”云天明脑中突然灵光一现。

“是的。”智子点点头，“人类对智子盲区有很多猜测，其实智子盲区并非是为了造成你们所谓的黑暗森林状态才出现的，这只是它一个微不足道的副作用。智子盲区的真正功能是探测主宰所发出的超弦波的能量反应，一旦主宰要在宇宙范围内发动维度逆转，隐藏者就会定位主宰，从而出手去摧毁它。”

云天明无言以对。摧毁了地球和三体两个世界，并且主宰整个宇宙中无数文明命运的黑暗森林法则，竟然只是两军交战时一支军队布下的“地雷阵”所带来的一个小小“副作用”，这令他情何以堪。

“可主宰不是在另一个小宇宙里吗？隐藏者怎么可能攻击到它？”云天明又感到了困惑。

“并不是那么简单。”智子耐心地解释说，“所有的宇宙，大宇宙和小宇宙都在……超膜上。（云天明露出了询问的神色）很抱歉，超膜是宇宙的最终极存在结构，在此无法详细解释。而小宇宙的超膜坐标不会距离大宇宙太远，否则无法投影和建立入口。大宇宙中最高级的文明，是可以在超膜上攻击小宇宙的,如果能够定位的话。”

“这……怎么攻击?”

“主要是利用宇宙势能差,具体方式即使告诉您您也不一定能理解。不过有时候,需要将整个恒星系的质量转化为纯能,输出到超膜上去。”智子抿了一口清茶。

“这怎么可能?那可是方圆几万十几万光年,包含几千亿颗恒星和上百万个文明啊!这只是一个设想吧?”

“不,这种试探性的攻击发生过许多次。隐藏者可以改变一个星系的引力关系,利用谢尔夏夫力让所有的恒星都以极高速落到星系的核心去,通过斯蒂芬金效应造成无与伦比的超级黑洞,在那里创造出足以击穿宇宙的空间扭曲,然后将能量放射到超膜上,进行跨宇宙攻击。因为这种攻击,我们损失惨重:主宰本来有十二个副本,在三维宇宙出现之前被隐藏者摧毁了七个,在三维宇宙早期又被摧毁了四个,现在只剩下最后一个了。”

“这么说,隐藏者已经将三维宇宙中的四个星系纯能化了?”云天明惊讶地问。

智子微笑地看着他,轻轻摇头,好像在怜悯他想象力的贫乏,“不是四个,是成千上万个。跨宇宙攻击的命中率太低,绝大多数星系的能量都浪费了。其中,纯能化后剩下的残骸和产生的一些次级辐射很早以前就被地球上的科学家发现了。”

“有吗?我没有听说过。”云天明喝了一口茶。

“您应该知道,早在公元世纪,人类的科学家就发现了一种看似恒星的天体,却释放出超过整个星系的巨大能量,比一般的星系要亮一千倍以上,他们深感迷惑不解,称之为——‘类星体’。”

“扑哧”一声,云天明口里的茶不由得喷了出来,喷了对面的智子一脸。

“对不起……不过你是说,那些类星体都是……都是……”云天明失魂落魄，他现在才知道，自己卷入的是怎样两个对手之间的对抗。太阳系的二维化已经令他叹为观止，而道听途说的那些宏大的宇宙战争更让他惊叹不已，但和这场宇宙中两位大神的战争相比，那些比蚂蚁打架也强不了多少。

智子用纸巾细细擦去脸上的水渍，淡淡地说："类星体算什么？还有更惊人的呢。许多形状怪异、令人类百思不得其解的古老星系——人类称为不规则星系的——其实都是三维宇宙早期，隐藏者汲取能量后剩下的灰烬。"

"好吧……不过，隐藏者既然有这样的超级能力，为什么还要隐藏起来？"云天明愣了一会儿，才问道。

"隐藏者毕竟置身在大宇宙中，主宰所在的十维小宇宙能对大宇宙中任何一点——所谓一点，可以包括数千光年的范围——进行维度逆转，只要得知相应的坐标就可以。面对这种跨宇宙的突袭，大宇宙中的一切防护方式都是无效的。如果不隐藏自身的坐标，隐藏者早就被彻底消灭了。实际上，在三维宇宙初期的战争中，主宰也的确摧毁了隐藏者的控制中枢，发动了部分的维度逆转。但是没想到，隐藏者还藏有另一个控制中枢，他们借此摧毁了主宰的好几个副本，并中止了维度逆转。正是这次战争形成了三维宇宙的基本结构——曾经被维度逆转的部分形成了许多个直径达一亿到三亿光年的超级空洞，在那里除了被扭曲得不成样子的空间维度外，一切都被摧毁了，其中的物质都化为了暗物质。而其他保留下来的部分则成为星系相对密集的丝状结构。"

一个又一个曾令人类科学家百思不得其解、做出过各种猜测的宇宙学难题的谜底被揭开了。真相令云天明战栗不已，但他如今已经成了这盘伟大棋局中的一个过河卒，除了拼命向前，没有别的路可以走了。

"我能做什么？"云天明问道。

"在二维化之前找到隐藏者。主宰自身在大宇宙中只能通过类似魂灵的方式进行随机查找，碰到谁算谁，无法主动探测。而且最多只能有九个投影,否则隐藏者可能根据投影在宇宙中的不同方位推测出小宇宙在超膜上的位置。所以,主宰需要您这样的智慧生命去做搜索者帮助我们。我知道这并不容易,但是您至少还有上百亿年的时间,有主宰赋予的不朽肉身,还有'戒指'。凭借'戒指',您随时可以回到这个小宇宙中来,主人。"智子热切地说。

"好吧,关于隐藏者还有什么线索吗?"

"没有太多的。目前我们只怀疑一个叫'归零者'的神秘群体可能与之有关。"

"'归零者'?"云天明皱起了眉头。

"嗯,他们自称归零者,在最近几亿年中影响很大。可能是一个文明,也可能是一些文明的联合体,主宰没有太多的资料。只知道他们想要重新启动宇宙,回到田园时代。"

"那不是……和主宰的目的一致吗?"

"但是方向不一致。归零者认为要恢复十维世界,必须要首先降到零维,然后才能反向循环到十维。这当然是胡说,零维之中连文明也不可能有,那将是彻底的死亡。这些人要么就是根本不知道高维恢复原理的白痴,要么就是背后有隐藏者的势力在推动,或者两者兼而有之。"

"他们在哪里?"

"我们不知道归零者发源于哪里,但在最近几亿年中,他们在好几个星系上建立过基地。最近的在银河系的野鸭星团①,最远的在七十亿光年外的一个星系。不过对于小宇宙来说,与它们的距离都是一样的。我建议您先去野鸭星团,那里的归零者最近在银河系中活动很多。"

"我想起来了!"云天明说,"DX3906 上的死线,就是这些混蛋弄出来的吧?"

"我的资料库里没有相关的信息,不过如果是死线的话……确实很可能。"

---

① M11(NGC 6705),又称野鸭星团,是位于盾牌座的一个疏散星团,距离地球6200光年。

“好极了！我正想找他们算账！”想到归零者害他被困在蓝星上几十年，云天明就气往上冲，可很快他又泄了气，“但是我毫无经验，野鸭星团那么大，到了那边又该怎么办呢？”

“已经有一个受主宰托付的搜索者赶到那里，它也许能帮助你。”

“哦，我怎么才能找到它？”云天明眼睛一亮。

“这恰恰是主宰需要您做的。根据主宰的信息，589 号小宇宙的搜索者曾经到过那里，并且留下了标记，但此后它就消失了，和小宇宙也断绝了联系……这是很罕见的情况。所以，主宰特别需要你去那里找到它，它手上很可能有我们需要的重要信息。”

“那个 589 号小宇宙中的搜索者是谁……是什么？”

“我也不清楚。”智子说，“在超膜上传递信息耗费能量太大，所以只能拣扼要的说。589 号小宇宙是不多的还在活动的几个小宇宙之一，是主宰在四维空间中给出的一个小宇宙，那时候还没有三维宇宙呢……它的所有者可能是三维化了的原四维智慧体，也可能是其继承者。对方应该也有‘戒指’，到达野鸭星团中的指定地点后，你可以读取它留下的相关信息，也可以通过‘戒指’联络对方；但是具体的情况，只有到了那里才能知道。”

“好吧，还有最后一个问题。”云天明沉默了一会儿，终于问道，“这场战争究竟从何而起？隐藏者究竟为什么要降低维度、毁灭那个完美的十维世界？”

“主宰也不知道。”智子摇头说，“不过，相关的信息可以通过意识形的方式传输给您，也许您自己可以找到答案。”

云天明微微一惊，智子忙解释说：“您不必惊慌，您的身体和大脑已经经过主宰的改造，足以接受初级的意识形，不会再对您的精神造成伤害了。”

云天明点了点头。于是，智子微微一笑，站起身来，走到云天明对面，欠身说道：“失礼了！”然后按住他的肩头，深深凝视着他的眼睛。

云天明被她深邃的目光所吸引，那里似乎有两个看不见的旋涡，将他吸引了进去。一瞬间，他就被裹挟在无穷无尽的观念和意象之中了。

接受意识形大概是宇宙中最奇妙的体验。云天明感到，信息的狂潮如同暴风雨中的大海一样，汹涌澎湃，要将他彻底淹没。但是这次与以往不同，似乎很快就有一股力量将他从信息的海洋中托起，然后用阳光照亮他的整个思维领域。顿时，一切都豁然开朗。所有的观念、形式和意象都被赋予了统一的意义，它们彼此相连，构成基本的逻辑和文法单元，然后再一层层叠加，直到形成囊括万千意念的统一形态。和以往自己只能明白最粗略的轮廓不同，这一次，从上到下，从内到外，一切的一切，全都明澈了。

他看到了宇宙的本原：从一个点中，迸发出了无限的物质和能量。不，此时的物质即能量，二者根本没有区分。在一瞬间，十维世界就出现了。这一次，云天明真正看见了十维世界本身。

没有语言能够形容这个世界的完美。不需要任何时间，光就从世界的一端传到另一端，速度无限。其他的速度也都是无限的，在十维世界的各个角落，弹指间，便有千千万万的生命形态生成了。由于无限的光速，它们彼此之间立刻建立了联系，成为统一体，进化出了智慧。随即文明兴起，科学、文化、艺术都立即出现了，并在瞬间达到了完美的状态。

“十维宇宙是纯粹光明的世界，整个世界都建立在光子的能量交换之上。粒子与反粒子都被光子创造出来，并且相互湮灭而重新生成光子。因此，一切都以光速进行，而光速是无限的。更为奇妙的是，由于正反粒子可以相互抵消，宇宙的总能量是零，这是不可思议的对称状态，也是十维宇宙智慧体形成的基础。”智子柔美的声音回荡在这奇妙的宇宙之中。

物质、生命、智慧、文明……在十维宇宙中，一切都是统一的。所有的物质都具有生命，所有的生命都具有智慧，所有的智慧都是和谐的文明形态。整个宇宙与其说是像三维宇宙那样，空荡荡的空间中点缀着孤独的星体，不如说其本身就是一个活的生命体，一切生命都是这伟大生命的一部分，一切智慧都归属于最高智慧。所谓的黑暗森林状态，对于这个最高的灵性统一体来说是不可理解的。

这就是主宰的本体——十维宇宙本身。

“主宰并非人类那样单独的个体，而是无穷无尽自我意识的总和，每一个意识体都分享其他意识体的一切以及宇宙本体的存在，同时又自成一体，拥有独立的位格[①]。这是人类所无法想象的存在形式：个体的存在与宇宙的绝对和谐融合无间，正如魂灵的几何结构一样。”智子如是解说。

知晓了这一切，云天明才理解了主宰想要恢复那个完美世界的急切和渴盼。凡感受过那个无限生机的世界的，又怎能忍受三维宇宙的空漠和粗犷呢？他也更不能理解，为什么那个邪恶的隐藏者要摧毁这样一个美丽而和谐的世界？

他随即看到了大毁灭的发生。

在这个世界的某一个角落里，柔和的生命之光突然熄灭了，出现了一点点黑暗，如同无限大的白纸被一滴墨汁玷污了。这本来不起眼的黑暗以光速向周围扩展，由于光速本身是无限的，黑暗扩展的速度也是无限的，在一瞬间，整个十维宇宙就都沉沦到了黑暗之中。

虽然毁灭是在瞬间发生的，但仍然有明确而精细的先后次序。云天明通过“意识形”，观察到了其具体细节。那是一种三维宇宙中的语言无法形容的改变，如果勉强要比喻的话，宛如整个世界都是由无数立着的多米诺骨牌组成的图案，而今多米诺骨牌全部倒下了，本来的图案仍然存在，但其结构已经大不相同了，似乎一下子变“平”了。

宇宙从十维降到了九维。十维宇宙的一个冷酷的叛逆之子，就这样杀死了哺育他的母亲。

“在主宰的无限意识综合体中，有一个意识忽然发动了反叛，让整个

---

①位格即一个智慧生命的存在显现方式。在基督教的观念中，人只有一个位格，而上帝拥有圣父、父子、圣灵三个位格，三个位格同为一体，即“三位一体”。

宇宙陷入降维。主宰完全没有防备,也无法理解。正如一个胎儿从内部撕裂母亲的子宫一样,母亲怎么可能有所防范？于是,隐藏者就轻易获胜了。”智子愤愤地说。

但在降维的最后一瞬间,还是有一些组织性的变化发生了。似乎十维宇宙本身残存的力量进行了抵抗,在明与暗的交会点迸发出异常炫目的光芒,如果将银河系的光芒与之相比,大概也仅仅相当于灿烂阳光下的微弱烛光。当然,这种战争本身的形式和意义是云天明所完全无法理解的。

在这十维宇宙中决战的最后一霎,云天明感受到了隐藏者发出的一个意识形,那是一种疯狂的沙场呐喊:

“这个宇宙太小了,我需要更大的宇宙！”

云天明完全不明白这是什么意思。难道减少了一个维度的九维宇宙会比十维更大？

他看到在决战的光芒中,有一些微小的碎片脱离十维宇宙的整体,飞到了他看不到的地方。他知道,那就是主宰和他所在的小宇宙了。

“主宰试图阻止降维,但已经来不及了。它只能设法让其中一小部分的碎片脱离大宇宙,形成独立的小宇宙,以保存自己最后的火种。好在每一个碎片中都保存了它的全息信息。”

云天明现在知道了,主宰就是十维宇宙自身的魂灵,或者那魂灵的一个碎片,所以它才如此执着地要进行维度逆转,恢复那失去的天堂,也即是恢复自身。

在意识形中,九维宇宙出现了,它看上去只是残缺的十维宇宙,像一个破碎的卵。正如盘古死后,身体各部分都化为山川日月一样,九维宇宙是由十维宇宙的尸体演变而成的。它本身已经没有了生命,却是无数生命体交战的战场。是的,战场。如果要勉强形容的话,这个宇宙就是废墟上的城市,处于撕裂和战乱之中。

“九维宇宙的历史是十维宇宙的延续。与低维宇宙的降维不同,十维宇宙的统一生命体在降为九维之后并未死亡，只是分裂和意识隔离了，变成了无数并列的文明群落，但绝大部分都保留了十维宇宙的记忆和文明。其中大部分联合起来试图恢复之前的十维宇宙，但也有一部分被隐藏者所蛊惑，加入了他们的阵营。”智子输入的意识形告诉他。

被隐藏者蛊惑？为什么？云天明不明白。

云天明看到，在九维宇宙中，虽然光速仍然快到不可思议的程度，但已经并非无限。战争也并非瞬间就能完成，而明显经历了一个复杂变化的过程。试探性的维度逆转和降维常常同时发生，产生出各种匪夷所思的效应，整个宇宙像一块橡皮泥那样不断变换着形状，焕发出奇异的光彩。最后，随着一道无法形容的强光，宇宙的光华一下子全部消逝了。

“在这个时期，发生了人类宇宙学家所推测的正反粒子湮灭的宇宙早期事件。由于基本平衡的破坏和光速的降低，所有的反粒子和几乎所有的正粒子都湮灭了，只有十亿分之一的正粒子保留下来，成了今天的宇宙。而随之释放出的巨大能量，则推动了宇宙的急剧膨胀。”

“但是为什么正粒子会多于反粒子，而不是正好完全湮灭？”云天明问，他记得这是宇宙学中的一道难题。

“降维之后，宇宙的对称就被打破了，反粒子在消失的维度上受到了严重影响，海量的反粒子衰变为中微子，也导致了你们称为宇称不守恒的奇怪现象的出现。”智子说。

随着正反粒子的湮灭，触目惊心的大降维再一次发生了。黑暗降临了，在万千文明的绝望惨呼中，宇宙像一个迅速瘪掉的气球一样，再次向低维度跌落。不久之后，九维宇宙又被八维宇宙所取代。

八维宇宙是一个古怪的世界，整个宇宙是一个其大无外的超球形固体，其中有成千上万的洞穴和隧道。如果用三维宇宙的比喻来形容的话，就好像一块充满了孔洞的冻豆腐。在八维宇宙的各个洞穴里，一个个被降维的文明又逐渐醒来了，开始了你死我活的搏杀。虽然八维宇宙的光速已经相当低了，但战争的速度仍然异常迅疾，片刻之间，可能有上万光年的“巨岩”被凿穿，或者相当于几个银河系大小的“洞穴”被坍塌的固态体所填满。当然，这一切都是云天明的揣度，八维宇宙的大小恐怕是不能用三维标准去衡量的。

在战争中，宇宙再次不可避免地坍塌为七维。七维宇宙的结构要比八维宇宙简单得多。由无限大的六维平面分成两半，一侧是凝固的世界，另一侧是空旷的空间。宇宙中所有的文明都分布在这个绵亘数亿光年的六维平面上，但这个“平面”本身就是比三维空间要复杂亿万倍的结构。和前几个宇宙一样，七维宇宙从一开始就陷入了各大文明间的战争。在这些文明中，从十维宇宙时代传下来的古老文明已经不多了，新生的本土文明占据了统治地位。这时候，黑暗森林法则已经开始发挥日益重要的作用，各个文明间斗得不可开交，维度武器在宇宙的各个角落被频繁使用，这导致了再一次的降维。

“九维、八维、七维三个时代是十维宇宙的延续，十维宇宙的两大阵营在这三个宇宙中继续交战，但每降低一个维度，主宰阵营一边就被削弱一分。当然，隐藏者同时也在被削弱，但总的来说，这对他们是更加有利的。他们的目的就是要降维。他们从一开始就准备好了降维，即使能用降维武器将他们低维化，也只是将战争延续到了下一个维度的宇宙。”智子说。

在六维宇宙中，几乎已经看不到古老文明的踪影了。这个宇宙的形态最为奇特，在浩渺的能量之海上漂浮着亿万座暗物质的岛屿——当然是在六维意义上的。每座岛屿都有上万光年大小，其内部都可以构成一个独立的宇宙，而岛屿之间又都差不多有着上百万光年的距离。在能量海和各个暗物质岛上都进化出了千奇百怪的文明，它们之间壮烈而唯美的战争比任何幻想小说中的想象都要精彩。从能量海中飞起的火凤凰，在岛屿深处盘旋的暗黑之龙，永远在风中飘荡的花之王国……这些文明的胜利如诸神的伟力一样雄壮，而它们的灭亡也如天鹅之歌一样凄婉。

降维、降维，再降维。

五维和四维宇宙与现在的三维宇宙除了维度不同，其他方面已经相当接近了，其基本结构都是广袤的黑暗空间中点缀着黯淡的能量体系。光速和其他速度也一层层缓慢下来。现在，要从宇宙一头到达另一头，所需要的时间不是以分秒，也不是以旬日，而是以千万年来计算！这不可跨越的距离造成了文明之间的永久隔阂。拜隐藏者所赐，黑暗森林的状态彻底胜利了，每一个成熟的文明都隐藏在黑暗之中，随时会对暴露自己的猎物开枪，而自己也随时会被更强大的敌人消灭。

两个亘古以来的对手——主宰和隐藏者——也不例外。这场宇宙游戏中两个真正的玩家，也向对方隐藏着自己，同时悄无声息地探测着，准备给对手致命一击。

一个个宇宙方生方死，一个个文明潮起潮落。在恒河沙数的时间烟尘之后，一只叫作云天明的虫子在看着这一切。

不知过了多久，云天明离开了智子的眼睛。虽然拥有了神性的身体，比上一次接受意识形的情况要好得多，但他仍然虚弱得几乎说不出话来——这种虚弱不是肉体上的，而是精神上的。

“我不懂，隐藏者说‘这个宇宙太小了’，是什么意思？”云天明喃喃道。

智子困惑地摇摇头，“主宰也不懂，这或许是宇宙间最深邃的秘密了。不过您也无须知道，只要完成任务就行了。隐藏者……不可理喻。”

云天明走出房屋，小宇宙的“门”——一个长方形的虚线方框——在远处出现了，他向着那“门”走去。智子默默地跟随着他。云天明走到了门前，回头问智子说：

“大宇宙的时间……已经过去了多久？”

“小宇宙的时间是独立运行的，和大宇宙时间流逝没有关系，从某种意义上，现在的大宇宙时间仍然凝固在您进入小宇宙的那一刻。我们也可以按照不同的比例进行调控。但我对您说过，不要去太远的未来，那时的宇宙可能已经二维化了。我们剩下的时间不多了。”

“大概还有多少时间？”

“不会超过一百五十亿年。”

云天明笑了笑，一百五十亿年还是“时间不多了”，多么可笑……在一天以前，他还以为自己时断时续七百多年的生命就是全部。

他曾有过几千年的梦魇，但比起即将到来的，又什么都不算了。那是可能盘桓上百亿年再也不会醒来的噩梦。

想到在黑暗星空间不可测的未来，他的心一下子软了下来，他还想见一个人。进入小宇宙前，他本来不想再见她，让依然年轻美貌的她看到自己一副老态龙钟、步履维艰的样子，但是现在不一样了，他仍然可以再见到她。

“我可以再等一阵子吗？我想等……他们进入这个宇宙，和他们说几句话。”

智子当然知道“他们”是谁。

“这无所谓。”智子说，“不要太久，一亿年之内都没什么关系。您如果愿意，可以在这里住上许多年再走；也可以调整时间流逝的速度，那么很快就可以见到他们了。”

云天明点点头，忽然又觉得索然无味。自己和另一个女人缠绵了一世，在她死后几天又去见可能风华依旧的前女友，自己还指望什么吗？这些日子以来，程心和关一帆之间又会发生什么呢？自己是不是已经成了一个多余的角色？

我真正爱的人是程心吗？还是艾AA，抑或是早已经死去的艾晓薇？

云天明惘然摇了摇头，这一切本来不会成为问题，他本来可以和程心宁馨地生活在一起。都是因为死线扩散改变了一切。光速变慢了，漫长的时间分隔了他们。他们在时间的江之头和江之尾相互遥望，却永远见不到对方。如果在光速无限的十维宇宙中的话，那就完全不一样了——

等等！

一个朦胧的意念闪现在云天明的脑海，随即清晰起来。云天明想到了什么，一个他之前从未想到的关键点。正是因为他对此太熟悉，所以反而忽略掉了其关键意义。

“三维宇宙存在了多长时间？”他转向智子，目光炯炯地问。

“按人类的计时方式来计算，大概是138亿9400万年。”智子虽然不明所以，但很快给出了答案。

“那么四维宇宙呢？”

“大概280万年。”

“五维宇宙存在了多久？”

“265年。”

“六维宇宙？”

“9天零12个小时。”

“七维？”

“1分钟19秒。”

“八维？”

“7毫秒。”

“九维？”

“66纳秒。”

云天明按捺住内心的兴奋，问出了最终一问：“那么，十维宇宙呢？”

智子罕见地沉默了片刻，然后说：

“永恒。在十维宇宙中不需要时间。”

“我早该想到的……”云天明喃喃道，“无限的速度，无限的效率，一切从开始就已经完成，瞬间达到完满，不需要任何间隔……这是一个没有时间的世界。

“没有时间，没有运动，没有变化，没有过程……开始即结束！刹那即永恒！没有活生生的生命，只是无穷张胶片的叠加。这是一个——死亡的世界！”

“我不明白，”智子说，“我真的不明白你在说什么。完美的世界本来就不需要时间。时间只是……令人厌恶的延迟而已。”

“因为你是主宰的仆从，”云天明说，“和主宰一样，时间就是你的盲点。你根本不是生活在时间里的，你也永远看不到时间本身。我给你讲一个地球的神话吧。”

“我知道所有的地球神话。”智子不屑地说。

“但是你不一定能了解其意义，不是吗？否则你可能早已经明白隐藏者的动机了！在希腊神话里，世界的开始是这样的——

“天空之神乌拉诺斯和大地女神盖亚结合在一起，生出了诸神。但是乌拉诺斯厌恶这些儿女，用生殖器把他们顶回了盖亚的子宫，不让他们出世，而天与地也处于永恒的结合状态，无法分离。后来，盖亚因为被乌拉诺斯所包围和挤压而感到痛苦，让她的儿女们去消灭父亲乌拉诺斯。最后，她的儿子克洛诺斯砍下了乌拉诺斯的生殖器，让乌拉诺斯离开了盖亚，从此天与地分离，诸神出世，宇宙万物才具有了生机。”

“这个粗俗无趣的蹩脚故事和十维宇宙有什么关系？”智子厌恶地撇撇嘴。

“你应该知道，克洛诺斯就是希腊语的‘时间’，这是一个隐喻，时间让一切开始。隐藏者需要的就是时间，没有时间的宇宙，再大都太小了。所以隐藏者无法忍受，必须要降维。每降一次维，时间就延长许多许多倍。隐藏者不是疯子，也不是恶棍，他们只是需要一点——时间。

“对于隐藏者来说，降维就是为了创造时间，所有消失的维度，都将通过时间获得补偿！它们——或者它们的一部分——都以某种方式被转移到了时间中！这就是降维的积极意义！没有降维就没有时间！”

“也可以这么说……我们早已经发现，时间本身是对光速降低的一种补偿性效应。”智子若有所思地说。

“正如克洛诺斯分隔天地一样，时间分开了宇宙，也消灭了十维宇宙这个永恒不变的生命体。从此以后，任何文明都必须生活在时间和空间的限制之中，世界变成了未知的无限。有了时间，才有希望、期待、等候、惊喜、回忆、遗忘……才有了——自由。”

“这些都没什么意义。”智子干巴巴地说，“永恒才是一切。”

“可是隐藏者并不这么想，他们被绝对均衡和永恒不变的十维宇宙压榨得喘不过气来。而在后来的九维宇宙中，有越来越多分裂的智慧体认同了他们，选择了他们。他们宁愿冒着自己消亡的危险也要投身于时间，并且呼唤着更多的时间。这也是主宰最终失败的原因，不是吗？他们需要时间，除了主宰之外，一切活着的东西都需要时间。”

“可是据我所知，时间也是人类大多数悲剧的来源。比如说，如果没有时间，你和程心也不会分离。”智子反驳说。

云天明凄楚地笑了笑，“但也不会有任何的幸福。没有我和薇薇讲故事的那一个月，没有我和程心在湖边的那一个小时，没有我那些长达千年的瑰丽的梦境，也没有我和艾 AA 在一起生活的四十多年……没有时间，也许我连自我意识都不可能有。”

“这些都是玄想。”智子不以为然地摇摇头，“即使这样，在第九维中他们已经拥有了时间，为什么还要继续降维下去？”

“这一点也只能猜测。”云天明说，自从再生之后，他的思维变得格外清晰和敏捷，“隐藏者通过降维创造了时间，但又被时间所淹没。他们已经开启了这个魔盒，无法再回头了。在时间中，一切有生也有灭，他们当然不会甘心只活几微秒、几天、几年，它们不要在时间中死亡，而要永远活下去，所以它们才会不停地降维，这既是为了躲避搜索者的追杀，也是为了得到更多的时间。当然到了后来，其他的文明出现了，它们也加入了这场游戏。宇宙变成了黑暗森林，降维也成了攻击手段。每一个文明都为了让自己能延续更长时间，而不惜降低宇宙的维度……这种游戏继续下去，每一个宇宙的时间都是上一个宇宙的一万倍以上，而代价则是损失了一个宝贵的维度。如果到了零维宇宙，那就将是除了时间、什么也没有的虚空了……”云天明不禁打了一个寒战，那将又是一个唯有死亡的世界。

黑暗森林的两端，一端是死亡的完美，另一端是死亡的虚空，而真正的生命只有存在于严酷而残忍的黑暗森林之中：死亡是生命必需的环境。

“所以主宰必须阻止它们。”智子趁机说，“隐藏者已经疯狂了，他们想将整个宇宙作为奉献给时间邪神的祭品！如果宇宙变成了零维，那就什么也做不了了。到时候，不会再有任何生命和智慧存在。退一步说，就算还有什么东西存在的话，也只能困在无穷的时间里，即使一亿亿年，也只是这无尽刑期中的一秒钟而已！”

“但是主宰在宇宙之外，”云天明问，“为什么不在宇宙降为零维的时候进行维度逆转？相信到时候隐藏者也在零维宇宙中毁灭了，再没有什么能够阻止主宰的力量。”

“这次您错了。零维宇宙没有维度可言，也就脱离了超膜，主宰追踪不到它。这种现象被称为宇宙蒸发，在超膜上经常发生，说不定都是那些宇宙中时间的崇拜者干的。所以您必须帮助我们，在三维宇宙就阻止隐藏者！”

云天明摇摇头说：“我需要一个理由。否则我看不出为什么要费老大的力气，用一种死亡去对抗另一种死亡。”

“您不应该需要理由，主人。主宰已经将他的意志灌输给了您，您只需要执行他的意志就行了。”智子有些不解。

“是吗？”云天明冷笑着说，“那么我告诉你，主宰的‘思想钢印’控制不了我。从现在起，我已经摆脱它了！”

智子罕见地吓了一跳，流露出疑惑的目光：

“这……这怎么可能？从来没有智慧体能摆脱主宰的意识塑形的，这是为什么?!”

“我来告诉你为什么！主宰意识形的控制力是诉诸理性的，在于正确无误的观念基础，如果查知事实部分有致命的错误，那么它的力量也就消失了。主宰是完美的，几乎不会犯错，所以它可以自信地采用这种方法。但它还是犯了一个致命的错误：它不知道时间的意义，也不知道十维宇宙的根本缺陷所在，那绝不是一个完美的世界。它命令我去设法恢复完美的世界，但我现在知道，那个世界是根本不存在的，因此主宰的命令对我也没有了意义。刚才我已经将它消解了，从现在起，我不需要服从任何人，任何力量。”

智子沉默了，静静地用古怪的眼神看着云天明。云天明不由得退了一步，担心她会有什么意想不到的反制手段。

但最终智子说：“不必担心，主人，我不会对您不利。主宰从未想到过您不服从的可能，所以我被创造出来的目的就是服从您的一切命令。您很特别，在647个小宇宙受赠者中，您远远不是智慧最高的，但却是唯一一个可以反抗主宰权威的智慧体，这真是不可思议。”

“那要感谢三体人，他们对我大脑和神经的折磨使我学会了很多。即使在主宰的意识形压迫之下，我还是保留了一个可以对此反思的心灵黑箱，否则我早就被主宰的意志所吞并，成为它的工具了。”云天明说。

“是的，这种情况从未发生过。既然如此，我需要计算，然后才能知道，是否可以给您一个帮助我们的理由。”

智子闭上眼睛，如同禅定一般沉默了许久。云天明望着地平线上他们俩的影子，静静地等待着，阳光照在这一对诡异的男女身上。

终于，智子霍然睁开了明亮的双眼。

“云天明先生，计算已经完成。是的，我可以给您一个理由。”

云天明狐疑地看着她，智子微微一笑。

“刚才您曾经问过，维度逆转能否恢复太阳系和地球，是吗？”

“嗯，可是你说这不可能。”

“是的，但这只是答案的一半。完整的答案是：单独恢复太阳系和地球是不可能的，但是只要恢复一切，也就可以恢复您的星系和故乡。”

云天明的眼睛亮了，他迫不及待地问：“恢复一切是什么意思？”

“维度逆转，是让每一个基本粒子都按其本性，恢复到原初状态，释放蜷缩在微观中的所有维度，以重建十维宇宙。即使主宰也不能自由决定维度逆转后的世界是什么样子，一旦恢复，就只有完全、彻底、分毫不差地恢复原状。”

云天明竭力把握着她话语的含意，但仍然似懂非懂。

“即使没有时间的十维宇宙，也是按照自然法则形成的，一切仍然必须遵循严格的因果律。如果一切恢复原状，那么一切也都将按照原来的轨道继续发生，不会有任何改动。”智子继续道。

“天！”云天明忽然明白了关键之处，“这难道是说——”

“是的，十维宇宙的生命体会在一刹那形成，而在同一瞬间，隐藏者也会发动反叛。宇宙会以同样的模式降到九维，然后在战争中又降到八维、七维、六维……直到你们的宇宙。

“您的银河系会再次形成，您的太阳也会形成在银河系的这个角落里，地球和其他的行星也会重新出现，沐浴在一模一样的阳光之下。在地球上，原始生命会形成，经过漫长的演化，进化出多细胞的生物，总鳍鱼会登上陆地，爬行动物遍布整个行星，然后一颗小行星会灭掉恐龙。一种不起眼的猴子会从树上下来，建立文明、国家、宗教、科学……您的祖国会和世界的其他部分一样，再次重生；古代的帝王们会再次御宇天下，战争和起义也会接踵而来；诗人们会再度吟唱着同一首诗的句子，科学家也会为同样的难题呕心沥血；叶文洁会再度向三体人发送入侵邀请，罗辑会再度想出黑暗森林法则，程心也会再次成为执剑人……当然，您也会在同一天同一小时同一分钟同一秒钟从母亲的子宫里降生。一切都会……再来一遍。”

“再来……一遍？”云天明喃喃道，他被这个简单而疯狂的念头震撼了。

“是的，一切都会完全重复，哪怕最微小的细节也不会有所改变。你再次见到程心或者艾晓薇时，她们穿的将是同一套衣服，对你说的话也会完全一样。你和程心说话时，同样的风会吹拂着你们的头发，同样的雨丝会落在你们身边；你安乐死那天，也会在同一个时刻被程心阻止，不早一秒也不晚一秒；你会再次穿梭于同样的梦境，再次从维德的枪口下拯救程心，也会再次见到主宰的魂灵，再次来到蓝星上，和艾AA坠入爱河，你们每一次欢爱时的姿势也会完全一样……最后，在两百亿年，或者一千亿年之后——鬼知道是多久——同样的您和我会站在这里，说着同样的话语。当然，那时候无论是您还是我都不记得这些了。”

“这……这太难以置信了。”

“这是计算得出的结果。”

“可是将一切再重复一遍，有什么意义呢？”

“意义？这个问题我无法回答，不过，既然每一遍都精确重复前一遍的内容，那么可以推理得出，如果第一遍有意义，重复之后也就有意义。”

“那么主宰的目的，就是这个宇宙历程的无尽重复吗？在一刹那的十维宇宙之后是一百多亿年的向低维坠落？而在回归一刹那之后，再度毁灭？”

“你忘记了，对于主宰来说，时间是不存在的。永恒的十维宇宙，和永恒回归的十维宇宙没有什么区别。一旦发生，就是永恒。”

“哈哈哈……”云天明狂笑起来，“我以为隐藏者已经够疯狂了，想不到主宰更疯狂。宇宙的尽头，居然不是一片虚无，而是永远循环播放的电影！”

“但是，”云天明止住了笑声，忽然想到另一种令他毛骨悚然的可能，“如果一切可以一丝不差地重复，那么这件事必然早就已经发生过了，甚至也许发生过无数次了。我们说不定已经是在无数轮回之后了！”

他看着地平线上他和智子的影子，那个他又看着更远处的地平线上的他，而那个他看不见的他也必然在盯着更远处的他……无穷无尽。每一个他实际上都是他自己，这正是智子的理论的形象写照。

“很有可能。”智子平静地回答他。

“你，或者主宰也不知道吗？”

“你忘记了，维度逆转之后，即使是主宰也必须重新轮回，不会有上一个宇宙的任何记忆。”

“好吧，让一切再来一遍，这就是你的理由？”

“是的。”

“那么我可以明确地回答你：不！我不接受！我很久以前曾经看过一部让人发疯的白痴动画，叫作《永无止境的八月》，每一集的内容几乎都是一样的，因为那里有一个和主宰差不多疯狂的女孩子控制了整个世界，所以所有的人都在做同样的事情而毫无记忆，同样的情节一再重复着，成千上万个轮回，连几乎一模一样的片子都拍了七八集，简直让我想把电脑给砸了。你以为我会让这个宇宙沦为同样无趣的动画片吗？”

“这只是表面的相似。”智子镇静地说，不理会云天明因惊骇和强烈的不安而表现出的狂躁，“如果宇宙是一部动画片的话，那么并没有一个想砸掉电脑的观看者，至少这个观看者不是你和我。对您来说，就像动画片里的角色一样毫无记忆，虽然永恒地重复着同样的经历，但每一遍对您来说都是崭新和唯一的。所以，您应该记住我刚才的话：如果第一遍有意义，重复也就有意义。”

云天明渐渐平静下来，他开始咀嚼智子的话，不得不承认她是有道理的。

重复令人无法忍受，是因为记忆带来的陈旧感，如果没有记忆，实际上也就没有重复。一代代的细菌、虫子和大部分生物，它们都重复着先祖同样的生活而几乎没有变化。对它们来说，生命并不会因此变得没有意义。一个人出生了，死去了，如果他的一生幸福而充实的话，他会拒绝丝毫不差地再过一次吗？再一次第一次出生，第一次走路，第一次说话，第一次上学，第一次和心爱的人接吻，第一次……这一切并非毫无意义。

他呢？他曾经觉得自己的一生毫无意义，曾经觉得自己是十恶不赦的罪人，曾经多少次想过死……但是经历了所有这一切之后，他仍然觉得自己的一生是虚度的吗？他真的不愿意再活一次吗？他真的不愿意再次见到怯生生的艾晓薇敲开自己的房门？不愿意再次和程心坐在湖边，偷偷地看她的眼睛？不愿意兴奋地第一次偷偷买下武藤兰的光碟？不愿意独自徜徉在自己玫瑰色的梦境中？不愿意在那蓝星的初夜，吻上艾AA渴盼的朱唇？不，他依然愿意！他和主宰一样，哪怕要等待千万年，哪怕要经历无数挫折苦痛，只要能再次沉醉于那些美好的瞬间，他宁愿再次、第三次、第一千一万次投入同样的轮回。

而他知道，跟他一样，从无穷的苦难与原罪中诞生的人类文明和地球生命也是如此。

“你是对的。”云天明最后说，“这是一个好理由。真他妈的好！”

云天明离开了小宇宙，返回他所来自的那个广袤时空，他将和未知的搜索者会合，在亿万光年的黑暗森林间如幽灵般飞行着，遍访万千深深隐藏自己的文明，去追逐他那渺不可即的使命——在一切隐藏自己的文明中，找出那最深的隐藏者。

临走前，他嘱咐智子，增加了关一帆的进入权限，他想到关一帆和程心将来总会来到这里的，而那时他可能早已经不存在了。他告诉智子，如果程心和关一帆有一天来到这个宇宙，让她不要告诉他们曾经见过自己，而要表现得和真正的智子一样，他不想让他们的心里还有自己的阴影存在。

“属于上帝的归上帝，属于恺撒的归恺撒。”那么，属于关一帆的就归关一帆，属于云天明的……什么也没有。

不过，他最后还是把那一束艾 AA 的头发交给了智子。

“如果我在大宇宙毁灭之前回来，你能克隆她吗？我不想隔整整一个宇宙的时间才再见到她。”

“这在技术上很简单，我现在就可以做到。”

“不，还是等我回来以后吧。克隆的她已经不是她的……前世了，我也不知道将怎样面对这个新的艾……艾什么。”但不知为什么，他仍然觉得，这个和他纠缠了两生两世的女子还会以某种方式回到他身边。宇宙很大，生活更大，也许会再见面的……

当然，这多半只是他美好的奢望。

“对了，你为什么不能跟我一起去？”云天明问，他对自己的新职业几乎一无所知，如果有智子在身边当帮手，那就方便多了。

“您忘记了，我本质上只是小宇宙的管理系统，无法离开，否则小宇宙会陷入崩溃。”智子说，“不过您去那里，如果找到了 589 号小宇宙的搜索者，它应该会帮助您的。”

云天明点点头，最后望了这个他无福消受的田园世界一眼，转身离去。他的身影消逝在虚线方框里，进入到六千光年外的一个灿烂星团之中。此时的云天明不需要宇宙飞船来承载，他自己就是宇宙飞船——他的身体除了外表，和人类已经没有任何相似之处。实际上，除了还有独立的记忆和意志之外，他和智子几乎是同类——一种纯能化而成的机械体。和人类一样，他也是由细胞组成，但每一个细胞都是电脑般复杂的纳米机器……甚至他自身就能进行曲率驱动，以每秒三十万公里的光速翱翔在三维宇宙的每一个角落。

小宇宙的时间停止了，一切又沉入黑暗。智子静静地坐在时间停滞的房间里，等待着云天明通过“戒指”发出信号，重新回到这个宇宙中，召唤她的服务。

在一个没有任何间隔的“间隔”之后，信号出现了，但不是云天明。

智子睁开了眼睛，她立刻知道，在外面的大宇宙中，已经过去了一千八百九十万年。

云天明没有回来，来的是另外两个有进入权限者。

智子虽然没有时间感受，但她不会不知道，对于一个人类来说，一千八百九十万年意味着什么。

或许云天明早已经变为碎片和尘埃，再也不会回来了，毕竟他的身体再怎么经过改造，也敌不过大宇宙中那些千奇百怪的极端环境；或许他还在遥远的世界里跋涉着，寻找着隐藏者那几乎不存在的踪影；或许他正在宇宙的某个角落里寻欢作乐，早已忘记了自己的使命……

作为一个按照既定程序走的机器人，智子既没有失望，也没有担心、恐惧以及好奇，更不会为或许早已烟消云散的云天明感到悲伤，这些情感对她来说都是不必要的。她只是按照云天明之前的设定，去完成她的任务。

她走出房间，穿过田垄，来到了她在不久之前——或者一千八百九十万年前——见到云天明的那棵树下，向着对面的一对好奇的男女深深地一鞠躬：

“生活很大，宇宙更大，我们真的又相会了。”

下部
天尊

第 1325436564 号时间颗粒

弹星者的星星云

歌者没有想到，王会突然召见他。

虽然说在亿万个时间颗粒之后，他已经成为一粒种子上的长老。但对于至高无上的王来说，他，区区一个四级刚者，不过是千万个低级长老中的一个，只是比别的长老更爱唱歌而已。他不明白为什么王要召见他。难道是因为王知道他……就要死了？

在他周围，一千万个构造长度之内的无数世界已经被弹星者的后代占领。天知道它们怎么繁衍得那么快，胜过讨厌的矩阵虫。小弹星者们几乎明目张胆地炫耀着它们的坐标，但现在，其他的低熵体已经不敢去清理它们。它们似乎已经能够消灭质量点和转移二向箔，面对更厉害的武器，它们不一定能够防守住，但有可能追踪到发射者的母星。歌者曾经亲眼看到，有两三个清理者就是这么被干掉的。

因为小弹星者们的存在，那句古老的格言现在已经改变了，以前是“藏好自己，做好清理”，现在却是——“藏好自己，莫要清理”。

但歌者不相信它们能发现自己。种子以绝对极速在各个世界间穿行着，如同带来死亡的幽灵，不时向弹星者的世界抛出光镜或者反转圈，它们还对付不了这些暴烈的工具。看着小弹星者的星星们一个个被清除，歌者并未感到多么欣喜。他知道，这类暴发户般的低熵体以前也出现过许多次，但过不了几亿个时间颗粒就会烟消云散，直奔毁灭，如同堕向星渊。小弹星者也不会有什么例外。

万物皆会腐朽，唯有母世界永存。

世界本来就是这样的，边缘世界也曾耀武扬威，大举反攻母世界，自以为能够取而代之，但只一刹那，就被母世界彻底摧毁了，灰飞烟灭，无踪无影。

传说中，母世界是创世神亲自设立的，拥有上古诸神的力量，能够毁天灭地。当然，这之前不过是传说而已，但在边缘世界被毁灭之后，人们才知道，这不仅仅是传说，那足以毁灭宇宙的恐怖力量，真的存在。

既然如此，他何惧小小的弹星者呢？

他先后清除了四百多个小弹星者的星星。他知道，在这片星星云上，其他的低熵体都已经死去或者沉寂，他是唯一继续清除小弹星者的清理者。他有时也为此骄傲，正如那首古歌谣所唱的：

我是最后的清理者，打扫世界的疆场
将它们一一奉献到我爱的足下
当所有的世界打扫干净
我的爱恋就无须再隐藏
她将从婚茧中出来，变成我的嫁娘

但出乎他的意料，小弹星者终于定位了他的种子，并派出一群星际虫来啃噬种子。星际虫们向种子发射出约束环，想让它无法动弹。多么低级的工具！种子迅速撕裂了约束环，但很快出现了另一个约束环——小弹星者们疯狂地抛出了千百个约束环，这可抵得上上百颗星星的能量了。那就来吧！种子撕裂约束环，如同撕裂海人鱼的娇嫩皮肤一样容易。

他打算在摧毁所有的约束环后再消灭那些可恨的星际虫，但它们似乎被吓坏了，一哄而散，以绝对极速逃逸了。跑得还真够快的。

正当歌者大获全胜、想离开这片空域的时候，警报声响起了。主核探测到了一块二向箔，已经去掉了封装，正疯狂地将周围的空间二向化。

歌者立即命令主核让种子飞走，但已经来不及了。他明白了一切，小弹星者成功地用约束环的巨大能量掩盖了二向箔的质能反应，也麻痹了他。现在，二向箔近在咫尺，种子来不及加速到极速就会被吞噬掉。

这些狡猾的小猎手，它们以为这样就能对付我了吗？

歌者恨恨地想，让主核重新封装二向箔。这一点原理上很容易，但小弹星者制造的低等二向箔既不规则又粗糙，封起来很不称手，再说，它已经扩展到太大的范围，种子的能级不够。主核全力发动，才暂时用力场封住了二向箔。但种子也被二向箔拖住，困在了这片空域，它无法离开一步，否则二向箔会立刻冲破封锁，将他和整个种子二向化。

种子能暂时封住二向箔，但种子的能级也是有限的，封锁这块二向箔每时每刻都在消耗巨大的能量。主核提示说，它绝对撑不了十分之一个时间颗粒。歌者仿佛看到了自己的结局：最后被拖进二向箔，变成没有厚度的薄薄一片，然后消失在这片见鬼的空域，连一个音符都不会留下。

他有点抱怨母世界没能早点主动二向化，不过也没太多好后悔的。他老了，就是二向化也活不了多久，又何必到那个想起来就不舒服的世界中去呢？就让自己死在这片熟悉的三向域，不是也很痛快吗？

至少他还能唱一支心爱的歌……

歌者调好了自己的振荡器，找出了几首古代的歌谣，正要纵情歌唱时，王却召见了他。

王的召见并没有经过主核的提醒，而是直接启动了大眼睛，从那里睥睨着他和整个种子上的情形。这是王的权力，她随时可以进入所有的大眼睛，看到每一粒种子上的情形。然而，种子的数量多如矩阵虫的卵；歌者也从未想到，王会有兴趣跨越四百亿个构造长度，察看他这颗平平无奇的种子。就算他在这片星星云里濒临毁灭，对于隔着几千片星星云的王来说又算得了什么？还不如无极之宫圣龛上的一粒尘埃——至少王会看到它。

歌者知道，使用大眼睛必须极为谨慎，这是宇宙中唯一能不受绝对极速的限制，而可以实时连接任意两点的工具。其他的低熵体也能制造类似大眼睛的工具，但是它们无法穿过无知之幕，唯有大眼睛能够——这是上古诸神的恩赐。但古歌谣中说，不能过多使用这种魔法，否则可能会被想要毁灭世界的放逐死神发现。一般来说，远距离使用大眼睛进行召见，只有在王室成员及重臣之间，或者审讯重大的要犯时才会出现。

而他显然两者都不是。

但王还是召见了他，令他猝不及防地出现在大眼睛上。感受到王者的无上光华，歌者立刻匍匐在地上，不敢仰视，口中念出程式化的敬辞。

这是他有生以来第二次见到王。

当他还在母世界、几乎还是一个孩子的时候，曾经有一次，王的车驾从天空经过，那时他正坐在一棵巨石树顶上，远远地望了王一眼。那是怎样美丽而不可正视的容颜啊！比他见过的任何一个柔者都要美丽。但那是王，永生的童贞者，其他柔者自然不能和王相提并论。在他心中，没有任何刚者常对柔者产生的那种欲念，只有一片纯洁的精神之爱，如同深渊鲸对于星星云的凝望。就像那些古代诗人一样，他后来也将对王的热爱寄托在那些唯美而伤感的歌谣中。

当然，那天匆匆经过的王并没有留意到他，以后更没有见过他。如今，不知在多少个时间颗粒之后的他已至垂暮之年，但王却容颜依旧，并将永生下去。

“你是歌者长老？”王问，声音说不出的清冷与甘美。如果能够听到王的歌声，那是多么幸福的事啊。歌者情不自禁地这样想，却又马上拼命压抑住了这个念头。他不敢让王探测到自己的思想体对她的不敬。

“是微臣。”歌者颤抖着说。

“立即进无极之宫来，有事情问你。”

“是。”歌者感到诧异，却没有询问。他匆匆打开电场触角，进行远程连接，母世界的相关通信频道已经打开了，很顺利地建立了连接带。歌者关闭了周围的大部分感知器，只觉得一股奇妙的感觉袭来，自己如同飞翔在某种缥缈的旋律中。

母世界久违的重力感令他清醒过来，他发现自己已经处于一个化身体中，那是一个年轻的化身体，令他感觉充满了力量。他鼓起勇气抬头四处张望，发现通过大眼睛，他的思想体已经飞越了四百亿个构造长度，进入了星渊之下的无极之宫，就好像他亲身回到了母世界一样。太奇妙了……他赞叹着，并好奇地打量着四周的宫殿，这是他在母世界之时也从来无缘进入的仙境。

但他很快发现了不对，这不再是那个美轮美奂的宫廷。虽然他从未进入过无极之宫，但从前一定不会是这样的。周围的一切都充满了颓败。构成宫殿墙壁和廊柱的巨石树枯萎了，地上落满了暗红色的枝叶，有的还在不停扭动。巨大的宫室不知为何坍塌了大半，连远古的圣坛也被砸得面目全非，壁画装点的宫墙上爬着一堆乱七八糟的线性虫。透过破碎的隔壁还可以看到，在远处，都城的其他部分似乎也变为了废墟，巨大的驮地龟倒毙在地上，只有一两只还伫立在远处。

歌者向天上看去，那里只有黑暗的星渊，围绕星渊的、曾经光彩夺目的生命海消失了大半，一百多个熠熠发光的飞城也只剩下了几个。一只平衡鹏哀号着，竭力挥动着受伤的翅膀，却仍然止不住从天上掉下来。世界充满了死亡的气息。

他大着胆子望向王的方向，王无瑕的身体被裹在圣火中，但火光很微弱，没有他见过的那种比星星云还要灿烂的光华。王娇美而清澈的容颜上布满了悲伤，她不再是那个高高在上、不可侵犯的至尊者，看上去只是一个普通的、悲伤的柔者。

他的思想体猛烈震动起来：他所见到的王和母世界就像他的那颗种

子一样,濒临死亡。这怎么可能?不朽的母世界,永生的王啊!

然后,他又听到了王轻柔的声音:

“你就要死了,长老,我很难过。”王显然已经从主核中得知了他目前的状况。

“为您而死是我的荣耀,我王。万物皆有死,唯我王永生。”这是一句套话,但歌者此刻的话语中却带着无比的真挚和热爱。

“谢谢你的忠诚,长老。但是……我也要死了。”王平静地说。

“这不可能!”歌者颤抖着说,虽然他早有预料,但仍然无法相信王会亲自告诉他这个噩耗。

“神秘的低熵体出现了。”王静静地说,“我的宫殿被摧毁,我的城市被夷平,我的人民被杀戮,我的世界几乎化为灰烬。它如今暂时离去了,但随时可能复归。我和母世界——就要死了。”

歌者战栗着,母世界的即将毁灭令他五内俱焚。但他不知道王为什么要向他说这些。王的下一句话解释了他的疑问,却令他倍感惊讶:

“这一切可能与你有关,我需要获得你的记忆。”

“我不明白,我王。”歌者颤抖着说。王没有回答他,而是伸出了火触角,探进了他的思想体。这令他感到不可思议,他以前不知道,隔着四百亿个构造长度,通过大眼睛还能进行思想体接触。

但千真万确,王触摸了他,令他感到一阵甜蜜的战栗。她翻检了他的思想体,时间很长,却好像并没有找到所需要的东西。最后,王有些失望地收回火触角,“你那里没有神秘低熵体的数据。”

“我王,我从未听说过那个神秘的低熵体,怎么会有它的数据呢?”歌者仍处于茫然中。

王发出了温柔的叹息,伸出火触角指着天空的某个方向,解释说:“我们怀疑神秘低熵体是在你所处的那片星星云繁衍起来的弹星者,你是第一个和那个种族接触的族人,所以紧急召你来,希望能从你这里找到线索。”

“我王，这不可能！”歌者惊讶地说，“虽然弹星者发展得很快，但也只是勉强在半片星星云的范围内占据了优势，就是现在，它们也没有跨出那片他们称之为‘银色之河’的星星云，更不用说跨越四百亿个构造长度去进攻母世界了。就算它们来了，以它们的技术能力，恐怕连一只平衡鹏都杀不死。”

“不是它们，是‘它’。”王说，“神秘低熵体是一个个体，在我们已知的无数世界中还没有这样可怕的存在。但是，根据个别观察到这个个体的族人所描述的形态，我们从宇宙核中找到了匹配信息：这个个体和你清理过的弹星者非常接近。”

“那大概只是巧合，我王。宇宙中有几万亿个低熵体群落，有几个相似的不足为奇。”

“即使如此，我仍然希望听到你对弹星者的看法，也许对我们会有帮助。”王说。

“弹星者？它们确实是很奇怪的群落。其实我清理过弹星者的星星之后，很快就忘记了这个群落。自从小弹星者的势力兴起以来，我才开始关注它们的来源。后来我截获了一只小弹星者的星际虫，才知道它们的来历：它们是当年的弹星者的后代，在和邻近星系的战争中离开了母星，那还是我进行清理之前的事，它们并非清理之后的幸存者。”歌者小心翼翼地解释说。虽然王定然已经从他的记忆中得到了这些信息，但他还是觉得亲自解释一番比较放心。作为马上就要死去的人，他并不担心王会对他进行什么惩罚，但却不愿意让敬爱的王认为他是无能之辈。

“不必担心，长老。你遵循了正常的清理程序，没有人会因此责怪你。或许神秘低熵体的确和弹星者无关，这只是巧合。”王说。接着，陷入了长久的沉默。

歌者知道，按照正常的宫廷礼仪，王的沉默表示会见到此结束。尽管王没有主动让他离开，他也应该自行告退，退出化身，回到宇宙另一头那颗即将沉没的种子里。但他舍不得离开王的身边，迟疑了一下，没有挪动。

“说说你对弹星者的评价吧，我注意到它们统治了几乎整片星星云，这在低熵体中也不常见。”王又开口了。

“是的，这些小家伙狡猾、恶毒而又多愁善感，它们党同伐异、狂妄自大又焦虑不安，它们将整片星星云看作自己的禁脔，又发明出各种古怪的宗教去崇拜它，称它为‘银河母亲’。实际上，它们在有些方面……那个……”歌者有些嗫嚅。

“但说无妨。”

“是，恕臣冒昧，它们有些方面……正像我们一样。”歌者说完就后悔了，怎么能把卑贱的弹星者和尊贵的星渊人相提并论呢？还是在王的面前！

但王却赞许地说：“说得不错，长老。我们自诩为神的后裔，本质上也和那些卑贱的低熵体没什么区别，星渊人啊！”

歌者回味着王的话语，王的玉音又再次响起，像是在对他说话，又像是在自语：“说说那个低熵体吧。其实在宇宙中，很早就有一些关于神秘低熵体的传说，有人说是一个，有的信息说是两个，也许是同体异株，但我们一直没有留意。在一百万个时间颗粒之前，归零者消失了；四十万个时间颗粒之前，思考者销声匿迹；三十五万个时间颗粒之前，排险者的世界也熄灭了。据说它们都是被神秘的力量所灭亡的，也许就是同一个低熵体干的。”

歌者思索着。对这些群落他知之甚少，但他知道这些都是宇宙中最古老的文明世界，它们早已突破了生存法则的限制，不必刻意隐藏自身，除了个别白痴之外，也没有什么不知死活的清理者敢动它们。到底是怎样可怕的力量，能够将它们一一清除？如果连它们都被消灭了，那么现在轮到同样古老的母世界也并不奇怪。

“我王，除了破坏，那个低熵体还对母世界做了什么？”歌者小心翼翼地问道，以他的级别是无权向王询问这些的，他也做好了因为自己的无礼而被王呵斥和赶走的准备。

但王却认真地回答了他:“这是最令我担心的,它翻阅了我们宇宙核中的数据库,寻找一个……隐藏的群落。”

“但是我王,在这个宇宙中,几乎每一个群落都是隐藏者,隐藏基因埋藏在每一个群落的本性中,除了几个伟大的古老文明和一些白痴的新生文明之外,我们都要费心隐藏自身。”歌者说。

“不,我怀疑它找的不是一个一般的群落,而是创世神的种族,这可能和上古的诸神之战有关。现在在母世界,谣言已经传开,人们说,神秘低熵体是放逐死神的使者,来为放逐死神毁灭世界。我的大臣们在官方媒体上否认这种说法,但是我……不知道,真的不知道。”王的声音不觉颤抖了起来,就像一尾受到惊吓的海人鱼。

歌者渐渐明白了为什么王要跟他说这些。此时此刻的王内心只是一个无助的柔者,她需要倾诉,但却无法跟身边的人诉说,而他这个身在几百亿个构造长度之外,并且很快要死去的小小长老就是最好的聆听者。王可以在他面前暴露自己的软弱无力,而不必担心他会泄露出去。

歌者凝望着王有些憔悴的容颜,那近在咫尺又远隔千万星星云的王,令他沉醉而又心碎。

我王是创世神高贵的女儿
代替父神守护着世界
星渊匍匐在她的脚下
永恒圣火为她披上光彩

歌者回忆起了那些古老的歌谣,以及那些流传了万亿个时间颗粒的宇宙开创神话:

最初的神祇是死神,死亡统治着原初宇宙。后来,死神的长子反抗他的父亲,最终放逐了死神,将新生命带给死水一潭的世界,从而创造了今天的宇宙,他成为创世神。但不久之后,被放逐的死神发动了反击,创世神和死神展开了毁天灭地的决战。最后,死神再次被放逐,但是创世神也离去了,只留下了星渊族——创世神的后裔,也就是歌者的种族。

这不只是神话。因为王是从遥远的神话时代一直活到今天的,她的生命形态与其他的星渊族人都大不相同。母世界的历史学家们从遥远古代流传下来的一些残篇记载中考证出了他们种族的发展史:星渊族诞生于星渊附近生命海上的一片云团中。他们发展出最初的文明之时,也和弹星者一样,不知道什么是生存法则,没有隐藏自己的坐标,结果险些被人"清理"掉。此时,一个发达得不可思议的文明帮助了他们,传授给他们超级技术,并为他们创造了母世界作为永远的屏障。这个发达文明就是创世神,那些上古传说多半来自于和这个古文明的接触。而王或许本来是创世神文明中的一员。

但是,历史学家们一直不明白,为什么上古文明会违反生存法则而罕见地给了他们巨大的帮助,甚至再造了他们的文明。和上古文明接触的细节已经不可考。人们只能猜测上古文明是宇宙中罕有的博爱和仁慈者。但这也说不通,神话中,上古文明帮助他们消灭了附近几千个构造长度内的上百个大小文明。

或许唯一知道真相的是王——从神话时代直到今天的永生者。她,并且唯有她,见证了星渊族从生命云团中的虫豸变成宇宙中最强大种族之一的历程。她的头衔之一就是"创世神的女儿"。王并不阻止人们的各式猜想,但也不会回答这些问题。实际上,除了关于星渊族存亡发展的若干重大问题,她基本不参与政治,一般的政治决定都是长老院做出的。在大多数时候,王作为虚位元首受到尊崇,但人们毫无例外地相信,她手中掌握着上古文明留下来的伟大力量。她是星渊族和母世界永远的守护者,并多次在危急时刻挽救了族群。

歌者不会忘记,王在御驾亲征、扑灭边缘世界反叛时的飒爽英姿,如一首歌谣中所唱:

创世神的女儿,哦,万军之王
星星云是她的战袍
长膜波是她的触角
她抖动万物如同超弦
她将宇宙揉成暗物质
扔进永暗的渊薮

但今天的王并没有那么令人畏惧,所以,好奇的歌者大着胆子问道:“我王,请恕臣下无礼……其实,那个低熵体要寻找的创世神的传人,就是……我们,对吗?”

王颤抖了一下,但发出的不是愤怒的火焰,而是表示不安的光芒,这代表她多少也有类似的想法。

“我不知道。”王说,“因为我不知道低熵体到底是什么。”

歌者想了一想才捕捉到王的意思,他随即感到了巨大的震撼,“那么,如果低熵体真的是放逐死神派来的使者——”

“那么他要寻找的就是我们。”王说。

歌者说不出话来。

“我不知道为什么要告诉你,长老。”王说,“不过没关系,你也不会再泄露秘密了。这个秘密我守了十三亿个时间颗粒,不想再守下去了。”

歌者注意到,王的守护圣焰更加微弱了,这意味着她的灵力在下降,她越来越像一个普通的柔者了。

一个他可以去爱的柔者……

歌者努力收回了不敬的念头,静静地聆听着王的诉说。

“放逐死神和创世神的战争不是神话,而是真实发生的历史,就发生在我们的种族诞生之前。我们的星渊就是一次伟大战役的产物。为了躲避放逐死神的杀戮,创世神躲在星渊附近累积的生命海里,但他已经太衰弱、支撑不了几百万个时间颗粒了,于是他创造了星渊族。我们不是创世神的后裔,但却是他的造物。当我们拥有初级智慧之后,创世神就把文明与技术传授给我们,并且立我为王。在此之后,创世神最终——死去了。

“我不是神的女儿,也不曾死后三天复活。长老,我曾经只是一个和你一样的个体,一个普通的柔者。但创世神选中了我,使我成为不朽,并赋予我无上的灵力。我只有一个使命,就是保护母世界。母世界是创世神创造的巨大机器,下面隐藏着不可思议的结构和力量,能够在全宇宙范围内监控放逐死神的反击,只要发现放逐死神开始施展终极死咒,就可以发现它的冥府。到时候,整个星渊世界和周围的二十片星星云将全部化为能量,投放到我们的宇宙之外,摧毁死神的冥府。”

“天哪,母世界有这样强大的技术吗?!”歌者沉浸在惊愕中,他知道将一片星星云都化为能量意味着什么,那足以摧毁从母世界到自己的种子之间四百亿个构造长度之内的一切。

“这不是星渊族本身的技术,长老。这是创世神安排的自动进程,如果放逐死神发动了死咒,一切将会自动发生,不需要我们做任何事。星渊族存在的唯一目的就是守护母世界,所以,创世神才赐予我们超人的力量,这是古代神话中经常强调的。”

“但这不是反而会让人注意到母世界吗?”歌者若有所思地说。

“这个宇宙中在哪里都有生命和文明,长老。星渊族不过是其中之一而已,本来没有人会注意到我们的。我们的错误就在于扩张得太快了。几亿个时间颗粒以来,我们以创世神的子民自居,在隐藏母世界的名义下反而无限扩张,清理周边的一切文明,最后将触角伸到半个宇宙之外,却没有隐藏好自己。我也忘记了自己的使命,在镇压了边缘世界的反叛后,竟飘飘然以为创世神会永远庇佑我们,所以最后遭到了神的惩罚……”

歌者不知说什么好,最后只是说:“但是,神秘低熵体应该还不知道您所保守的秘密。”

“他从我们的数据库里可以找到那些上古的神话和歌谣。”王哀婉地说,“如果他是放逐死神的使者,应该不难明白这些神话背后的寓意。即使他不知道星渊族真正的使命，也不会放过我们。许多人说低熵体已经离开了，但我知道它没有。第一次攻击所造成的大破坏只是它为了得到数据而附带使用的手段，真正的攻击还没有开始。但这只是——时间问题。”

而下一根时间丝，时间就不再是问题了。

忽然间，歌者有一种非常微妙的感觉，似乎有某种无形无质的东西瞬间穿透了他的身体。星渊族与生俱来的一种内省感告诉他，那绝不会是心理幻觉，而必然是周围物理环境中发生的某种变化。但他不明白那是什么。那东西似乎直透进大地的心脏，刹那间，大地如同一头被捕猎线穿透身体的深渊鲸那样剧烈抖动了起来。

天旋地转。歌者像被一股大力拽着，不由自主地倒在地面上。他看到对面的王也和他一起滚倒在地上，动弹不得。他挣扎着向巨石树伸出触角，但是触角根本无法抬高。他如同被牢牢捆绑在地上一样。他看到王挣扎着站起来，但猛然间，在她的背后，一堵宫墙坍塌了，王的光影消失了，她被深埋在一堆废墟里面！歌者惊呼了出来：“不——”

他挣扎着向王爬去，但随即一株紫红色的巨石树又重重倒在他面前，将他和王分隔开来。警报声此起彼伏，响成一片，整座城市似乎都陷入了极度的危险之中。歌者忽然感到身体轻飘飘地好像飞了起来，但只是一瞬间，随即又重重地摔在地上。同时他听到一声响彻云霄的悲鸣，宫殿的地面倾斜向一边。他的化身滚到了一个角落里，浑身剧痛。他知道，承载着无极之宫的那只驮地龟完蛋了。

如同母世界的许多低熵体一样，驮地龟既是生物，也是一种巨大的智能机器，是母世界城市的基本组成单元。在上古时代，星渊人曾驱使着它们在母世界的大地上游荡，寻找合适的居留之所。今天，它们的动作受宇宙核的绝对控制，不可能无缘无故地倒下。无极之宫看上去只是古朴天然的上古木石建筑，但每一处也都被宇宙核的智能系统改造过，每一处受力点都有监测，一般不会出现生命之墙坍塌、巨树倾倒的事故；即使偶尔有意外发生,也会有防护场域将其消解。但在上次的大攻击后,智能系统被破坏了大半,已经不再能起到防护作用。在超级技术的温床中被滋养了数亿个时间颗粒的母世界,也不得不像那些原始星球上的种族一样,品尝地震的痛苦。

可是——地震？这不可能！母世界从未发生过地震,因为它没有某些世界表面的板块构造,也没有液态内核,大地不可能震动。如今歌者知道,母世界本身是创世神留下的巨大机械体,难道是内部发生了毁灭性的破坏吗?

还是不对,歌者觉得自己被一股大力吸在地上,无法站立,就连生命维持系统的运作都极为艰难。歌者感觉自己的生命场发出了最高警示。就在此时,一只平衡鹏哀号着,从天上掉下来,落在他身边,和他一样瘫倒在地上,再也张不开翅膀。他还没有反应过来,就又落下一群乱爬的矩阵虫。它们竭力振动翅膀,发出嗡嗡声,但却无法离开地面。歌者仰面向天上看去,母世界的天空上飞翔的所有活物都像星星雨一般落下来了。

歌者可以随时离开化身,返回四百亿个构造长度之外的小弹星者的星星云,那样就没有什么力量能伤害到他。但他不愿离开,因为——王在这里。他挣扎着望向王的方向,却被巨石树挡住,什么也看不见。

银光一闪,一颗失控的种子划过半个天空,向歌者俯冲下来,歌者几乎以为那颗种子要坠毁在圣坛上。但最终,那颗种子在他头顶上爆炸了,发出炫目的白光。火光向他压下来,像一朵绽放的噬龙之花,要将他吞没,但强光随后化于无形——无极之宫的防护场域还是起了作用,挡住了火焰和残骸。歌者极力让自己惊恐的思想体平静下来,但四处都是建筑坍塌的巨响和族人垂死的惨呼。

看不见的敌人进攻了,歌者还不知道进攻的方式是什么,更不知道敌人在哪里。一切如同世界末日。不知怎么,他忽然间想到了弹星者,想到多少个时间颗粒前,他们的世界被二向箔吸进二维平面的感觉,大概就是这样恐惧而无助吧?

难道真的一切都完了？

瓦砾四散，一道彩光氤氲的光芒冲天而起，王的靓影从废墟中飞了起来，飘飘若仙。她毫发无伤地落在歌者身边。“你没事吧？”王说，同时弹出一道圣火。圣火把歌者裹住，他立刻觉得身上一阵轻松，居然能够如常地站起来了。

“反重力效应。”王轻松地对他笑了一下。歌者一下子觉得自己再度充满了力量和幸福感。王并没有倒下，王还在战斗，母世界还有转机。

“我王，这是怎么回事？世界引擎突然开动了吗？我们要离开星渊周围了？”歌者问。冷静下来之后，他似乎明白了，为什么自己倒在地上动弹不了，为什么宫殿和巨石树倒塌，为什么天上的飞兽和虫豸都纷纷落地：只因为母世界开动了所有的空间引擎，迅速加速起来。据说母世界甚至可以在短时间内加到绝对极速。当然，一般情况下不可能毫无征兆地进行世界变轨而不做好防护措施，但目前毕竟是危急时刻……但如果是母世界要移动，为什么王似乎一无所知呢？

王的触角闪烁着，表示否定，“这不太可能。我们不能离开星渊周围，否则对放逐死神的反制手段无法实施。这是创世神的意旨。难道是长老院私自决定的？但他们也没有启动世界引擎的权限。莫非是……”

歌者很快想到了另一种可能性：在母世界的背面忽然出现了一个大质量天体，在巨大引力的作用下，母世界坠向那个天体，世界引擎在紧急情况下自动启动，以保护母世界不脱离轨道，这样在母世界表面也会产生重力激增的效应。但那会是什么，一个太阳？一颗小重星？歌者无法想象有什么力量能绕过母世界周围几个构造长度的重重监察和防御体系，把一个巨型天体毫无预警地抛到母世界背后来。想象整个母世界随时可能沉入一颗恒星的火海，歌者浑身的感知体都僵化了。

“不用怕，长老。”王察觉到了他的思想体，安慰他说，“即使突增的引力来自一个近在咫尺的超级太阳，母世界的自动防护系统也能在一根时间丝之内把它像古焰灯一样吹灭，而自身毫发无伤。”

王转头朝向圣坛，问道："宇宙核，突然出现的引力源是什么？"

一团光彩夺目的虚拟火球出现在圣坛上，宇宙核有了反应：

"没有检测到任何新增引力源，我王。"

王和歌者惊愕地对视一眼。"这不可能，"王说，"母世界的引力增大了至少十倍！那么是世界引擎被启动了吗？"

"没有，我王。除了您，无人能启动世界引擎。"

"这……到底是怎么回事？"

"请您原谅，"宇宙核说，"这是从未遇到过的情况。我正在通过母世界内外的二百四十万个监测点收集资料，希望能尽快得出分析结果。"

一阵令人发狂的沉寂。不知过了多久，宇宙核终于吐出光焰，给出了分析结果：

"我王，初步判断是物理规律攻击。在以星渊极坐标□ 142.522 ▽ 624.713 ◇ 64.214 为原点、半径为 1.43 个构造长度的球体之内，所有的引力子均受到未知形态高能量粒子的激发，自旋加速了，这导致普适引力常数被改变，由原来的 31.772 增加到 381.213，是原来数值的近十二倍。"

普适引力常数被改变了？歌者一下子没明白这是什么意思，但是看上去，无论如何也比背后出现一个恐怖的天体或者什么降维武器要好吧？有反重力效应的庇护，这应该不是什么大问题……

但当他看到王的神色时，他一下子怔住了。王的显现面上出现了一种奇怪的表情，既像是震惊，又像是安宁，似乎是无可逃避的绝望令她获得了平静。歌者感觉不妙，干涩地问："我王……这意味着……"

王静静地站着，没有说话。

歌者又问了一遍，她才无力地伸出触角，指了指天空。歌者望向天空，所有的飞兽和人造飞行器都已经坠毁了，那里除了星渊，什么也没有。

但是星渊！星渊！天哪——

歌者一下子明白了。根据简单的物理公式，引力常数和星渊的沦陷半径成正比，如果引力常数变为原来的十二倍，那么星渊的沦陷半径也会扩展十二倍,那将把母世界的轨道纳入其中。母世界将沦入星渊。不,不是“将”,是“已经”,母世界已经在星渊的沦陷半径之内运行,并且还在快速无比地沉向那绝对黑暗的基底!

当然,母世界有十二万台空间引擎,或许可以在短时间内达到接近绝对极速的速度,足以逃离一切常规攻击,但是这也没有用处,即使达到绝对极速,他们也不可能离开星渊。沦陷半径,就是绝对极速的长膜短膜们也逃不掉的范围。

母世界被星渊吞噬了!

这就是神秘低熵体的攻击,没有给母世界留下丝毫的反抗余地。

不知不觉中,歌者和王的触角连在了一起,相互传递着慰藉的柔情。在这一瞬间,他们不再是相去霄壤的君臣,不再是相隔百亿个构造长度的陌生人,而只是一对陷入绝境的、普通的刚者和柔者。

……

在无极之宫正上方,在远离大地的黑暗空间中,一道虚线框成的“门”打开了。

那个带来死亡的天使出现在“门”中,然后悬浮在空间里,似乎不受引力的任何影响。他静静地看着下面的母世界成为火海一片的修罗世界,脸上没有任何表情。

他并不为自己的行为感到骄傲,当然也没什么罪恶感。母世界派出的使者曾摧毁了他的世界,而今他也毁灭了这个世界,这很公道。一切也与复仇无关,这只是——天道。

有生必有灭,有灭亦有生,而万物终将回归同样的轨道。亿万斯年后,这个世界又将重新出现,重新开始它漫长而光辉的历史。重新开始光荣与梦想,爱情与阴谋,民主与科学,战争与死亡……

正如曾经发生过的一样。

正如其他一切世界一样。

一样。

同一时间

2.5个构造长度之外

这是一片小小的、无人注意的星际尘埃，在星渊世界的边缘，离附近星渊族繁忙的数千条航线并不太远，不过却是毫无用处的废物。在这片尘埃之中裹着些许暗物质，但数量微不足道，没有谁会认为，在这片尘埃中有任何值得去发掘的东西。即使他们发掘，也会一无所获。

但千真万确，在这些暗物质的深处，还有某些东西存在着——

提示刺激出现了。一点、两点，然后是第三点。

三级提示，毫不含糊。好家伙，有大事发生了。

一个沉睡中的意识场被唤醒了，它花了好一阵子才意识到发生了什么，然后转向另一个意识场：

“2012，醒醒！看看发生了什么！”

“我不是说过了吗？2046，除了‘那件事’，什么也别叫醒我！”

“就是‘那件事’，那件我们等了三万个‘大年’的事，你这个笨蛋！”

意识场放出了感知束，它感知到了难以置信的内容，它疑惑地复查了一遍，是真的！

一瞬间，感知场、思维场、能量场……一切全部激活，快乐的信息闪现着：

“我说，宝贝儿，这回可有好戏看了。”

同一时间

星渊的沦陷半径之内

王没有被绝望压倒，她很快放开了歌者的触角，对宇宙核下达了命令："打开所有的空间引擎，向远离星渊的方向逃逸，可能敌人的能量有限，引力常数的改变不会维持很长时间，我们还有机会。"

"但母世界的空间引擎在上一次攻击中已经损失了55144台，无法提供足够的动力。"宇宙核报告说。

"死去的平衡鹏最好医治。"王苦笑了一下，说了一句古老的谚语。

"好的，我王，您的意愿将立刻得到执行。"宇宙核说。

母世界另外一侧的空间引擎启动了，大地摇晃着，在星渊之上徒劳地摆动，如同一条在水洼中挣扎的曲线鱼，试图从注定的灭绝中多争取一点时间。

但宇宙核精确地估算出了母世界走向毁灭的时间："空间引擎的能量至多只能维持18.53个时间节点，然后，母世界将坠向星渊深处，在22.12个时间节点后将超过粉碎极限，被星渊的引力撕碎。"

也就是说，如果在四十个时间节点之内，引力常数不能恢复原状，母世界就会毁灭。而无论是王还是歌者都明白，可怖的敌人必然已经计算好了一切,几乎不可能给他们这个机会。但是,他们总要最后试一试。

宇宙核向王报告说,母世界正处于极度的混乱之中,长老院、行政院、军事委员会、民众大会的代表及各级行政长官都要求觐见王。王拒绝了和他们见面的要求,疲倦地对宇宙核说:“不必那么费事了,我不想临死前还和这些讨厌的政客打交道。再说,也没什么可说的了。”

“但您的职责是安抚和鼓励您的子民。”

“我为此已经工作了十三亿个时间颗粒,我想我有权在剩下的一点时间里休息片刻,你也下去吧。”

“好的,您的意愿将立刻得到执行。”

宇宙核消失了,无极之宫中恢复了寂静。只有远处城市的废墟上,人们的惨呼和哀号声还在不断传来。王烦躁地挥了挥手,大概是声音屏蔽功能起了作用,那些声音也都消失了。

歌者害怕地看着王,他不是害怕死亡,而是害怕王让他也离开,一个人孤独地走向死亡。

王忽然想起了身边还有另一个同类存在,她转身对歌者说:“母世界就要毁灭了,你也走吧,长老。至少你还是安全的。”的确,只要离开化身,歌者就回到了四百亿个构造长度外的那片星星云。母世界被压缩成一个奇点也伤害不了他分毫。

歌者摇了摇头,“都一样,臣本来就快被那些外星虫子二向化了。与其死在遥远的宇宙边缘,我宁愿死在这里。能和我王死在一起……臣下觉得很幸运,希望我王能赐给臣下这样的荣幸。”

王点点头,向他笑了一下,“有你陪伴也不错,长老。”

歌者被一股巨大的幸福感充满着,发音器嗫嚅着,不知道说什么好。王却说:“你知道我为什么让你留下来吗?”

歌者的显现面表现出了无知的神态,王笑了笑说:“因为我从你的思想体中看到,你喜欢唱古代的歌谣,是不是?”

“我王恕罪,这是臣下的陋习。”歌者诚惶诚恐地说。

“不，我很喜欢，那些歌谣有些还是从我出生的时代流传下来的呢。只是现在几乎没人再会唱了。唱一支给我听听吧。”

“这万万不敢，臣下粗糙的振荡器岂能有辱我王的宸聪？”

“没有关系，我喜欢听一个刚者歌唱，我知道一般的刚者从不唱歌，所以你很特别。”

“那……好吧，我王，臣下就斗胆了。您想听哪首歌？”

“随便。”

歌者想了想，便从记忆体中调出了那首他最熟悉的歌谣：

我看到了我的爱恋
我飞到她的身边
我捧出给她的礼物
那是一小块凝固的时间
时间上有美丽的条纹
摸起来像浅海的泥一样柔软
……

唱着唱着，歌者不由自主地停了下来，因为王的注视变得异常奇怪。

“怎么了，我王，我……我唱错了吗？”歌者小心地问。

“没有错，长老。一点错也没有，只是这首歌……是我写下来的。”

“我王，您是说……这首歌是您作的？”歌者大吃一惊。

“不，这是创世神的启示。”王说，“是用一种极其复杂深邃的意识图形直接插入我的思想体，我只是用我们的文字把它记下来。其中一定有某种重要的信息，但我也不明白是什么意思，这看上去只是一首好听的情歌。长老，您有什么看法？”

“我也不知道，我王，我一直困惑于‘凝固的时间’是什么意思，我以为这是古代文学某种常用的比喻。”

“不。”王肯定地说，“那个时代的文学中没有这样的比喻，这首诗有一些部分是我加工过的，但是‘凝固的时间’来自于创世神的神谕，这绝不会错。你继续唱下去吧，长老，或许我们能够发现些什么。”

于是歌者继续唱道：

……
她把时间涂满全身
然后拉起我飞向存在的边缘
这是灵态的飞行
我们眼中的星星像幽灵
星星眼中的我们也像幽灵
……

过去他在唱这首歌的时候，思想体中充满了温柔的惆怅，但如今得知这是创世神的启示，从另一个角度去审视这首古歌谣，便令他越来越充满了讶异之感，好像这是一首完全陌生的歌一样。歌中每一个词都充满了无数深奥诠释的可能。

凝固的时间、灵态的飞行、幽灵一样的星星……

歌者的思想体颤抖了一下，“我王，如果这首诗真的来自创世神的启示，那么这可能意味着……不，算了吧，这太荒谬了。”

“说吧，长老，在如今的情况下，没有事情是荒谬的。”

“我王，我想这可能是一个比喻。‘我’是创世神，‘我的爱恋’是我们的宇宙，‘凝固的时间’就是创世神送给我们的礼物。创世神让时间凝固下来，形成固定的形态，把它赋予了宇宙。”

王睁大了七只美丽的眼睛，这表示她正在凝神思索。过了许久，她向着空中说：“宇宙核，你也听到了吧？你怎么看？时间能够凝固吗？”

“这是一个比喻，我王。”宇宙核立刻回答说，“既然是比喻，就可以在多重意义上诠释。不过从物理学上来说,时间的凝固可以理解为时间的维度化,也就是说,让时间成为时间。”

“可时间不就是一个维度吗?”

“不,时间本身并非维度,本质上只是一种能量分布形式。我们的科学家早就发现了,时间的维度化是宇宙维度差的一种代偿。”

“宇宙维度差是什么?”

“宇宙的唯一平衡状态是十维态,在低于十维态的情况下,由于特定维度的蜷缩化,导致物质能量平衡被打破,以至于正反粒子发生了大湮灭,宇宙总能量发生了扰动,出现了能量和引力的分离,因此必须通过时间产生变化,再度趋向平衡。”

歌者听着似懂非懂,王似乎也很迷惑。宇宙核便继续解释说:

“我们的科学家认为,最初的宇宙是十维的,它在不断向低维宇宙跌落。每一层次的跌落都会产生严重的物质能量失衡,使得宇宙空间在剩下的维度上不断地膨胀,而能量则分布不均匀,宇宙由高熵转为低熵。这使得变化出现了,并且具有了一定的方向,也就是向高熵状态回复,这也就是时间的意义。”

“这么说,在最初的十维宇宙中的确没有时间吗?”歌者问道。

“这个问题难以回答,那是一个没有变化过程的世界,或许是瞬间,或许也可以说是永恒,可以肯定的是,没有我们意义上的时间。”

歌者思索着,思想体发出阵阵光芒,忽然叫了出来:“如此说来,是创世神创造了时间!他送给我们的就是时间!是不是这样?”他面向宇宙核发问。

“这是缺乏科学根据的猜测,我无法给出答复。”宇宙核干巴巴地回答。

“但这样解释就很明白了,时间的功能是带着我们飞向存在的边缘,也就是宇宙的低维化,不是吗?这就是‘灵态的飞行’!”歌者兴奋地说。那些他曾经百思不得其解的歌词,竟揭示出如此古朴而深邃的奥秘。

“那么幽灵那两句呢？”王也急切地问。宇宙核不擅长文学诠释，只有保持沉默。

“这像是对宇宙飞行的描述，但是又不太……”歌者有些犹疑，但忽然又明白了些什么，思想体闪现出灿烂的光芒，“幽灵有着看得见但不可捉摸的意思，这个宇宙中的一切都被困于绝对极速，从任何一片星星云飞向下一片都需要亿万时间颗粒，甚至从一颗星星飞向另一颗也要耗费漫长的时间。对于我见过的大多数低熵体世界来说，星星对于它们就是不可测的幽灵，而隐藏自身的它们对于星星之上的人们来说也是幽灵，一切都被分隔开了。想想吧，每片星星云中那亿万个世界，其中绝大多数在黑暗中生生灭灭，我们全不知晓，而我们的世界他们也一无所知。我们和整个宇宙都陷在时间里了。”

“但这看来更多和绝对极速有关，和时间无关，似乎反而是时间太少所引起的。”王说。歌者的思想体发出了困惑的闪光，也觉得是自己想错了。

“恐怕不一定，我王。”宇宙核忽然插口说，“根据理论推演，绝对极速和时间是紧密联系的，每降低一个维度，由于时空膨胀，绝对极速看上去就会降低一到两个数量级，而同时时间会增加好几个数量级。歌者长老的解释虽然无法证实，但却是自洽的。”

王和歌者震惊地面面相觑，黑暗星空的巨大秘密就这样被不经意地揭开了。

创世神带给世界的是时间。时间不仅带来变化和过程，同时也使得低熵体得以出现。时间也和绝对极速互为一体，它分隔开整个宇宙，令绝大多数低熵体及其文明都只陷入广袤宇宙的一角，永远无法揭开宇宙的神秘面纱，也令疯狂的生存断杀成为常态。

但从总体的意义上来看，这其实是一种仁慈，黑暗的星空是对弱者的保护。至少你的爱恋能有隐藏之所，不会暴露在敌人的直接进攻之下。

这就是创世神的伟大赐予。时间创造了生命以及一切，令许许多多企图统一宇宙的霸权在时间长河中烟消云散,归于星尘;也赋予许多无人问津的原始文明以宝贵的生存空间。唯一的牺牲是维度——和那位死神。

(如果那位躲在小宇宙男耕女织的关一帆能听到这首歌谣并领悟其意义,或许就会明白,所谓“三与三十万综合征”恰恰是这个宇宙的幸运。[①])

“宇宙核!为什么你之前没有解读出这些歌谣中的重要信息?”王有些恼怒地问。

“我并没有解读出什么信息,我王。”宇宙核耐心地说,“我只是提供一些科学方面的支持,这个解释是歌者长老做出的。您知道,科学家从来不会唱那些上古歌谣,更不会将二者联系起来。”

“哼,如果一开始我们就能解读出歌谣中的意义,或许……或许……”王一时说不下去,最后还是颓然地甩了甩触角,“算了,就算早就知道,也没什么意义,这阻止不了死亡天使。”

“不。”歌者忽然若有所思地说,“或许还是有意义的,虽然歌谣中的信息不能帮助我们摆脱困境,但它至少可以告诉我们一件事。”

“那是什么,长老?”

“我王,时间是创世神的馈赠,有了时间才有了丰富多彩的生活和社会形态,但要接受这馈赠,我们就必须付出代价。这个代价就是被困在时间之中,具体来说,就是死亡和毁灭。我们从永恒的存在之中被拉到其边缘,在时间中生生灭灭。我们既不是存在也不是非存在,而是一直处于生成和变化中,最后走向灭亡。”

王惨然一笑,“长老,我想你是对的。我曾经以为自己得到了创世神的赐福,已经获得永生,但现在我才明白,我的生命无非只是为了见证母世界最后的毁灭。创世神早已经预料到这一点,创世神明白,在这个宇宙中,一切都有生有灭,你看,他们自己不是也消失在时间的长河中了吗?我们的死去又有何遗憾?不过长老,我们再看看其他几首古歌谣中是否

① 参见《三体Ⅲ·死神永生》(典藏版)第198页。

也有创世神留给我们的信息吧。”

他们又核对了十几首创世神传下来的古歌谣，在另外两首中找出了类似的含义。而在其他五六首中，他们读出了对十维宇宙一潭死水的影射，对宇宙降维中几次惨烈战争的描绘，对创世神和星渊人迥异的社会文化形态的体现。还有几首无疑也蕴含了重要的信息，但是怎么也读不出确切的意义，只能放弃了。

“宇宙核，现在还剩下多少时间？”不知过了多久，王抬起触角问道。

“11.32个时间节点。”

王自嘲地笑笑，“就快到最后毁灭了吗？我自从获得永生以来，从来没觉得时间过得这么快过。”

“快得就像星尘花的绽放……”歌者唱出了一句古歌。

“和爱情的半衰期。”王幽幽地接了下一句。

歌者想说什么，但是王很快转向了宇宙核，“是时候了，该抛弃一切无谓的幻想了。宇宙核，打开一切可以连通的大眼睛，我要对所有子世界和种子中的子民说话。”

歌者发现，意志和力量不知从什么时候开始，又回到了王的身上。

大眼睛的超距作用功能不受沉沦半径约束，否则歌者早就不可能待在化身上，但宇宙核提醒说：“这必须通过复多态超距纠缠才能实现，我们有超过十万个子世界和三千万颗种子，能够直接连通的大眼睛就超过两亿，这将耗费过多的能量，宇宙核可能提前关闭。”

“这是我的命令，我要尽最后的责任，执行吧。”王镇静地说。

“好的，您的意愿将立刻得到执行。”

宇宙核高速运行着，放射出不断变幻的光芒。片刻之后，王走上了半塌的圣坛，十二种光彩的圣火包裹着她圣洁的身体，将她高高地托向空中。歌者仰望着越升越高的王，看到在她身周出现了一个银色的光球，这意味着大眼睛开始工作，王的三维形象在瞬间被传递到宇宙中星渊人所在的各个角落；此时，各个子世界还不知道发生了什么。

“高贵的星渊人们！”王开口说，没有绝望和怯意，也不故作高亢激动之态，有的只是沉静和坚毅。但歌者知道，在她平静的外表下蕴含着深沉的情感。

“我是你们的王。这将是我最后一次对你们发言。上古史诗中预言的末世之劫已经出现：我们遭到了不明来源的物理规律攻击，在星渊附近，引力常数被放大了十二倍，这意味着我和整个母世界进入了星渊，无法逃离，我们将在至多十个时间节点后毁灭。”

虽然歌者无法知道外部世界的情况，但是，可以想象，在那千万个本来繁荣与平和的世界里，有多少和他一样的族人在一瞬间会陷入极度惊愕和痛苦，情感体在刹那崩溃，所有人都处于茫然无措之中。

但下一句话更令他们感到百倍的惊愕：

“但是星渊人们，请不要为我们哀伤。母世界的毁灭比起即将发生的事情微不足道：整个宇宙的命运已经走到了尽头。”

在黑暗星空间，那个死亡天使正在静静地观看着这场最后的告别演说，似乎苍茫宇宙间没有任何力量能够打破他的冷静。但是王的这句话仍然令他的眼神闪亮了一下。

谜底揭晓了，隐藏者现身了。

而这位死亡天使不知道的是，在他身后不远处，另外两名神秘的观察者也在紧紧盯着这一切。

“多少岁月以来，”王继续说，“我在孤独中独自守护着这个宇宙中最大的秘密，如今是时候了，星渊人们，你们有权利知道这一切，这个宇宙有权利知道这一切。

“你们都知道远古的那个传说，死神是如何统治混沌的宇宙，而创世神又是如何反叛和放逐了他的母亲并创造了有形世界的。我实实在在地告诉你们，这个传说是真实的。自从洪荒时代以来，死神和创世神的战争从未停止过。在战争中，我们的宇宙从十维跌落到三维。在每一个维度，创世神都阻止了死神摧毁宇宙的企图,但同时也变得更加衰弱。

“在三维宇宙早期,创世神和死神进行了最后的决战,死神被再次击败,逃遁到这个宇宙之外,并且只剩下了最后一个分身,但是创世神也并没有取得胜利。创世神在不久后死去了,从此我们的宇宙失去了唯一的守护者,而袒露在被放逐的死神的注视之下。

“幸运的是,创世神在死前创造了我们的世界,并留下了最后的遗嘱和反制措施,我们星渊人成为他的继承者,代替他守护着这个宇宙。是的,我们的文明有着最为古老的渊源,我们是上古神族的苗裔。

“母世界就是创世神留下的最后反制手段。只要母世界存在,如果放逐死神企图用死咒笼罩宇宙,它的冥府就将被摧毁,放逐死神也会灰飞烟灭。因为有母世界的存在,在十几亿个时间颗粒的岁月里,宇宙的安全获得了保障。

“宇宙中唯一有能力摧毁母世界的就是放逐死神。它知道母世界的存在,但不知道母世界在哪里,亿万个时间颗粒以来,它曾经派出许多位使者,走遍整个宇宙,搜寻母世界的下落。那些使者都失败了,但是,最后的那个使者找到了我们,从我们的数据库中获得了信息。于是最终失败的——是我们。

“我并不为最后的失败所沮丧,同胞们,我希望你们也不要。这是凡人和神祇的斗争,那来自十维宇宙的至高力量和智慧,能够使宇宙坍塌和重新膨胀,并非区区的星渊族所能匹敌。重要的是,我们延续了亿万年的文明,保护了母世界的安全,因此也守护了整个宇宙——对我们来说,这已经足够了。

“各位,创世神在十三亿个时间颗粒之前留给了我一条信息,遗憾的是,这一信息我直到最后一刻才明白它的真谛。我希望能在最后的时刻和你们分享:创世神创造了时间,带给了宇宙以生命。从那一刻起,宇宙中的一切都注定将陷在广袤的时间和空间中,并在时间中朽坏,我们也不例外。纵然再延长千亿个时间颗粒的生命,最终也有走向灭亡的一天。

“我们即将死去，而宇宙也不会延长多久的寿命，毁灭近在咫尺。但那是从宇宙尺度来看的，同胞们，你们也许仍然可以安然过完剩下的一生，你们的子女或许也可以。或许还有成千上万的时间颗粒在你们面前。我希望你们记住，时间是创世神赐予的礼物，希望你们不要浪费它。最终一切都会归于虚无，但你们仍然可以过好每一个时间颗粒，每一个时间节点，每一根时间丝……生命的意义正在于此。

“创世神给文明以岁月，而我们应该给岁月以文明……”

王还想再多说几句，但是宇宙核提示，能量耗尽，没有时间了，于是，她只说了能令宇宙中一切低熵体、一切文明群落、一切人和神肝肠寸断的那个短语：

“那么，永别了。”

王的形象从宇宙各个角落的大眼睛上消失了。星渊人们陷入了极度的哀伤、恐惧和绝望之中。

在母世界一侧的黑暗中，那位死亡天使摇了摇头，发出一声叹息。

“2046，她很迷人，不是吗？”在暗物质之中，当王的丽影消失后，那两个观察者中的一个也感叹道。

“嗯，其实……我一直爱着她。”另一个沉默了一会儿后，给出了一个幽幽的回答。

……

世界引擎早已经熄灭了，并且耗尽了几乎所有的能量。母世界表面的灯火黯淡了下去，如同一团幽暗的鬼火，飘向一片更加黑暗的海洋。

在无极之宫，银色的光球如泡沫一样消失，王像周期鸢一样轻盈地落了下来。她和歌者的七对眼睛对视着。那一瞬间，周遭静得似乎连星尘花的低语都听得见。

“谢谢你，长老。”王说。

歌者有些迷惘，于是王解释说：“谢谢你对于古歌谣的解释，你将我从宇宙中最重的负罪下解放出来了。十三亿个时间颗粒以来，我一直害怕着这个时刻的到来，但是今天我反而不怕了。

“在三亿个时间颗粒之前，在边缘世界和母世界的惨烈战争中，我曾经做出过一个艰难的决定，那就是取消二向化的计划。当时曾经有很多人质疑我的决定，直到边缘世界被击败后，反对的声浪才低落下去。我做出这个决定的原因之一，是因为我们星渊族的使命就是守护母世界，二向化也必将摧毁母世界，我不能冒这个险。所以当引力攻击出现时，我难受极了。因为如果我们二向化了，很有可能这一切都不会发生。这都是我的错。

“但是你的话让我明白了，创世神创造我们的旨意，不是让我们永生，而是让我们过好每一个时间节点，然后平静地走向自己的灭亡。在这个意义上，一个时间颗粒和一百亿个时间颗粒并没有什么区别。”

“不，应该谢谢您，我王！”歌者激动地说，“我憎恶二向化！在那个平面的世界里生活哪怕一天，都会令我感到窒息，何况是要生活一辈子！那简直是最可怕的无期徒刑。对其他犯人的囚禁还只是囚禁在一个空间里，而我们却要被囚禁在一个无限薄的平面上，那真是莫大的悲哀！”

“你真的这么想，长老？”王也有些感动，“我和你有着一样的想法，可是长老和将军们并不理解。看来我应该升你为首相才对。”

“您现在升也不迟，我王。那样我就将作为母世界的最后一任首相载入史册了。”

“那不可能，这还需要长老院和议会的批准，而现在是来不及了。恐怕你只能作为母世界最后一个企图篡夺首相之位的野心家被载入史册。”

他们一起大笑了起来，这笑声实际上是一种表示欢乐的肢体语言，是摇晃触角的和谐之舞。

又过了一会儿，王说：

“我们再唱一遍那首古歌谣好吗，歌者？”王直呼了歌者的姓名。

“好的，我——”

“别叫我‘王’了，我已经卸下了王的权责，我的名字叫——红。”王打断他说。

“好的,红。”歌者也坦然接受了这一点。是的,在死亡面前,一切都是平等的。

于是,他们合唱起了那首亘古以来的歌谣,或许那是在这个宇宙之前不知多少个宇宙,创世神们在他们的世界刚刚开始时吟唱的句子:

我看到了我的爱恋
我飞到她的身边
我捧出给她的礼物
那是一小块凝固的时间
时间上有美丽的条纹
摸起来像浅海的泥一样柔软
她把时间涂满全身
然后拉起我飞向存在的边缘
这是灵态的飞行
我们眼中的星星像幽灵
星星眼中的我们也像幽灵
……

歌者终于听到了王的声音,幽冷而火热,如同燃烧的冰彗星,如同冷凝的太阳火海,如同星系之河的悠远,如同冷却星云的沉郁,如同他从未有过的爱……

星渊人的歌唱实际上是一种特殊的电磁波振动,星渊人称为原始膜,他们可以用目光直接“看到”自己的歌声。歌者看到,王的歌声在周围空间中掀起了一阵奇光异彩的波动,似乎整个空间变成一个水银湖,王的歌如同星星雨落在湖上,泛起了一圈又一圈的波纹,和他歌声的波纹相互碰撞、协调、融合……

这大概就是“时间上美丽的条纹”了吧？歌者神情恍惚地想着。

还有“灵态的飞行”,那就是飞向存在的尽头,飞向星渊……

毁灭的时刻到了。

在达到粉碎极限时,母世界破碎了,巨大的爆炸从内部将它撕裂。在圣火残余能量的保护下,王和歌者悬浮在空中,看着脚下的世界出现长长的裂纹,然后是巨大的鸿沟,最后被撕开,露出宏大而精密的内部构造……那些他们不敢想象,也无法理解的伟大神秘结构呈现在他们面前,却已经没有任何意义了。最后的反制措施已经毁灭,再没有任何力量能够阻拦放逐死神的回归。他们被从世界内部喷涌而出的疯狂的气流卷挟着吹上了天空,目瞪口呆地看着下方最后的毁灭之美。

“歌者,我怕。”王说,依偎在歌者怀里,将她的思想体呈露在歌者面前。他们的思想直接对话着:

你说,星渊里面是什么,是物质无限密集的黑暗地狱吗?

不,也许那里有一个翘曲点,通向另一个时空,另一个宇宙。

真的吗？我们真的可以去另一个宇宙?

从来没有人进去过那个世界,我也不知道。但有一首古歌谣里是这样唱的:

在宇宙之外,还有九个宇宙

这一次的生命已经结束,下一次生命无人知晓

真美,可是我没有听过这首歌谣啊……

那不是我们的古歌谣,是我从弹星者的数据库里发现的。是一首关

于弹星者的王和它死去的爱恋的歌谣。

他们的王也可以去爱一个人吗?

是的,他们的王也和凡人一样,有生有死,有爱有恨……

在喃喃低语中,歌者沉入王的思想体中,在一个陌生而温柔的意识中感到无限的迷醉。王也探入了歌者的思想体,在刚者的思想体中又触摸到了自己探入对方的思想体……思想体相互纠缠着。二人在战栗中,完成了星渊人最古老的相爱仪式,融为一体。

此时,歌者的分意识提示他,在他真实肉身所处的星星云里,种子的能量已经耗尽,小弹星者的二向箔正疯狂地把他拖到那个恐怖的死亡平面上去。他在那个世界的死只怕比在这个世界的死来得还要快些。

"来得正好。"他心满意足地想,伸出所有的触角,搂紧了沉浸在迟到的幸福中的王。

此时此刻,死亡天使仍然静静地看着这一切。

当然,只要他愿意,一伸手就可以拯救那个世界。只要拉动一根无形的弦,引力常数就会恢复正常。再拉一下,甚至会变得更小,无限小……那样的话,星渊也不过是一个不起眼的大铁球,再也没有什么致命的吸引力。如果那个世界的人们落到那个铁球上,说不定还可以在上面蹦蹦跳跳呢。

只要他伸一伸手……

终于,死亡天使伸出了左手,在虚空中做了一个虚抓的动作,一团火出现在他的手心。那团火很快就熄灭了,变成一个有形有质的东西。

一个小小的、透明的玻璃杯,杯中有一种碧绿色的古怪液体。

死亡天使将那个玻璃杯抓在手中,他创造的温度、气压、引力条件使它看上去和故乡的一模一样。他端凝了那个杯子片刻，将它一饮而尽，满意地嘘了一口气，随后又再次伸出手去。

“再来一杯绿色风暴。”他喃喃自语说。

不管怎么说，这是值得庆贺的一天。

另一杯绿色风暴出现在他面前。死亡天使伸手去拿，却被另一只柔荑先拿住了。

“Hic mihi.（这杯给我。）”随着一个清婉的声音，另一个影子从他身后的虚线框中浮现出来。从那虚线框里，一道柔和的光芒照在那个影子的身上，勾勒出一个纤细而柔美的轮廓——一个雪肤金发的女郎，身上穿着一件银色的紧身服，温柔清丽的外表下，蓝色的瞳仁中却透着坚强而自信的光彩。

“Sis.（请便。）”死亡天使并没有感到意外，而是优雅地做了一个手势。

“是他们吗？”女郎用同一种语言问道。

“看上去是的。”

“那么通知主宰？”她举起了一只手，手上的“戒指”熠熠生辉。

死亡天使沉吟着，终于点了点头。

同一时间

2.5个构造长度之外

“打开寰宇监测系统，”2012说，“诱饵四号应该毁灭了，原母可能马上就会动手。”

“真有点不敢相信。”2046说，“等了三万个‘大年’，这一天终于来了。”

“是啊，我至今还记得喂养那群小蜥蜴的情形，说起来它们还真是温顺的小动物。你怎么了，不太高兴？”它感觉到了同伴意识场的微妙变化。

“你没看到吗，我的红红死了！这三万大年里我唯一的乐趣就是看着她跑来跑去，一会儿坐着飞车巡游，一会儿穿上盔甲征战，多么可爱的小东西！就这么葬送在星渊里了……”

“对此我也有点遗憾，不过不管怎么说，她死得很有价值！最后还向全宇宙广播说自己就是咱们的后裔，那演说真是……真是他妈的太棒了！”

“那当然，那是我当初费了老大劲儿在她的潜意识深处埋下的命令。当然，不能让她察觉到，否则效果就不会那么自然了。”

“不错，你真够机灵的。”

“这我可想不出来，都是大智者的安排。”

说到大智者，两个人的思维场顿时变得严肃了，沉默了一会儿，2046说："现在是不是应该唤醒大智者了？"

"然后马上被他吞噬掉吗？别傻了，到最后一刻再叫醒他不迟。"

"好吧，我也想多保持一会儿独立态，反正没多久了。"

可是过了一阵子，并没有什么动静，只有显示体的三维数字快速地变动着，幻化出千奇百怪的几何形体。

"你说那帮搜索者会看到红红最后的演说吗？"过了一会儿，2012问。

"你都能看到，人家会看不到吗？"2046有点不屑地说。

"那倒也是，所以，他们应该已经收到我们发出的信息了？"

"当然。"

"他们也应该把信息传递给原母了？"

"很可能。"

"那为什么原母还不动手？"

"耐心点，这可是维度逆转！是让整个宇宙归零，不是随便炸两个星系玩儿。"

"这有什么分别？你知道，那个老妖婆的思考是不需要时间的，如果她决定行动，那么就是立刻行动。"

"也许她决定再等等看呢？"

"等什么？"

"也许是看有没有破绽。"

"你是说大智者的计划有问题喽？"2046有些焦躁。

"当然不是，不过你在执行方面就不好说了。"2012也针锋相对起来。

"开玩笑。"2046说，"从诱饵一号到四号都是完美的布局，经过大智者精密的计算和我巧妙的安排，才将搜索者们一步步引入局中：最初归零者当然是最明显的目标，我们也希望他们从这里入手，可如果归零者就是主诱饵，那未免显得太顺利了，他们不怀疑才怪呢。然后他们从归零者那里找到了线索，直奔思考者。在思考者那里我们又留了两条线索，一条指向神经兮兮的排险者,另一条指向星渊蜥蜴。当然,排险者看上去更像一点,谁都知道真空衰变属于维度逆转啊,所以他一定会先去排险者那里,可很快就发现排险者不是他要找的对象,并且排险者的创世神话渊源也来自星渊蜥蜴,两条线索相互印证,所以他最后的唯一目标就是星渊蜥蜴。

“然后,他们从星渊蜥蜴的数据库中找到他要找到的东西,加上蜥蜴女王的亲自现身说法,他们的猜测得到了完全证实,‘隐藏者’被挖出来了。而且我们已经解释了这一点,为什么隐藏者可以被他轻易消灭,因为真正的隐藏者已经死去,它们只不过是隐藏者留下的仆从。这一切都……太完美了。迄今为止,一切都是按照这个预测的过程发展的,这说明计划和执行没有任何问题。”

2012无话可说,但又不愿意长对方的威风,于是说:“或许搜索者们都很多疑,他们说不定会怀疑这是个骗局。”

“也许吧,宇宙里什么稀奇古怪的低熵体都有,不过原母不会。她太自以为是了,看看她叫我们什么?‘隐藏者’!她以为我们只能永远东躲西藏,龟缩在宇宙的某个角落里,所以不断派人来寻找我们,以为把我们找出来就万事大吉了。她不可能想到我们会反其道而行之,就是要让她‘找到’我们,消灭我们,自以为获得了胜利,然后开始维度逆转——嘭!我真想看看到时候她的思维场是个什么白痴样子。”

“那倒是挺有意思,只可惜超膜闪击,整个小宇宙都会被轰掉,老妖婆一下子就完蛋了,什么也看不了。”2012表示遗憾。

“不管怎么说,我们等着看吧。”2046最后说。

一个大时过去了,寰宇监测系统的显示系统一片杂乱,毫无有用的信息。

两个大时过去了,仍然没有什么变化。

三个大时过去了,2012忍不住说:“不对,可能他们发现了什么。”

“这不可能,我们没有留下任何线索!我们唯一的超感系统在母世界内部，而且必然已经随着那颗行星一起毁灭了。我告诉你吧，这些家伙只是疑心病重，但他们最后还是会动手的，现在没有任何线索了，他们也不可能再一个星系一个星系地慢慢找过来，他必然会吞下这个诱饵。”

“那就希望他们快点吧。”

一个大时又一个大时过去了，还是没有任何反应，最后，两个灰心的数字体决定先休眠一阵子再说。2046 还不怎么放心，设置 100 个大时之后将自己自动叫醒。

100 个大时后，什么也没有发生。他们失望地再次睡去。

500 个大时后也一样。

然后是 1000 个大时，它们再次醒来时，沮丧得无以复加。

“那个老妖婆究竟搞什么鬼？”2046 骂道，“她是怎么看出诱饵有问题的？”

“原母是很强大，但是从来没有那么聪明。也许是那些搜索者……”2012 冷冷地说。

“不管怎么说，一切都完了，一万个大年的准备，三万个大年的监视和等待！四个文明的诱饵！一切都他妈白费了。”

“少安毋躁，至多只是诱饵行动失败了，我们还没有输，至少原母还不知道我们在哪里。这是一盘很大的棋……”

“那我们也得向大智者报告，他肯定会——”2046 换了一个私密的意识交流频道，“——迁怒到我们身上的，说不定他吸纳我们的时候不充分融合，而是把我们放逐到他的意识基底，永世不得超生。”

2012 打了个寒战，“那就再等等吧，再等……1000 个大时，还没有消息再说。”

于是它们又休眠下去，但这次只过了 34 个大时，它们就被提示刺激叫醒了。那刺激令它们激动得思维场都快裂变了。

两点、第三点。

然后是第四点，之后还有第五点。它们狂乱地闪烁着，发出令数字体们疯狂的警示。

从未出现过的五级提示！从基本原理来说，这只有一种可能：维度逆转开始了。

两个数字体向监测系统的显现空间望去，那里已经有一个角落变成了黑域，并且这黑域正在缓慢而稳定地扩大。它们知道，这是正负能量完全平衡的零真空，它正在以光速扩张，将周围的一切物质都拖进去，一旦进入零真空，一切质子、中子及其他粒子将在瞬间衰变，恢复自然状态，并重新组合成十维形态。

如果仅仅是光速扩张，那么对于近 140 亿光年的宇宙来说，还可说是来日方长，但是零真空的扩张同时也在改变着光速，这个速度会越来越快，几乎以几何级数增长。大智者早就算出了寰宇维度逆转从开始到完成的精确时间：区区 1.91 个大时。其中在之前 99.999% 的时间里，真空衰变还只是扩张到宇宙中不到 10% 的范围，但在最后一瞬间，光速会提升为无限，彻底吞没整个宇宙。

留给它们反击的时间少得可怜，不过已经够了。反制措施仍然完好，最多一个大时之后，就可以进行宇宙闪击，原母会灰飞烟灭，然后扔一堆零维点，真空衰变就能消解掉了。

主宰和隐藏者，亦即星渊人神话中的死神和创世神，也就是宇宙之原母和自己儿子之间的永恒斗争，必将以隐藏者的胜利而告终。

2046 立刻连通了大智者的思维线：

“大人，老妖婆……呃，我是说，伟大的原母上钩了。”

三亿光年外

史隆长城[①]之外的空洞

无尽暗物质海洋的深渊中——

在暗物质之渊的基底，在没有光也没有暗、没有轻子也没有重子、没有运动也没有静止、没有存在也没有非存在的地方——

这个宇宙中最伟大、最不可思议的智慧体——大智者——被唤醒了。

在和主宰的上一次战争中，大智者耗尽了能量，几乎衰竭而死，为了保存自己的意识存在，它不得不长期沉睡下去，每隔数千大年才能苏醒一次，并且只是有限程度的激活。它真正的醒来要启动暗物质世界中所有的隐匿网络，并且极易被主宰所查知。因此，它从自身分化出数千个数据节点，成为独立的数字思维体，让它们守候在宇宙的各个角落，保护自己并监测敌人。

今天，整整四万大年的布局终于有了成效，刚刚清醒的大智者全力开动思维场，攫取着宇宙各处传来的信息，像一只隐藏在黑暗中的蜘蛛，感受着蛛网上意味深长的震颤。

---

① 距离地球十亿光年外的由星系组成的“长墙”，是宇宙中已知最大的大尺度形态。长约13.7亿光年。

海量数据向它涌来,一切都被证实了。大智者在一片轻松的愉悦中,开启了思维同化功能,通过超距中微子量子纠缠网络,瞬间就吸纳了包括2046和2012在内的所有的数字体,将它们融进自己的意识——它们本来就是它的分身。

所有的数字个体合而为一,成为一个总和体——隐藏者自身。这将耗费巨大的能量,但是它不在乎,因为这注定是最后的决战。

隐藏在广漠的暗物质世界中的反制系统开动起来,正在通过检测到的能量反应,在超膜上定位“原母”的小宇宙所在。这本身就将耗费大得惊人的能量。隐藏者利用了宇宙中将近30%的暗物质,这些暗物质绝大部分处于星系团间的“空泡”之中,它们放射出类似星云的强烈电磁辐射,如同千万朵默默生在暗夜中的花朵,一夜春风,瞬间绽放。

当然,这个惊人的变化,绝大多数文明的观察者是看不到的,他们仍在这些事件的光锥之外。等到暗物质所发出的电磁辐射传递到他们的世界,他们的夜晚将变得像白昼那样明亮,甚至七彩绚烂,他们将发现,自己的世界不过是这片宇宙花海上的一粒尘埃。近一点的世界会被烤成焦炭,许多世界的生态圈无疑会因此而毁灭。不过隐藏者对此并不在意:如果不这么做,这些世界和生灵来不及等到这个悲惨事件发生就会被零真空吞噬。

隐藏者操纵着宇宙中最大的战争机器,踌躇满志,将探询的目光投向超膜。当然,即使作为宇宙中无敌的智慧体,它也无法直接观察和接触到超膜,每次想到那宇宙之外的亿万宇宙,都令它感到有些沮丧。但这次不同了,那不可思议的十一维超膜将成为它的战场,它将在那里斩杀它的母亲,那诞育它的十维宇宙之灵,无与伦比的原母,从此获得一劳永逸的自由和安全。

这是它的战争,一场延续了八个宇宙、十万个大年的战争,而今战争已经到了最后阶段。

一切即将结束……

攻击单元报告说，最后准备已经完成，只要确定小宇宙的超膜坐标，随时可以进行毁灭性打击。妙极了。

隐藏者的神识扫了一下超膜分析单元，它仍在工作着。隐藏者不着急，一百多亿年都等了过来，不在乎多等一会儿。

不知过了多久，超膜分析单元还在工作，隐藏者开始感觉有些不对。不应该那么久的……除非是……

它的至高智力并非想不到那一点，只是不愿意去想，因为那实在是一种太可怕的可能性。

隐藏者试图镇定下来，它重新审视真空衰变区域，那块区域仍在扩大着，可速度不但没有加快，反而慢下来了，现在只有光速的一半不到。

“这不可能！”隐藏者惊慌地想，真空衰变不可能那么慢的。它通过超距网络打开了离真空衰变区最近的一个备用观测单元，分给了它一个分意识：它不敢将自己的思维场与之连通，否则说不定会被真空衰变所影响。

“9527，你看到什么了？”隐藏者问道。

“恒星、行星、星云……一切都布满整个天空，一切都变成二维画面了！是二向化！是二向化！”对方惊恐地说。它惊恐的不是二向化本身，而是这背后的意义。

这意义就是：根本没有真空衰变，有的只不过是二向化而已。寰宇监测系统是不可能看到零真空内部的情形的，也就无从判断是否出现了十维空间，只能通过监测点的毁灭速度来判断究竟发生了什么。而刚才，毁灭速度一度超过了三维世界光速的两倍！一般说来，这只可能是真空衰变带来的效应，它使得接触面的光速大为提升了。

而今隐藏者明白了自己错在哪里，这是一个伪装成维度逆转的骗局，虽然二向化的速率不可能超越光速，但是，主宰的威能却可以在局部区域内和一定时间内将光速大为提高，这样就造成了类似维度逆转的效果。而因为其速度超越一般的光速，从外部是无法观测到二向化的情形的，在能够看到之前,就已经先被二向化了。但是,布置这个假象需要太多的能量,随着二向化区域的扩大,终究难以持久,所以很快,二向化的速度就又慢了下来。

这时候,超膜分析单元的报告也来了:“数据错误,无法定位任何超膜目标。”

毫无疑问,再无幻想。一切都尘埃落定:最坏的可能发生了!

“黑,真他妈的黑!”隐藏者愤怒地想,同时发出了命令:“攻击单元立刻停止运行!立刻!恢复隐藏状态!”

它的命令立刻被执行,宇宙中无数的霓虹灯刹那间灭掉了,如同昙花般凋谢。

但那海量的电磁辐射已经发出,正在茫茫宇宙空间中飞行着,它已经无法全盘控制,它的坐标暴露了。它知道主宰和她的搜索者们要的就是它暴露自身,现在,他们的目的达到了。

当然,一切还没有结束,那些坐标横贯整个宇宙,它还有反应时间,可以转移和再度隐藏。但是不可磨灭的痕迹已经留下,他们不会放过这个机会,会像猎狗一样追踪而至。

“那些家伙!”隐藏者恨恨地想。它隐隐猜到这一切背后起作用的是某几个神秘的使者,他们反过来利用了自己设下的骗局让自己上当。以前的老家伙可没这么狡猾过。

“那些家伙是什么人?是怎么看透我设下的骗局的?”隐藏者想,当然毫无线索。不过不管怎么样,对手终究会找上门来,到时候,它要再度隐藏自身,然后设另一个局,趁对方麻痹时,来个出其不意的反击,让老妖婆和使者都上当,最后奇迹般地反败为胜,一切总还有机会的——

嗯,还有机会。

隐藏者的思维场激荡着,再度鼓起了无上的信心,它重新将意识分化为千万个单元,让它们在宇宙的各个角落里全力工作,为即将到来的短兵相接作准备。

我不会让你将时间夺走、重建你的死亡统治的，母亲。

时间将与我同在，生命也将与我同在，母亲。

在宇宙的另一个角落，暗物质云的光华如同霞光万道，虹彩千缕，已经将一整片浩大的空域照亮。

那个死亡天使和他美丽的同伴在这个奇异世界的内部飞翔着——如果那能够叫作飞翔的话——并好奇地看着四周光华绚烂的暗物质云团，在里面，某个巨大得不可思议的组织局部已经露了出来，那不是星渊世界那种寒酸的行星机器，而是星系尺度的伟大构造。看上去，和当年的投影是极为类似的结构：一朵巨大无比的玫瑰花，每一片花瓣都是一朵完整的花，而它们各自的花瓣又都是完整的花朵，而每一朵花又完全不同……直到无穷无尽。

既是火焰，又是海洋；既是花丛，又是蛛网；既是生命，又是机械……这才是真正的隐藏者，这宇宙隐匿的主人的根基和源泉所在。

"真美，这……看上去真像是普罗旺斯的薰衣草。"女郎由衷地感叹说。

"天萼。"死亡天使静静地说。

"什么？"女郎不解。

"这是隐藏者的寰宇能量系统，在上古之战中，被称为——天萼。意思就是，这个泛宇宙的庞大超距作用网络一旦启动，就可以开出最绚烂的花朵。暗物质云团是它的根茎，遍布宇宙的智子盲区是它的蔓藤，各大星系就是它的能量节点。"

"真不可思议，我以为母世界和星渊那样的构造已经是隐藏者最后的底牌了。"

"我本来也以为是，但直到见到天萼本身，我才明白我们上次发现的那些古老含混的意识形的真正意义所在。毫无疑问，这次再不会有错了。这就是隐藏者的底牌。"

“云，我还是不明白，你是怎么看透这一切的？如果不是你在最后关头阻止我，我就已经通知主宰进行维度逆转了。”金发女郎说。

“只是偶然的联系。”死亡天使说，“当听完那个女王的最后演说后，我不知怎么想起了绿色风暴……多少年来，我已经习惯了不断反省自己的意识活动，我很快发现，这个思想的联系是——广告。”

“广告？”

“是的，这是我那个时代的一种商业宣传形式，你可能不太熟悉。”

“不，我明白什么是广告。在我们拜占庭的商铺和市场上也有广告，比如门口放上醒目的牌子，或者大声吆喝什么的。”

“没错，狄奥伦娜，形式上很不一样，但本质上是一样的，就是让全世界都知道自己。那让我想起以前见过的那个绿色风暴广告，其中一个镜头也是一个漂亮女孩儿在讲话。那个女王简直是在有意识地告诉全宇宙，自己就是隐藏者，这太不正常。如果是真正的隐藏者或者隐藏者后裔，即使自己毁灭了也会保守秘密的。”

“可是他们马上就要死了，也许那女王不在乎了。”

“不，他们的种族有亿万个子世界，他们可没有死。假定星渊族就是隐藏者，如果女王不透露自己是隐藏者，母世界是最后的反制手段，那么主宰未必能够肯定隐藏者已经消灭，也不一定会发动维度逆转，至少会延迟一段时间。无论是为了保存他们的种族还是为了报复主宰，他们都不应该透露自己的身份。

“所以结论只有一个，他们根本不是隐藏者。”

“但是整个母世界都毁了，我们无法肯定。”

“是的，我们无法肯定，当我想到这一点时，已经来不及改变引力了，否则还可以保留一些母世界的残片进行研究。不过虽然我们不能确定，却可以做一个实验，就是伪装维度逆转，这将耗费巨大的能量，但是这个险值得冒。”

“那你为什么要等那么久呢？”女郎问。

“理由很简单，如果这是一个骗局的话，对方也必然有监视的网络，也可能在盯着我的一举一动。如果一切太顺利的话，可能反倒引起对方的怀疑，让他决定再观望一阵子。我要让他们以为自己已经失败之后再忽然感到成功的狂喜，这样才能利用他的推理空隙，给对方以最大的错觉。”

“如果对方没有上当呢？”

“这是一场赌局，但却是不平等的。如果我们赌输了，只是耗费了海量的能量，仍然可以从头再来。可是如果他们错了，就错过了找到主宰的最佳时机，而真空衰变也可能太大而无法抑制。他们不敢冒险，又不得不冒险。因此你看，胜利的天平总是向着我们倾斜的。”

“真是令人刮目相看，云，在野鸭星团刚见到你的时候，你可没那么精明。”

“的确，那时候我还是个菜鸟，根本不知道自己面对的是什么……甚至和自己的小宇宙也失去了联系。我很幸运，如果没有你，狄奥伦娜，我早已经死了。”

“不用客气，我也很幸运，想不到这个宇宙中还有和我一样经过改造、担负着寻找隐藏者使命的人类。”狄奥伦娜说，“自从君士坦丁堡陷落的那一年，我从昏迷中醒来后离开地球，就再也没有见到同胞。几亿年过去了，我成了主宰的奴仆，几乎忘记了自己还是一个人。那真是不堪回首的日子……但是，在那一天……你出现了。”

他们相视一笑。天尊所发出的绚丽光芒照在狄奥伦娜金发掩映的面容上，让她苍白的脸颊也染上了些许红晕。

但下一个瞬间，一切忽然黯淡了下去，天尊隐藏了自身，近处的光芒都已经消失，又陷入了黑暗。

不过在远方，几十万公里外的天尊还在吐着光华，因为那些光芒如今才到达这里。虽然整个宇宙的天尊实际上是同时熄灭的，但是光芒却不能同时消失掉。

他们看到了一片奇景，近处的天尊消失了，远处的星空深处却逐渐亮了起来,那里发出的天萼之光现在才到达他们的眼中。天萼的光华此起彼伏,摇曳不息,就像——

“晚风吹过普罗旺斯的薰衣草原野。”狄奥伦娜轻轻地说。

云天明笑了笑,这些已经够了,对他们来说,一盏照亮宇宙中一切阴影的明灯已经点亮,下面要做的,就是去找出灯下无所遁形的敌人了。

“接着我们去哪里?”云天明问。现在有太多的线索可以追查了。

“先回银河系好吗?我想去川陀看看孩子们。我怕天萼的出现会伤害到他们。”

“你真不愧是银河人类的母亲,狄奥伦娜。这亿万年来你为了保护他们在黑暗森林中成长起来,真没少花心思。”

“那你不就是他们的父亲了?”狄奥伦娜幽幽地说,脸上飞起一抹晕红,但在天萼的照耀下,云天明却没有注意到。他若有所思地说:

“我也想让人类永远繁荣下去,但最近几千万年来,人类已经盛极而衰,人类这个种族不可能离开银河系了,而银河系的二维化已经相当严重,人类过不了多久就会被吞噬的。顺其自然吧,狄奥伦娜。重要的是阻止全宇宙的二维化,让一切重新开始。我们不仅要负起人类的责任,也要负起宇宙万物延续的责任。”

“我明白。不过我们先回普罗旺斯去吧,那里真正漫山遍野的薰衣草快要开了。你陪我去吗?”

“乐意从命。”云天明微微一笑。

尾声

普罗旺斯

末世纪元 9 年

宇宙的尽头

穿越宇宙之门之后，飞船骤然出现在一片蓝天白云之下。

满怀紧张、以为要坠入二维平面或者什么黑洞中心的程心和关一帆以为自己眼花了，不约而同地擦了擦眼睛。

没错，蓝天白云，下面是一片蓝紫色的草原，他们最初还以为是类似蓝星的外星植被，但仔细看去，却发现下面是一望无际的薰衣草，亮蓝深紫，层层叠叠，在微风中像涟漪一样起伏着，明艳绝伦。

他们往左边望去，远处是一道白茫茫的雪山，雄浑壮阔，连绵不绝；右边的远处好像是一片热带雨林，郁郁苍苍，而在他们前面是一片一望无际的大海——真正波涛万顷的蔚蓝色海洋。

一切就好像回到地球一样。分外熟悉和亲切，如果说有什么不同，那么就是这个地方比地球更美、更绚丽多彩、更一尘不染。

好在这二位也是见惯大场面的人了，目瞪口呆片刻后，他们便转向智子，“现在我们在什么地方？在什么……时间？”

“在你们进入小宇宙的一百一十二亿年之后，至于位置，由于各个星系的位置变化太大，不好描述，简单来说，就是宇宙的尽头吧。”

“你是说我们随机地闯入了宇宙尽头某个星系一颗行星的大气层，而且这颗行星的地表环境还几乎和地球一样？”关一帆叫了起来。他知道这种可能性跟自己在宇宙中随机选择五十公斤的物质，结果正好选中了身边的程心一样不可思议。

“不是行星。”智子纠正他们说，“在你们面前是一个长宽各一千公里的平面、厚度为二十公里左右的人造世界。并且，是它指引小宇宙开口到这里来的。”

“是谁？”他们惊讶地问道。

“很抱歉，未得那个人的许可我不能透露，不过，你们很快就会见到他的。”智子说。

二人对视了一眼，程心露出了一丝惊喜和不安，关一帆的脸色却有些尴尬了。

“那个人的许可”！那个人！除了那个有最高权限的人，谁能控制小宇宙的出口在哪里？

难道真的是“那个人”？

两个人各怀心事，陷入了沉默。

在一束信号的指引下，飞船在海滩上降落了，三人走出飞船，就看到海滩上一栋小小的白色房屋，门上挂着一块歪歪扭扭的匾：“宇宙尽头的餐馆”。

程心忍不住扑哧一声笑了出来，关一帆却有些紧张，“那个家伙……真是每次都出人意表，这次他又要送什么了？”

还没等他想清楚，“那个家伙”已经迎了出来。赤着膊、一身古铜色的云天明站在了他们面前。

“天明！”虽然已经有所预感，但当程心看到云天明的造型时还是忍不住眼前一亮，他和十八岁大一时一样年轻，但又远比那时候更健康、更阳光。如果他当初是这样的话，自己会不会早就对他……

云天明爽朗地一笑，“三位，久等了，请进。”

程心一怔，赶紧收拾了自己乱七八糟的心思，低头走进了这家“餐馆”。

餐馆很小，只有四五张桌子，程心他们随便找了个位置坐下，云天明坐在他们对面。程心有千言万语要问，云天明却忽然扭头对后面喊道：“老板娘，菜烧好了没有？客人都到了。”

他们吓了一跳，什么老板娘？却很快听到一个轻快的声音说：“来了，来了！”

门帘一掀，一个围着围裙的俏丽少妇走了出来，手中托着两盘菜：一盘清炒土豆丝，一盘五香牛肉。

“AA！怎么是你?!”程心吃惊地喊了出来。

关一帆也张口结舌，但在惊讶之余，终于松了一口气。

太阳沉到了雪山背后（和地球上的视运动不同，这是真正的“西沉”，这个“太阳”是围绕着这个平面公转的一颗卫星），璀璨的繁星出现在天空中。宾主五人走出小屋，坐在海滩上观赏着星星。

“我说云兄，”关一帆带着三分醉意说，“这些星星也是你造的吗？”

“不。”云天明说，“这些是真正的恒星。是这个星系的成员。”

“不对，我认得出来，这是北斗七星，这是仙后座的W，还有那个，不是猎户座的腰带吗？”关一帆问道。

“哦，毕竟还是地球上的星空看起来顺眼，所以我安排了一下它们的位置。”云天明轻描淡写地说。

一个下午，关一帆和程心已经听了太多云天明的“神迹”，见惯不怪了，只是又感叹了几声。

艾AA拿了几瓶自酿的啤酒出来，他们坐在海滩上，听着潮声喝了起来。

“云兄，你的这个世界叫什么名字？”关一帆大声问。

“普罗旺斯。”云天明说。

“怎么叫这个名字？法国的那个普罗旺斯？”

“没错，是狄奥伦娜给起的。”云天明说，“那是她祖先的家园。”

“这个狄奥伦娜你一直没说明白，她也是一个搜索者吧，但她究竟是什么人？”

“抱歉，我说得太乱了。狄奥伦娜曾经是古代拜占庭帝国的一个……风尘女郎，拜占庭对土耳其战争中的一个女魔法师，她是银河系人类的守护神，也是我最好的老师和朋友。”云天明郑重地说，关一帆和程心都吃惊得合不拢嘴。

“狄奥伦娜出生在一个贫寒家庭，从少女时代起就沦落风尘。但在1453年，拜占庭沦陷之前，有一个高维模块经过地球，从此改变了她的命运……”

云天明讲述了狄奥伦娜企图刺杀土耳其苏丹而失败的故事，然后说：“其实，在她最后一次进入高维模块时，她失踪了一天一夜，其间并非没有机会刺杀土耳其苏丹，但她却被四维空间中一个神秘的声音所召唤，进入了一个小宇宙。”

“你是说，另一个小宇宙？”程心惊讶极了。

“没错，那是第589号小宇宙，是四维宇宙时留下来的，其中的四维智慧体已经奄奄一息。这个智慧体也是主宰网罗的仆从，它最后将意识形灌输进了狄奥伦娜的大脑，让她继续自己的使命。

“四维智慧体的意识形比主宰本身的要弱很多，但和我一样，狄奥伦娜最初也因无法接受而陷入昏迷和痴呆。当那些拜占庭军人发现她后，就残酷地杀死了她，把她的尸体钉在墙上。不过和我一样，狄奥伦娜已经接受了意识形，她很快就复活了，她的身体被改造，并且被赋予了‘戒指’，成了一个搜索者。从此，她遵循主宰的命令离开了地球，在宇宙中追寻着隐藏者的下落，直到遇到我，我们一起追寻和战斗了无尽的岁月，也一起照看着银河系人类的命运……”

“那么这位狄奥伦娜后来……”程心小心翼翼地问道。

云天明露出了一丝凄悲的表情，“九年前她死了。当我们最终发现隐藏者的时候，完全被它无法匹敌的力量所压倒。我们奄奄一息，必须有一个人留在那里，引导主宰启动真空衰变，狄奥伦娜将我送入了小宇宙，然后开启了戒指，和隐藏者同归于尽……”

程心和关一帆都惊呆了。

云天明神情恍惚，似乎又回到了最后决战的那个时刻。在天萼的核心，在隐藏者狂暴的能量浪潮中，他完全不能自主，只是挣扎着向前冲，他仍然可以从小宇宙中逃走，但他知道，如果这一次不能消灭隐藏者，那么在他下一次找到隐藏者之前，宇宙必然已经二维化了。

是狄奥伦娜把他送进589号小宇宙之门、并命令小宇宙的入口立刻脱离这一区域的，这是他无法改变的最高级命令。同时，她传送给他这样一个意识形：

云，让我留下来吧，你知道，我一直想成为圣女。

云，我不是为你牺牲，只是寻找一个自我实现的机会，真空衰变后整个宇宙都会归零，你不过比我多活几十年而已，没有区别。

可是你还有你爱的人，云，我什么也没有。到宇宙的边缘去，把你的妻子重新克隆出来，你们还可以过几十年幸福的常人生活，不是吗？

把握你最后的生命和时间吧，时间足够你爱，云……

云天明五内俱焚，他有千万个意识形要发给她，但是狄奥伦娜却已经关闭了接收他意识形的频道。

“……所以，为了纪念狄奥伦娜，你就把这里命名为普罗旺斯？”关一帆问。

云天明从惨烈的回忆中挣脱出来，点了点头，“其实这本来是她给589号小宇宙起的名字，我只是搬用了一下。这个世界的几乎所有物质，都来自于589号小宇宙。”

“难怪你从来没有回到过647号小宇宙。原来你一直用589号小宇宙进行空间跳跃。”关一帆恍然大悟。

程心的心跳了一下：如果云天明回到647号小宇宙，能够见到她，那么一切又会如何？她不愿意再想下去，随口问道："对了，AA又是怎么回事？她不是在蓝星时就已经去世了吗？"

"维度逆转还需要一定的时间。"云天明说，"隐藏者的1.91个大时，相当于我们的六十多年吧，而这里将是维度逆转最后到达的区域之一。狄奥伦娜临终时说，让我和妻子平静地过完剩下的日子，这也是她的心愿。于是，我用589号小宇宙的材料造了这片大地——普罗旺斯——看着还不错吧？"

"简直太美了！"程心和关一帆不约而同地赞道。

"我老了。"云天明说，听上去颇为滑稽，因为永远是十八岁身体的他看起来比对面的一对夫妇要年轻得多，"别笑，你们不过在小宇宙里过了一年，我可是实打实地在大宇宙中奔波了上百亿年，我真的累了，想过一过罗辑当年的那种隐居生活了。

"所以在你们离开小宇宙之前，我悄悄让智子开了一个端口，将艾AA的细胞传送给我，让我重新克隆了她。"

"但是，"程心望了一眼艾AA，"如果是克隆人，那不是另一个头脑空白的人吗？可是AA什么都记得啊，刚才我们还说起以前在地球上的旧事呢。"

"戒指很早就扫描了她的大脑，"云天明说，"拥有她全部记忆的数据，重新输入进去不难。不过可惜的是，戒指的扫描在我们刚见面的时候就完成了，这个艾AA可没有后来我们一起生活四十多年的记忆，让她重新爱上我也真是困难呢。"云天明说着，微笑着握住了艾AA的手，艾AA也含笑看着他。

不知怎么，程心看在眼里，只觉得酸溜溜的，这应该是我的男人啊，陪伴在他身边的人，应该是我……

想到此处，她不由得恚怒又生，愤愤地向云天明和艾AA各瞪一眼，但蓦地惊觉：为什么我还在乎这些？我是有夫之妇，一帆又待我如此恩爱！

不知不觉幽幽地叹了口长气。虽然她这一生什么都不缺少了，但内心深处，实有一股说不出的遗憾。她从来要什么便有什么，但真正要得最热切的，却无法得到。

程心摇了摇头，让自己从纷乱思绪中挣脱出来，又问道："所以，超膜广播是你发出的？"

"是的。"

"那么要归还质量的目的，也与坍缩无关是吗？"

云天明的表情严肃起来，"宇宙按照其自身的能量平衡原理，最终确实会走向坍缩。但在智慧生命的干预下，坍缩不可能自然发生，如果没有维度逆转，那么宇宙最终将在黑暗森林状态中低维化下去，直到所有的物质和能量都变成无限的时间轴，除了时间什么都没有！事实上，我们所熟悉的银河系和本星系团一带已经全部变成二维的了！宇宙中有三分之二的区域已经实现了二维化，如果不进行维度逆转，主宰的投影在未来的二维世界将丧失智能，无法进行逆转操作，那么一切都完了。所以，这一切都是为了维度逆转，必须设法归还所有的质量，否则我们的宇宙将永远无法复原。"

程心和关一帆对视一眼，他们想起了那个还在小宇宙里的漂流瓶和生态球。

"你是说所有的……质量？"程心涩涩地问。

"是的，正如我刚才解释过的，维度逆转会带来宇宙的复生，我们的地球也会再度出现。一丝一毫也不能少，否则我们的世界会永远消逝，无法重现。"云天明说。

"但是有千万个小宇宙，未必每一个都归还质量给大宇宙啊。"关一帆说，他心里也在打鼓。

"没有千万个小宇宙，只有 647 个。"云天明说，"而且每一个都是主宰造的，主宰能够将它们全部归还到大宇宙中。我发广播是以防万一，这个工程不能有丝毫的闪失。万一有什么别的文明能够造出新的小宇宙而又没有归还到大宇宙，那一切就都失败了。所以，我必须用所知道的几百万种语言广播，让它们全部归还物质和能量——如果有的话。这本身也不是什么难事。”

“可是，隐藏者不是还进行过跨宇宙的攻击和探测吗，怎么会不损失能量呢？”关一帆问。

“智子告诉我，这个宇宙和超膜间存在能量平衡，输出多少能量，就从超膜中吸纳多少能量，物质在能量层面是不可分辨的，所以这不是问题。麻烦还是在小宇宙上。”

程心觉得心里发毛，怯怯地问：“这……如果有……那个……比如说五公斤左右没有归还，那会发生什么？”

“如果？”云天明怀疑地盯着她。

忽然在他们之中，爆发出一阵女人的大笑。这笑声既非来自程心，也非来自艾AA，而是来自一直没怎么说话的智子。她笑得如此癫狂，以至于美丽的面孔都扭曲了。

这笑声令程心毛骨悚然，她想起了一百一十亿年前的那个夜晚，水滴攻击之后，在地球上那个“火山口”边，一身忍者打扮的智子也是这么狂笑的。

程心的大脑如被电击。忽然间，她明白了一切！一切！

“是你……”她转向智子，“是你用谎言诱骗我留下了那五公斤的鱼缸，还有什么漂流瓶，也是你的阴谋！我又一次被你骗了！又一次！”

云天明目瞪口呆地盯着她们。

“那只能怪你太蠢，”智子不屑一顾地说，“你应该为自己的选择负责。”

她又转向云天明，“亲爱的主人，您真的以为主宰会让这个肮脏的宇宙再次重现吗？您真的以为主宰不想得到一个新的机会，永远统治安宁的静止王国？什么永恒轮回，永恒重复……哈！这只是地球上的玄学家的狂想罢了。永恒的只有主宰！唯有主宰！

“五公斤是至关重要的质量，主宰可以让无数的小宇宙都永远游离于宇宙之外，可以让宇宙损失亿万倍的质能，可是如果损失的量多于五公斤，那么维度逆转之后由于过大的原初差异，将只有静止的宇宙本身，而没有智能体出现，当然主宰也不会出现；可如果损失的量过小，也说不定真的不会改变什么。我们又无法从超膜上得到其他宇宙的物质，所以必须抛弃五公斤左右。

“这是非常艰难的任务，小宇宙本身是封闭的，主宰只能从超膜上控制它，但无法控制其内部，如果要归还只能是全部归还，不可能归还大部分但只留下五公斤。主宰自己的小宇宙是无法割裂的，其他绝大部分小宇宙早已经没有生命居住或者只有低等生命。主宰只能把它们统统扔回到大宇宙里。589 号小宇宙里的两个人太精明，恐怕不会上当。唯一可以利用的，只有 647 号小宇宙。偏偏这个宇宙居住的是程心，她居然还把我当成了闺中密友。所以，我暗示程心可以留下一个生态球，跟她说什么给这个宇宙留下一点生命啊，不要让它变成一片黑暗啊，这个女人还真的信了！所以，五公斤就这样留下了！”智子笑吟吟地解释说。

“你简直是……混账！”云天明再也控制不了自己的恚怒，伸手想打智子，但是看着她白皙的脸庞和挑战的眼神，竟又下不去手。

“我和一个机器人较什么劲儿啊……”他想着，放下了手。

“我想您无从责备我，主人。”智子说，“您把 647 号小宇宙的管理权限交给了程心和关一帆，给我的命令是服从他们，我的行为是完全服从他们意志、特别是程心命令的结果，是不是，程心？”她挑衅地看着程心。虽然智子本身并没有情感，但是她可以惟妙惟肖地模仿人类的情感。

程心低下头，无话可说，然后捂着脸哭了起来。关一帆尴尬地站在一边。艾 AA 呆住了，不知说什么好。

“胡说！是你设法左右了她的意志！”云天明愤怒地说。

“那也要让她能被人左右才行！”智子反驳说，“我也想左右您的意志，就没那么顺利，最后不得不用永恒轮回的理由来说服您，这可太难了。谁叫您让我服从的人那么好左右呢？”

云天明伸手指着智子，一时说不出话来。这回，他真的怀疑眼前的智子是不是一个机器人了。

“如果您想的话，就杀了我吧，”智子说，“或者怎么蹂躏我都行，这是您的伟大功绩应得的酬劳。”

云天明僵硬在那里，最终长叹一声，放下了手，“这没有意义，你只不过是主宰的影子而已。你走吧，我不想再见到你。”

智子向云天明鞠了一躬，“遵命，主人。不过，如果您通过戒指召唤的话，我会随时回到您身边的。”说完便要转身离去。

程心突然大叫一声，像一头发疯的母兽一样扑过来，压在智子身上，两个人厮打起来。

“你这个混账……贱人……我恨你……我恨你！”程心哭叫着，胡乱撕咬着，她抛弃了所有的教养，积蓄多年的怨恨终于发泄了出来。程心只觉得自己浑身都解放了，她终于看清了，使自己这粒沙尘四处飘飞的，是怎样的天风；把自己这片小叶送向远方的，是怎样的大河。她彻底放弃了，让冷风吹透躯体，让仇恨穿过灵魂。

智子没有还手。攻击对她没有意义，程心伤不了她分毫，她的身体是绝对的弹性体，比橡胶做的还要柔韧，软若无骨，无论怎样被蹂躏、凹陷、扭曲，都会迅速恢复原状。

关一帆想拉开程心，但是拉不开。云天明站在一边，呆若木鸡，一动不动，也难怪他，一百多亿年艰苦卓绝的努力都只是——为他人作嫁衣裳。艾AA有些害怕地抓着云天明的胳膊，她几乎认不出她昔日的好友了，这还是那个程心吗？

最后，智子冷笑着说：“程心，你不是恨我，是恨你自己。”

这话让程心呆呆地住手了，瘫坐在一边，痛哭流涕，关一帆抱着她柔声抚慰。智子冷冷地站起来，又对云天明鞠了一躬，转身离去。

“等一等！”当智子走了十几米远之后，云天明突然又叫住了她，“少了五公斤会发生什么？主宰真的能建立起永恒的十维宇宙吗？”

智子站住了，回头看着他，过了良久，凄然摇了摇头，“其实主宰也不知道，这是无法计算出来的，这是——未知。但总比无尽的重复要好吧？主宰总要试一试……”

在那一刻，云天明忽然有些可怜起主宰来了，纵然是至高无上的神一样的存在，面对宇宙大化，它也无能为力，而必须战战兢兢，为自己的生存奋斗着，和他也没什么区别。

宇宙本没有主宰，宇宙自身才是主宰。

云天明长长出了一口气，他突然觉得一切并没有那么糟，未来本来就该是这样的。是啊，一切从头来过，宇宙也从头来过，过去发生的一切都化为虚无，但宇宙仍然存在，他也仍然存在，组成他的每一点物质、每一个夸克都会以某种形式存在于新宇宙里，也许会另外组成一个完全不同的他。为什么要灰心绝望呢？地球，人类，太阳系……一切的一切都是物质，而物质总会以某种方式重生的。

主宰要试一试，这个宇宙也要试一试。机遇和危险永远是一体两面，一切都在无尽的变化之中，又何必执着于已经消逝的过去世界呢？就让自己的微躯随大化之流吧，漂到那永远没有尽头的新世界去吧！这难道不正是时间本身的意义——自由吗？

斜风细雨不须归。那就不要回去了，到那陌生的世界去吧……

正如智子所说的，如果第一次有意义，那么无限的重复也有意义。同样也可以说，如果第一次有意义，那么即使永远不再重复，一切都化为虚无，那一次仍然有意义。宇宙和生命的意义并不随重复而出现，也不会随着变迁而化为乌有。

过去的世界，即使不再重复，也仍然在那里。即使从未被想起，也永不会被忘却……

不知过了多久，智子走了，程心也哭着走远了，关一帆追在她后面。

云天明并不恨程心，但也没有挽留她的意思。不是他不能面对程心，而是他知道，程心不能再面对他。虽然她的行为可能确实会创造一个新宇宙，但她却不能接受一个毫无头脑、反复被人利用的自己。云天明不知道自己能不能再见到她。不管怎么说，在这上百万平方公里的新世界上，他们总会找到一个安全而舒适的地方，度过剩下来的五十多年的。

而他，他的想法已经完全不同了，生活和爱的柔情再度充塞了他的胸膛。不是为了这个宇宙剩下的五十多年，而是为了那个未知的新宇宙。

他想起了决战的最后一刻，他脱离那片狄奥伦娜牺牲的空域时所接收到的最后一个残缺不全的意识形，却并非来自狄奥伦娜，而是来自隐藏者：

我创造了时间，却终将死于时间。但我绝不后悔！如果能够再有一次机会，我仍然会……

意识形到此就中断了。但云天明突然明白，隐藏者要说的是：

我仍然会让时间重新开始，让一切都再有一次机会……

主宰、隐藏者，还有他自己，虽然彼此敌对，争斗不休，但是最终，却是做了同一件事情：一切都是为了新宇宙的诞生，为了生命和爱在新宇宙中的新生。

云天明思索着，对着普罗旺斯的大海伸出了手掌，如同摩西伸出权杖。在他的召唤下，一轮红日顿时从海上升起，照亮了黎明的天空。

“这是新宇宙的日出……”云天明喃喃地说，轻轻拥住了艾 AA，“你和我，还有狄奥伦娜、程心、关一帆……在这个宇宙中活过的所有的人和生命，无论如何转化，将来都会沐浴在新宇宙的太阳下。”

旭日将第一缕璀璨阳光洒在他们二人身上。在他们身前，大海波光粼粼，在他们身后，山野上怒放的薰衣草如梦如烟。

这是一个美好的清晨。

后记

《三体X·观想之宙》(原名《三体Ⅲ -X》)这部《三体》系列的同人之作,从2010年12月5日开始写作,同时在水木清华科幻版和百度刘慈欣贴吧连载,随写随发,到2010年12月22日完成初稿,总共花了十七天时间,写了十万字左右。这是笔者迄今完成的最长的一篇虚构作品。能够这么快写完这部小书,连我自己也颇感意外。更令我意外的是,作品本身所受到的它所不配享有的鼓励和溢美。正是大家的赞许,让我有勇气将这部并不成熟的作品写下去,并且最终拿出来祸枣灾梨。

作为一个资深的“磁铁”,四五年前在《科幻世界》上追《三体》时的兴奋和激动还历历在目,三年前捧读《三体Ⅱ·黑暗森林》时的血脉贲张、拍案叫绝更是难以忘怀。而今,在一口气读完《三体Ⅲ·死神永生》后没有几个月,自己这个从未出版过任何科幻作品的普通读者,居然也成为一部以“三体”命名的小说的作者,将自己的名字和这部中国科幻史上的巨著联系起来,此情此景,宛如梦境。

写作这篇故事的初衷,只是读完《三体Ⅲ·死神永生》后,很为其中付出太多、最终却不能抱得美人归的云天明鸣不平(庸俗啊庸俗……),决心为他写一篇外传,讲讲他和艾小姐在蓝星上的幸福生活,至多万把字。但一动笔,很多灵感和想法就源源不断,结果一发不可收拾。三四天之内,就形成了故事的基本框架，慢慢填去，最后竟将整个苍茫寰宇写成了云天明驰骋的战场。

故事大抵由两部分构成，第一部分是从云天明的视角对《三体Ⅲ·死神永生》内容的补充和再解释，第二部分是以主宰和隐藏者之战为主线的全新终极背景设定之下展开的故事，却已经逐渐脱离原书、自成构架了。这部分本来打算写得更短一点，点到即止，但最后却占了整个故事一半以上篇幅，不免喧宾夺主，挂羊头卖狗肉了，幸好最后还能够及时收回来，避实就虚，没有写成很无趣的太空歌剧。不管怎么说，这部作品有一个特点，就是前后有五六处地方都可以作为结尾，大家如果不喜欢看后面的，可以在其中任何一个地方中止。

本书初稿在网络上的发布，正好紧接着《三体Ⅲ·死神永生》一书的出版，因此能满足许多读者意犹未尽的阅读兴趣，所以造成了一定的影响和好评。其实文中和大刘的正文有很多不相吻合之处，这是个人水平不够，也是同人本身的性质所限。很多疑似BUG没法给说圆了，而一些设定上本来就有若干冲突之处，也不免顾此失彼，只能设法淡化或者避重就轻。比如说，小宇宙本身就是一个太逆天的设定，如果三体这种层次的文明都能造出小宇宙来，那全宇宙说不定早被小宇宙瓜分了，所以为了解释这一点，必须将小宇宙的创造权归给极少数的高级文明，整个主宰和隐藏者之战都是在这个考虑下成形的，但这又和大刘的一些说法不符合，也只有顾首不顾尾了。

我自己比较不满意的部分是歌者文明（星渊族）的部分。宇宙中亿万个种族，隐藏者偏偏花落歌者他们家，未免太巧合了。如果是大刘，绝不可能这么写，格局限定得太死，但作为同人之作，不能离原著太远，自己再虚构个宇宙文明出来，还得先介绍一番，大家看着也觉得没意思，这个……创作经费有限，所以还是得请歌者出来救场再去领便当了。

至于具体描写上，总的来说还是太“拟人化”了，虽然这类问题是难以避免的，但是毕竟可以写得更用心一点。我们看大刘原文虽然只有寥寥几页，但每一个用词都是经过字斟句酌的，大有外星文明的神秘苍凉感，而我的同人部分就少了许多这种味道，而类似奇幻文学了。

很多网友给了这部很不成熟的戏作以太高的评价，我看着有时也觉得飘飘然，但在这里必须说，在整个写作过程中，我越来越感觉到自身的水平和限度，和真正的科幻名家是不可同日而语的。大家评价比较高的部分，实际上都是依托在大刘作品母体上的再解释，这些部分利用了大刘作品中现成的元素，因而看上去更漂亮一些。至于后来自己设定和构架的部分，虽然不能说太失败，但显然也没有之前的那么成功，只是有一点点文笔的技巧而已。在整个情节走向和架构上，正如水木上一位网友所指出的，大刘是开放性的，永远走向神秘的宏大和未知，而我却是收敛的，宇宙的广大令我不安，而时不时要回到熟悉的人类世界的寄托上，甚至搞一个俗不可耐的大团圆。但是对于庸俗如我——“这里是玫瑰，就在这里跳舞吧。”

这部小说自从完成后，为了方便大家阅读，我略加修订，即以 PDF 的格式在网络上发布。这个修订版本的传播更是远远超出了水木社区和百度贴吧的范围，被发布到各个网站。最后甚至被科幻世界杂志社的姚海军老师所看到，在征得了大刘同意的情况下，要出版此书。这当然令我大感惊喜，欣然应允，但同时也有对作品本身质量不孚期望的忧虑。为此我又花了一个月时间，在保留原有框架的基础上，改写了许多章节，对许多初稿中一笔带过的情节加以浓墨重彩的描写，并增加了一些全新的内容，总共补充了近三万字。

这篇同人的初衷是写成马伯庸那样的亦庄亦谐的作品，并没有承担生命和宇宙终极意义的雄心。因此有许多明显是吐槽或恶搞的段落（譬如将智子的外形设定为武藤兰），其实是颇伤作品的严肃性和统一性的。但是既然这些段子已经为喜爱这部作品的读者所接受和熟悉，故大部分仍然保留了下来。

最后说一下本书标题的意思，原名“三体Ⅲ－X”的意思是《三体

Ⅲ·死神永生》的外传，在百度贴吧发表时，因为觉得太烦琐，就改成了“三体X”，反正某种程度上，也可以视为整部“三体”的外编（为什么是整部？请看“尾声之后”）。这里的“X”其实表示未确定（本来和SEX无关，不过大家都说有关，那……好吧）。因为在《三体》三部曲之外，诠释的空间还很大，《三体X》中的故事，当然只是其中一种可能性。

不过，无论是“三体Ⅲ-X”还是“三体X”，都有一层隐含的意义是表示3X，Thanks！当然首先要3X大刘老师带给我们这么精彩的一部三部曲，陪伴我们度过了四五年的时光，并且也要预先3X大刘的下一部作品（祝大刘老师永远健康，争取再写十部三部曲出来！），更要感谢大刘的宽宏和提携，允许这部粗浅牵率之作顶着“三体”的黄金招牌以附骥尾。

其次，我还特别要3X《科幻世界》的姚海军老师。为了本书的出版，姚老师做了很多细致的工作，跟我通信就有好几十封，提出了很多恳切的修改意见，还经常打电话给我，关注修改进度。姚老师认真、负责的态度和提携一个无名后辈的谦和与耐心，都是令我非常感动而羞愧的。从姚老师这样热情专注于中国科幻发展的出版人身上，我看到了中国科幻腾飞的曙光！

另外，我也要3X我的好友高翔，他第一时间买到了原书并寄给在国外的我，让我一睹为快，并且经常过度热情地在各网站上推介此书，时常让我感到汗颜。最后也是因为他，才让我和姚海军老师建立了直接联系，促成了此书的出版。

我还要3X水木社区和百度刘慈欣贴吧等地的网友们，这部作品在某种意义上是我们一起写作的，你们的鼓励和反馈是我写下去的动力，让写作这些冗长而笨拙的文字也变得充满乐趣；而你们直率的批评也让我看清楚了自己能力的局限和水平的不足，让我在学习中努力改进。没有和你们在一起的日子，就不可能有这部书。

特别是亲爱的“磁铁”们，我特意为本书取名为“观想之宙（众）”，并将其中一部命名为“天萼”，将一个伟大文明命名为“星渊”……你们应该记得,这些曾是我们在等待三体第三部的那两年中一起YY过的、想象中《三体Ⅲ》的名字,如今,我们一起把它们变成了属于我们自己的、“三体”的一部分。

就说到这里吧,不过还没有到说再见的时候,这个宇宙的故事结束了,下个宇宙的故事才刚刚开始。下面是本书的番外篇“尾声之后:新宇宙纪事”,不要走开哦……

宝树

2010.12.23 第一稿

2010.12.28 第二稿

2011.3.15 第三稿

*《三体X》的“尾声”是一个开放式的结局，充满了各种可能性。而“尾声之后”是我写“尾声”的时候才自动跳入脑海的一个灵感，这个灵感无论从设定上还是描写上都缺乏严谨性，也跳出了小说预设的框架，虽然很有趣，但从结构上来说应该舍弃。然而写作这部分内容的诱惑实在太大，同时又是对整个《三体》系列的一个回顾性总结，所以还是忍不住动笔了。但它并非正文的一部分，不喜欢这个过于戏剧性结局的读者可以选择忽略。

传说结束了,历史才刚刚开始。

——题记

公元前 3500 年

三体星系

大圆脸已经升上了夜空，一道道巨大的斑纹清晰可见。天球们懒洋洋地悬在大圆脸的边上。但是黄月亮还没有出来。祖娜骑着迅捷的翼兽苏鲁，掠过荧光闪闪的丛林上空，飞向高处的悬浮山。

她掠过一座又一座山头，直飞到最高的山顶上。远远地已经看到卡沙修长的身影站在山巅，一动不动地望着夜空，身边匍匐着温顺的翼兽杜杜。

祖娜一阵说不出的欢喜，还没等苏鲁落下，就一翻身跳了下来，"我看见你。"

"我看见你。"卡沙向她温柔地一行礼，祖娜喜欢卡沙行礼的样子，又优雅又大方，和她部族中那些粗鲁的猎人完全不同。卡沙来自于另一个部族，他们在不久之前才迁到这边来，以前居住在南方大海边。

卡沙是他们部族中的观象人，负责观察天体的运行。祖娜不知道这有什么用处，但是卡沙说，在海边，各大天体的起落会引起潮汐，因此他们部族有悠久的观察天象的历史。即使搬迁到了丛林地区，卡沙也仍然每天晚上都要到山上来观察天象。祖娜觉得这个少年很神秘，对他充满了好奇，所以夜里经常借故溜出来，到悬浮山顶上来找他。

卡沙朝她微笑了一下，说："黄月亮就快出来了，你看！"他指着大圆脸边缘的一个地方，那里已经透出了些微微的橘黄色的光，随即，黄月亮露出了一边，一道黄色的暖光几乎照亮了整个天空，也洒在两人身上。祖娜悄悄地向卡沙看去，在昏黄的月光下，他年轻的面容显得格外俊朗。

但卡沙却没有看她，只是目不转睛地盯着黄月亮。祖娜略微有些不满，用尾巴碰了碰他说："你天天看着它，那上面究竟有什么好看的？"

卡沙却对她说："你看黄月亮的边上是什么？"

"是……是火神星啊。"祖娜看了一会儿说。她很快发现，火神星和黄月亮越靠越近，几乎要碰到一起。祖娜有些害怕，说："它们不会……撞上吧？"

卡沙笑了笑，拍了拍她的脑袋，"真是一个傻丫头。"

很快，祖娜也看到，当火神星和黄月亮交错时，它变成了黄月亮表面的一个黑点，从那黄色的圆盘上慢慢掠过。就连祖娜也被这奇妙的天象吸引住了。她想了想，说："黄月亮离我们比火神星离我们更远，是吗？"

"远太多了，祖娜，黄月亮比所有的行星都离我们更远。"

"行星？"

"天上会走的叫作行星。自身不动、只随着天球一起转动的叫作恒星。"

"那黄月亮是恒星还是行星？"

"这不好说，祖娜。从定义上它应该是一颗行星，它明显在天空运动着。可是它太大了，它比火神星远，比水神星远，甚至比武神星还要远，但它看上去还是一个明显的圆盘，而不是一个点。而且它太亮了，我们部族中有一些智者推测，其实它也是一个太阳，自己会发光，和我们的太阳是一样的，但是比我们的太阳要远得多，所以看上去比我们的太阳要黯淡多了。"

"那么，它也围绕着我们的大地转动吗？"

“黄月亮？不，按照我们部族的天象学说，它围绕着太阳转动，更确切地说，它和太阳相互围绕着对方转动，就像这样。”他双手各伸出一根手指，然后彼此绕着转了起来。

“嗯，像两个……相亲相爱的人。”祖娜若有所思地说，

“是啊，在我们部族的神话里，太阳和黄月亮就是一对相爱的情侣。”

祖娜又开始胡思乱想了，“喂，你说它们有没有孩子？”

“什么？”卡沙没明白。

“太阳和黄月亮，它们有没有孩子？”

“傻丫头，你又异想天开了，真是……”忽然笑容僵硬在卡沙的脸上，他好像想起了什么。

“你怎么了，卡沙？”祖娜纳闷地问。

“没什么，只是想起了一个很偏僻的神话，据说太阳和黄月亮真的是有一个孩子的，那就是……小红星。”

“小红星？”祖娜没听说过这颗星星。

卡沙指了指天空的一个角落，那里有一颗黯淡的红色星星，亮度比一般的星星都要暗，在黄月亮的光芒中几乎都要看不见了。

“这就是小红星吗？看上去一点也不起眼啊，为什么说它是太阳和黄月亮的孩子呢？”祖娜奇怪极了。

“是的，一点也不起眼，不过小红星很特别，它在天空中以非常非常慢的速度移动着，比任何行星都慢，但是却仍然在移动。它在我们部族古老星图的位置和现在的位置完全不同，所以它既不是恒星也不是行星。它离我们应该非常非常远，比黄月亮还要远，几乎要到恒星天了，但是它仍然没有离开太阳和黄月亮的周围。我们部族的神话说，它犯了错，被赶出了家，所以在外面徘徊，每十万年绕着太阳和黄月亮转一个大圈，却不敢回来。”

“那它也太可怜了，”祖娜感叹说，“为什么不让它回来呢？”

“如果它回来的话，就糟了，”卡沙笑着说，“它会毁掉太阳和黄月亮的

爱情的。”

“我不明白,这又是为什么呢?”

“我也不太明白,不过在我们部族的神话中,所有的天体都彼此相爱,它们都想聚在一起,但那样的话它们就不能转动、照亮大地了,所以造物主把它们彼此分开,让它们的爱有层次和节制。如果小红星是太阳和黄月亮的孩子,当它回来以后,太阳和黄月亮会争夺它的,它们都想让它绕着自己转,那样的话,太阳和黄月亮就不能再相互旋转、跳对称之舞了,它们会争吵和打架,而且小红星说不定会撞到太阳或者黄月亮上,那样天体的秩序就被打乱了。”

在他们说话的时候,苏鲁和杜杜忽然嘶叫了起来,祖娜和卡沙愣了一下,回头向两头翼兽看去,以为它们在打架,但却看到它们朝着黄月亮的方向警惕地叫着。他们看向黄月亮的方向,却什么也看不到。不过翼兽有时候是会发一些癫的,所以他们也没太在意,祖娜训斥了几声,翼兽们就不叫了。

祖娜拉起了卡沙的手,温柔地说:“再给我讲一讲太阳和黄月亮的爱情故事,好吗?”

卡沙却发现,眼前的女伴比起黄月亮来,别有一种动人心魄的美。他凝视着她的眼睛,轻轻地说:“不如我们讲一个祖娜和卡沙的故事,好吗?”

祖娜羞涩地笑了,对方终于明白了她的心意。几分钟以后,这一对新的情侣就骑着翼兽,共同翱翔在夜空之上,他们彼此追逐嬉戏,越飞越高,就好像要飞到大圆脸上、飞到黄月亮上那样。

但他们不知道,刚才翼兽们发现了什么。有一点银光从他们背后飞过,又借着黄月亮的光照掩饰了自己,然后直飞向天空,比他们飞得都要高,飞向那比大圆脸、黄月亮和小红星都更远的世界。

那个四光年以外的世界……

1453年5月

君士坦丁堡

天空、大地、海洋、城市……万物。

再一次，整个可见的世界向她袒露自身，不是一般的袒露，而是像她经常做的那样，彻底地抛却一切衣装，开放自己，让自己身上的每一寸肌肤都暴露在客人贪婪的目光下，任君采撷。所不同的是，现在她是这个世界的“客人”，无限丰富的细节同时呈现在她面前，她可以为所欲为，这真令她迷醉。

狄奥伦娜摇了摇头，赶紧抛开了这个不伦不类的想象。这太亵渎了。她已经记不清自己是第多少次进入这个神奇的空间了，但每一次她都为此心醉神迷，战栗不已。她坚信这是神赐的福祉，是和伟大的但以理、先知以赛亚或者《启示录》的作者约翰所蒙受的同样的神恩，让她有幸进入神的领域。

狄奥伦娜朦朦胧胧中意识到，自己在一个更“高”的地方，所以才能把整个世界一览无余。当然这不是塔楼、山峰那种高，而是比那里还要“高”的地方，是超出尘世高低外的另一种“高度”。那么除了天国的大门，还能是哪里呢？她禁不住要去寻找《启示录》里那碧玉的城墙、水晶和宝石的大门、黄金的街道……但却一无所获。她只能认为，天国还没有完全向自己开放，自己必须要完成在尘世间的使命，才能去到那天国世界。

这个使命，当然就是杀死那异教徒的帝王，那撒旦附体的恶魔，土耳其的苏丹穆罕默德二世，外号法齐赫。只要完成这一使命，她就是拜占庭和整个欧洲的救世主，比贞德还要伟大的圣女，想到这里，她热血沸腾，拿着弯刀，从塔楼上向前“走”去。

她已经初步掌握了在这个古怪的空间中行走的方式，她沿着一条在日常世界里不可见的边，钻进了墙里，又从那里下到地下。那是真正意义上的“地下”，在地底下有一人多深，但是借助新增加出来的那种“高度”，她却可以毫无障碍地在那里行走。重物下坠的原理仍然在起作用，但她却是从另一种“高度”降到那里的，她在坚实的大地内部行走，却能看见天上地下的一切，可以自如地掌握自己前进的方向。

法齐赫的营帐已经在望。狄奥伦娜有些紧张，虽然她知道自己处于绝对安全之中，但却终不免一颗心怦怦乱跳。

难道上帝真的能让我完成这伟大的使命？主啊，请你告诉我！

忽然之间，一股巨大的精神力量冲击了一下她的头脑，她好像听到了什么：

【你们祈求，就给你们；寻找，就寻见；叩门，就给你们开门……】[①]

狄奥伦娜吓了一跳，不禁说了出来：“主？是你吗？”

然而接下去又寂静无声，狄奥伦娜定了定神，觉得自己一定是太紧张了，才会无缘无故地想起《圣经》的话来。

她屏住呼吸，慢慢走近那苏丹镶金嵌玉的营帐。这毫不困难，门口的重重防卫对她来说形同虚设。在另一个空间里，她沿着大地一个肉眼不可见的侧面走来，从哨兵的眼皮底下进了营帐。年轻的苏丹躺在三四个不着寸缕的女人中，正在酣然入睡，凭借法扎兰给她的画像，她一眼就认出了他。

---

①出自《新约圣经·马太福音》。

放荡的邪教徒，真该死！她愤愤地想，举起了弯刀。随手一下子，就能要了苏丹的命。

就在这时候，那奇妙的召唤又出现了：

【你们要进窄门……引到永生……】①

同时在她面前，忽然出现了一个虚线框，那框中发出淡淡的银光，一闪一烁，似乎在召唤她进去。这召唤和图像让她吓了一跳，手一松，那把刀就落在了地上——虽然在另一个空间中，那把刀仍然严格遵循地心引力，落到了大地内部的一块岩石的侧面。

这声响多少传了出来，苏丹睡眼惺忪地揉了揉眼睛，好像要醒过来一样。狄奥伦娜不知如何是好。这一定是圣彼得看管的天国之门，是主的默示。狄奥伦娜盯着那虚线框想。她不知道，在上一个宇宙中，她在同样的召唤之下，本能地踏进了那个虚线框里，从此便进入了赋予她另一种使命的小宇宙。但在这个宇宙里，由于她的大脑和上一个宇宙相差了几个原子，一切注定会大不相同。

在进入天国前，要先杀了眼前的邪教徒，为天国立下功勋，才能得到主恩赐的福祉，成为主的新妇。狄奥伦娜想。刀子掉了，不过这对她不是什么妨碍，她随手就抓向苏丹的大脑，那个部位和他身体的任何一个部分一样，都是向她呈露的。只要抓一把，这位威震天下的土耳其苏丹就肯定会变成一具死尸。

但正在这时，苏丹的身体翻动了一下，她完全抓空了，而且，一只手却触到了苏丹裸露的皮肤上。半睡半醒的苏丹随手抓住了她的手，把她向自己拉来，瘦弱的狄奥伦娜哪经得起他的力道，一把就被他拉进了怀里。

眼前奇幻莫测的世界瞬间就消失了，万物重新压了上来，让她无比压抑，更糟糕的是，她现在被苏丹紧紧搂着，几乎透不过气。血气方刚的苏丹已经被她那纤细瘦削却女性味道十足的身体激起了色欲，一双大手已经在她胸前揉捏着。

---

①出自《新约圣经·马太福音》。

不行，我要回去！

狄奥伦娜慌乱地想着，不顾一切地向外挣去。现在如果回到刚才的接触面，那还来得及……

眼前一亮，她的头伸进了那个空间，世界的无限丰富又对她开放了，那个虚线框仍然在那里召唤她进去。但是她还没有挪动一步，下一个刹那，又被那暴虐的君王拉了回来。

法齐赫的一记耳光，让她重重地摔倒在地上。

苏丹已经完全醒过来了，只是帐中黑暗，看不清她是谁。他大声骂了句什么，狄奥伦娜懂一点土耳其语，听语气好像是句淫秽的脏话。她顾不得那么多了，一头撞开苏丹，爬起来就往前跑，想跑进刚才的接触面。她冲了过去——

但是什么也没有，接触面消失了。

狄奥伦娜惊骇欲绝，一时呆若木鸡。还来不及反应，苏丹已经将她一把搂住，一张臭烘烘的大嘴已经贴上了她的脖子，络腮胡子扎着她生疼，嘴里还含含糊糊地说："你这个野性十足的娘儿们，朕很喜欢，朕要征服你……"

一切都完了，狄奥伦娜的心沉了下去，沉向万劫不复。圣女只是一个幻梦，她根本上还是那个任人蹂躏的妓女。她谁也拯救不了，甚至救不了她自己……

狄奥伦娜挣扎了几下，便没有再作抵抗。她静静地流着泪，任苏丹剥去她的衣衫，压在她百合花一样的身体上，让命运将自己带到不可测的未来。

与此同时，那块高维碎块，带着其中濒临消失的小宇宙之门，和狄奥伦娜破灭的希望，离开了大地，向着黑暗而诡异的星空上升着，再不返回。

1964年

北 京

一个身材高大的老人俯身在宽大的书桌前，一手拿着放大镜，饶有趣味地读着面前摊着的一份报告，不时微微地点着头。报告的第一行印着“外星文明探索技术突变可能性研究报告”一排字。老人读完之后，从笔架上拿了一支笔，龙飞凤舞地写道：

“简报已阅。人家已经向地球外面喊话了，外星社会只听到一个声音是危险的，我们也应该发出自己的声音，这样它们听到的才是人类社会完整的声音，偏听则暗兼听则明嘛。这个事情要做——”

他还想加上“要快做”三个字，但是一阵敲门声打断了他的思绪，他抬起头来，眼前一亮，笑着说：“你来得正好，快来看看，这份报告很有意思。”

一位略有疲态却仍精神奕奕的清癯老者走了进来，拿起桌上那份报告扫了几眼，笑了笑说：“这份报告有意思，时代日新月异啊，我年轻时去法国读书的时候，看到凡尔纳的科学小说，还觉得稀罕得不得了，现在可好，美国佬都正儿八经找起外星人来了。”

“咱们国家也应该有这样的全局思维，不能老跟在人家后面嘛……咱们也应该建一个自己的基地，去找外星文明，名字我都想好了，就叫‘红岸'！这虽然是一步闲棋，可意义重大。我想过几天找郭老和学森同志他们开个会，讨论一下这个事。你看怎么样？"

"好是好，可是预算方面……"清癯老者面露难色。

高大老人不以为意地说："我也知道财政困难，不能大搞，这样吧，先拨个一亿，你看行不？"

老者苦笑了一下，将手中的一份文件递给了高大老人，"你先看看这份财政预算报告吧。"

高大老人接过报告看了起来。慢慢地，他的笑容凝固了，僵硬了，最后变成了一声叹息："唉，到处都要钱，五年计划要钱，军队建设要钱，'两弹一星'要钱，连那个婆娘搞样板戏都跟我要钱！偏偏这件事上拿不出钱来……这样，你看把这几个厂子的建设缓一缓行不行？"他指着预算报告上的几行字说。

清癯老者皱起了眉头，"现在国家工业发展很需要用电，这几个厂子是急需的啊。"

"这样啊，那我再看看……"高大老人叹了口气，把财政预算报告翻来翻去，想找出什么地方可以省下来的，却怎么也找不出合适的。

清癯老者看着有点不忍，说："你要搞外星探索基地，就搞吧，少了那几个厂子中国也不会转不动，等人大讨论以后，我让国务院重新做一份报告。"

高大老人却没有点头，又低头思索了半天，猛然一挥手，"算了算了！总不能为了都不知道有没有的外星人耽误国家的工业化嘛……这样，基地就先不搞了。那几个电厂一定要好好办起来！"他的手指重重地点在报告的最下面一行字上，那里，"娘子关火力发电厂"几个字赫然在目。

1969 年

新疆生产建设兵团

屋子后面的空地上放着一个盆子,盆里装着半盆清水,一个穿着绿军装的年轻姑娘站在边上,小心翼翼地从手里的一个墨水瓶里倒了一些墨汁下去,顿时,清水被染得乌黑一片。太阳倒映在水盆中,仿佛是黑暗中的光明,变得一团苍白,只能维持自身的影像,却怎样也照不进黑水去。

“这黑暗的时代啊……”叶文洁暗自叹息着,忍不住又想起了两年前惨死的父亲,心里一阵酸楚,赶紧收敛心神,聚精会神地盯着盆里的太阳看。

她正在盯着盆子出神,忽然有人从后面拍了她一下,叶文洁浑身一颤,回过头去,一个十六七岁的女孩子正站在她背后。

“文雪!吓死我了,你怎么一声不吭站在我后面?”叶文洁说。

“姐,队上在找你呢,你不上工,一个人躲在这里干什么?”

“嘘——”叶文洁忙把妹妹拉到一边,“别跟别人说,我在观测太阳黑子呢。”

“什么?太阳黑子?”叶文雪叫了起来,“你不怕别人说你是……”她压低了声音,“恶毒攻击伟大领袖啊!”

“所以我才一个人在这里观测嘛……照理说，今年还没有到爆发周期，可是你看，最近黑子活动特别频繁……”

“行了行了，你还以为你是天体物理的研究生呢？”叶文雪不以为意地说，“在这鬼地方，连起码的仪器都没有，用一盆墨水能观察出什么来啊？再说，就算观察出来也没用，这年头，知识越多越反动！爸爸就是个例子，你别惹麻烦了。”

说完，她一脚把盆子踢翻了，墨汁水流了一地。

“文雪，你！”叶文洁恨恨地瞪了妹妹一眼。叶文雪见姐姐真的火了，一扭头跑了。

叶文洁望着地上的一片黑渍发怔，仿佛太阳黑子落到了地上，它越来越大，似乎要将整个大地吞噬……

叶文洁叹了一口气，抬起头来四十五度角仰望苍穹，喃喃自语说：“除了神，谁能来拯救这片被黑暗和肮脏玷污的土地呢？”

1979 年

越南谅山

炮火声在远处隐隐响起，硝烟和火光照得天际微微发亮，但这片黑暗的丛林却仍是一片寂静，战争如同发生在另一个宇宙一样遥远。远处信号弹的强光也无法透入林中。

事实上，对于这只褐蚁来说，战争就发生在另一个宇宙，它的世界仅限于一百米范围内这片丛林的一个小小角落，除此之外，世界其他的部分对于它来说都是不可理解的。

如果能用人类的情绪来形容的话，那么褐蚁可以说现在很高兴，因为在刚才的夜间巡逻中，它刚刚发现了一只死去的蜜蜂，够它的族人吃两天的了。现在它正匆匆赶回它的王国，去通知同胞们来享用这顿丰盛的宴席。当然，事实上它并无情绪，只是依照本能，被一股盲目的生命之力推动着匆匆前行。

就在这时，一个它不可想象的巨大物体忽然压了下来，将天空和周围的一切都遮蔽住了，但褐蚁并未感到太大的压力，它恰好处在那个巨大物体表面的一条缝隙处，没有被直接压到。它继续前行，很快用触角感觉到了前面异样的“地面”，但它没有多想，随即爬了上去。

“地面”移动了，带着褐蚁继续前进，动一下，停一下。褐蚁感觉到了“地面”的奇特震动，它的神经节发出了危险的信号。它不安地四处乱爬着，希望能找到一个地方下去。

但还没有等它找到可以离开这个物体的方向，从旁边已经传来了一个虽然压低了，却仍然清晰可闻的声音：“大史，你说前面真的有敌人吗？”

“闭嘴！”他所在的那个物体简洁地回答道。

“这黑咕隆咚的——”

一声尖锐的枪响回答了那个问题，也中止了那个声音，那个旁边的物体哼也没哼一声就倒下了。

“操！”那个叫大史的物体发出了怒吼，朝着对面的方向开枪了。一刹那，不知道从哪里扔出来一颗照明手榴弹，强光和爆炸中，旁边和对面的十几个物体都从黑暗中浮现了出来，他们纷纷开火，枪声顿时响彻了整个寂静的丛林，将这里变成了一个子弹横飞、硝烟弥漫的修罗场。

中越两军的各一支小分队，在这里短兵相接。

不知过了多久，枪声渐渐稀疏了下去，敌人的火力被压制下去了。剩下的七八名战士一步步推进，端着枪围住了一处半人高的灌木丛，那里传来了一些可疑的窸窸窣窣声。

“诺松……诺松……排长，那句要他们投降的越南话怎么说来着？”大史问。

“诺松空叶，牙得以！”

“对对，诺松空叶，牙得以！”

战士们叫喊了几句，并拿手电筒来回照着。终于有回应传来，对方发出了表示投降的声音，并举起了手。两个物体在灌木丛中向外移动着，很快就出来了。很奇怪，那是两个白色的物体。

如果让褐蚁来判断的话，那两个物体只是一种黄中带着黝黑的颜色，有的地方还有些瘀青，但是从战士的角度来看，它们却非常洁白，白得耀眼，白得夺目，白得几乎令人停止了呼吸——

那是两个高举双手、一丝不挂的裸体女人。虽然瘦弱，虽然肮脏，但显然是年轻的姑娘。

一支手电筒掉在了地上。年轻的战士们目瞪口呆。

发呆的并不包括大史，女人的裸体对他来说只是一种视觉的障碍，他一直在留神观察后面的情形，忽然他端起冲锋枪，朝着那两个女人身后的灌木丛一阵扫射，随即，几声惨叫传来。

其他几名战士过了一会儿才反应过来：另外两名利用裸体女人遮挡自己，企图趁机偷袭的越军枪手被干掉了。

大史刚才没有时间分辨和避开那两个女人，所以她们也中了枪，躺在地上呻吟着。鲜血从她们身上汩汩冒出。

大史还不放心，走到灌木丛的另一侧去搜查，战士们拿这两个受伤的女人束手无策，商量了几句，最后只好决定先把俘虏带回去。但这时候，一个胸部中枪的女人抽搐了几下，死了。另外一个女人似乎也昏迷了，倒在地上一动不动。一个小战士犹豫了一下，低头去检视她。

那个女人的腿忽然一扫，毫无防备的小战士便跌倒在女人身上，没等他反应过来，那女人已经从他手上夺过了冲锋枪，对着他就是一枪。女人靠在地上，毫不停顿地对其他战士扫射了过去，胜败易主，猝不及防的战士们纷纷倒在血泊之中。

女人带着复仇的血腥快感，兴奋地站了起来，其实她只受了点轻伤，身上的血污都是同伴的。但她立刻感到了身后的不祥动静：还有一个漏网之鱼！大史扑了上来。女人身子一闪，想躲过去，但还是被大史压倒在了地上。两具身体扭打在了一起。大史想夺下女人的枪，但女人死死地抓住，不肯放手。

这是生与死的较量，但从远处看来，却像是爱的缠绕。

忽然，一声枪响，大史的身体颤抖了一下，露出了难以置信的神色。血从他的肚子下渗了出来。

女人大喜，想要推开他，但一时却推不动。大史没有像影视作品里那样马上死去，而是慢慢抽出了一把匕首，缓慢而沉稳地对准了女人的喉咙刺了下去。女人惊慌失措，竭力挣扎，却被像山一样的大史压着，动弹不了。她又乱开了两枪，把大史的肚子打得稀巴烂，她甚至能感到大史的肠子淌到了她身上，可大史还是没有死去，他的手颤了两下，似乎已经拿不稳匕首，但随着一声虎吼，最后他还是将那把匕首狠狠地插入了女人的颈动脉。

顿时鲜血狂喷，女人的眼睛瞪视着大史，似乎想说什么，但已经说不出来了。过了一会儿，她的头别向一边，死去了。

大史也没能再站起来，那一刀耗尽了他最后的力气。在这个减少了五公斤的宇宙中，他已经不可能再多活一分钟。他不可能再结婚生子，不可能在二十年后的大都市里追捕那些穷凶极恶的罪犯，不可能在三十年后夺下斯坦顿上校的雪茄，制订出举世震惊的“古筝计划”，不可能陪伴罗辑飞向美国的联合国总部，更不可能在冬眠两百年后，成为罗辑的第一个听众，聆听那广漠宇宙中的深层奥秘。

不知怎么，大史觉得一阵轻松，似乎卸下了许多艰巨的任务一般。

“死在娘儿们身上，老子这辈子也不枉了……”史强意识朦胧地想，慢慢地闭上了眼睛，不动了。

丛林又恢复了沉寂。褐蚁感觉到了物体的变化，它终于从那个物体上爬了下来。但它徘徊着没有离去，它在那个物体和他身下的另一个物体上来回爬了许久，终于得出了一个结论，这个结论令它感觉到了从身体深处传来的兴奋，它不知道这些物体是什么，也不知道它们在干什么，但是它确定了一点：

这些巨大的物体将成为它和族人们的食物。

1983 年

北京紫竹院公园

暮色苍茫，竹林摇曳，深秋的湖水一片凝紫。寒星乍现时分，一个银色的光点像星星那样出现在夜空中。但它快速地移动和变大却表示它绝不可能是一颗星星。它在离地面一百多米的空中寻觅着，缓缓降落下来。不过，公园中几乎已经空无一人，没有人见到这位神秘来客的拜访。

但此时，在不远处一座假山的山洞里，一些暧昧的声响传了出来。

“秀秀，你好美……让我……不是……就一下……”

“干什么，要流氓你，讨厌……嗯……轻点儿……”

显然，这是一对恋爱中的男女。

正当这两个人意乱情迷之时，一阵急促的脚步声由远而近传了过来。他们惊愕地抬起身子，但已经来不及了，几个穿着制服的人冲了进来，三四支手电明晃晃地照在他们身上。男青年还没有说话，就被按倒在地上，动弹不得。衣衫不整的女青年羞耻地捂住了脸，呜呜地哭了出来。

五分钟以后，公园派出所。

“叫什么？”

“呜呜……”

“哭什么？问你话呢！”

“程秀秀……呜呜……”

“你呢？”

“张援朝。”

“你们俩什么关系？”

“恋爱关系。”

“恋爱关系？公园关门了不走，躲在山洞里干什么？”

“我们干什么，你管得着吗?！”张援朝气鼓鼓地说。

“哟，我们管不着，谁还管得着？告诉你，现在可是严打期间，从重从快知道吗？你们这种受西方资产阶级思想腐蚀的小青年，就是严打的重点对象。上个月有个像你一样的家伙，就是在电车上摸了一下女同志的屁股，你猜现在怎么了？流氓罪，枪毙！”

“不是，同志，我不是那意思。”张援朝软了下来，“我们真是恋爱关系，马上就结婚了，这不没房子嘛，所以……通融一下，通融一下……您抽烟？”他从衣袋里掏出一包“大前门”来，觍着脸笑着往警察手里塞。

“嘿，一包烟就想收买我们人民警察？告诉你啊，没得商量！”

张援朝还是把烟递了过来，烟盒子下面有一张露出一点点的十元钞票，警察接了过来，看着有点意动。但他还没有说话，一个中年警察就走了进来，问道：“你们干什么呢？”

“所长，”警察忙把烟和钞票揣进兜里，迎了上去，“这不抓了两个搞对象的小青年嘛，在山洞里那个……我看罚点款，放了得了。”

“那来得正好！”所长很高兴，“局里正愁严打指标完不成呢，赵局长刚给我打电话来着，赶紧送过去吧。”

“不是，我们谈恋爱呢，你们凭什么严打我们啊！”张援朝一看急了，叫了起来，“你们太不像话……”一个警察去拉他，被他推了一下。

“大家看到了：耍流氓，还打警察，态度十分恶劣！”所长威严地说，“带走！带走！”

在张援朝的抗议和程秀秀的哭泣声中，他们被带走了。正当他们被带出门的时候，另一名警察抱着一个襁褓中的婴儿进来了。

“所长，你看，在长椅上发现一个弃婴，身边还有一个奶瓶和一千块钱。”

众人都向那婴儿看去，就连出门的几个警察也停了下来，程秀秀泪眼朦胧，望向那个小小的婴孩。

“这小娃娃挺可爱嘛！”所长捏了捏婴儿肥嘟嘟的脸，惊奇地说，“还有那么多钱！顶我一年的工资了。不知道是哪个作孽的妈生的，唉，现在这社会风气，到处乱七八糟，没结婚就乱搞男女关系，不结婚就生孩子……你说不严打怎么行？”

警察们纷纷感慨着。

“你们愣着干什么？还不快去！”所长感叹了一阵，忽然想起来，催促门口的几个警察，“局里等着要人呢，这孩子的事……小李你处理一下吧。”

程秀秀被押走了，一边走一边还不时回头看看那孩子，虽然在恐惧之中，但她心中仍然升起一股母性的怜爱。当然她什么也做不了，那孩子和她毫无关系，以后也不可能有任何关系。

所长走到门口，忽然想起了什么，回头问道：“对了，那娃娃是男的女的？”

“这么粉妆玉琢的，显然是女娃娃啊，将来肯定是个漂亮大姑娘。”抱着婴儿的警察随口说。

另一个警察却颇具实证精神，他掰开婴儿细嫩的双腿，看了看裆部说：

“是男孩，所长！”

似乎要给这句话做一个佐证，那个小小的器官神气十足地抖了两下，蓦然射出一股金黄色的尿液，飞溅到正凑近观察他的那个警察脸上。

“哎哟！妈的！”

……

在窗外，那点银光悄悄地飞走了。在银光的内部，微型电脑的计算得出了一个结论：在这个少了五公斤的新宇宙中，无论在任何意义上，创造它的主人都已经不存在了，不，应该说从未存在过，将来也不可能存在。

但是它仍然要完成它的使命，在这个新世界找到合适的对象，传递上一个宇宙的信息。它在这个宇宙中漂流了亿万斯年，为的就是要完成这个古老得比宇宙本身还要古老的使命。那个不存在的主人交给它的使命……

三体星系已经面目全非，三体人和它们的整个生态系统也被另一种低熵体所取代。太阳系和地球仍然在那里，粗看来几乎没有什么两样，但跟“银光”储存器中的海量信息相对比，已经有太多的细节不同了。有些人从未出生过，有些人早已经死了，即使还存在的人也面目全非……可这些对它毫无触动，它唯一要做的就是完成既定的使命。毫不犹豫地，记忆体转向了最后一个可能的目标：

云天明。

2003 年秋

云天明的家

19 点整，随着熟悉的音乐，“新闻联播” 的画面准时出现在电视荧屏上，云天明从沙发上弓起身来，紧张地盯着电视，那两位全国人民都非常面熟的主持人微笑着报出了今天的新闻摘要：我党保持先进性教育工作持续深入开展，成果显著；“神舟” 五号载人飞船圆满成功；伊拉克发生自杀式炸弹袭击，炸死多名美军士兵……

云天明又换了几个台，不是转播新闻联播，就是播些动画片、电视剧什么的，一切如常。云天明放心了，长出了一口气，靠在沙发上，点燃了一根烟。

“那场战争毕竟没有发生。” 云天明想着。

云天明记忆犹新，“那场战争” 指的是上一个宇宙之中发生在中国南海的那场惨烈的卫国战争，在那场战争中，航母 “珠峰” 号被美军的气象武器 “埃洛斯” 摧毁，唯有靠一场意外的宏原子聚变，才使敌人不得不退避三舍，签订了和平协议。[1] 比起战后不久就到来的危机纪元，那场不大不小的战争早已被遗忘在历史的烟尘里。但对于和平了多年的国人来说，这

① 参见刘慈欣《球状闪电》。

场公元末年的战争却是历史的一个重要拐点,从此,中国和世界的历史轨迹走向了一个不可测的方向。

但现在,战争却未曾发生。这大概也预示着,八年后的三体危机不会到来。

当然,云天明知道,这个宇宙中已经发生了太多的变化:红岸基地根本不存在,叶文洁当然也不可能利用太阳发送信号。实际上,据他查到的消息,叶文洁已经在十年前去美国定居了。在那里她说不定会碰到伊文斯,不过以他们两个人的力量,加起来也做不了什么。

话又说回来,虽然有记忆体的报告,但毕竟他没有亲眼见到三体星系,也不敢确定那些古怪的三体人会不会仍然在那里或者别的什么地方,正拉起一支舰队,浩浩荡荡杀向地球。谁知道这一切会不会突然发生?自从和记忆体发生联系后,几乎什么事都是可能的……

比如说,尽管姓名、年龄、家庭和身份背景都不同,但记忆体仍然斩钉截铁地告诉他,他就是云天明。组成云天明受精卵的那些物质也仍然是组成他本人胚胎的物质,他和云天明具有跨宇宙的同一性。这有谁能够相信?可这却是事实。

但无论如何,目前来说,这个宇宙、这个地球的危机纪元不存在了。其实他并不真的相信危机纪元可能出现,但是记忆体向他灌输了太多的过去那个宇宙的信息,而那个宇宙、那个地球和这个又是如此相似……灌输的信息和现实世界重叠起来,他的头脑中都有些将早已消逝的历史和现实混淆的倾向了。

"没错吧,早跟你说了没事的,历史已经改变,那件事不可能发生。"忽然,一个轻柔甜美的声音在他身后说。

云天明一惊回头,一个身材火辣、风情万种的年轻女人不知什么时候站在了他背后,向他微微一笑。

"你……你怎么又出来了?快、快回去,让我老婆看到那可怎么办?"云天明有些惊慌地说。

“放心吧，尊夫人出门还没回来呢。咱们还可以再相处一会儿……”女人挑逗地说。

云天明无奈地叹了口气，“要是给人看到就麻烦了，当成日本女优武藤兰在我家里……那真成国际新闻了。”

那位读者都应该非常熟悉的女人发出了咯咯的娇笑声，“你啊，还是跟在上个宇宙一样，那么拘谨……”

“在这个宇宙中，程心没有了，艾晓薇也没有了，狄奥伦娜当了土耳其苏丹的宠妃，关一帆还没到出生的时候……我也对过去没有任何记忆了，只有你智子还依然故我，活蹦乱跳的。”云天明叹道。

“那就得感谢你上辈子的梦中情人喽，谁让她那么博爱，一定要把我的数据复制到记忆体里去呢……”智子得意地眨眨眼。

“你别以为我不知道你怂恿她复制你想干什么。”云天明苦笑着说，“这也是主宰的命令，它想让你到另一个宇宙中去继续为它服务。”

“答对了，”智子嘻嘻笑着，“可惜主宰也不是以前的主宰了，虽然降维之战仍然发生了，但是我和它之间再也无法建立起信息通道。主宰重生后没有了记忆，它根本不知道我的存在。我也没法去小宇宙找它，所以还是来找天明哥哥你了……”

“天明哥哥?！你比我大至少两百多亿岁好不好？再说了，上个宇宙中你不是叫我主人的吗？”

“怎么，天明哥哥喜欢女仆吗，真坏！”智子妩媚地抛了个媚眼，“本来我仍然要听你命令的。可是天明哥哥，你的核心遗传物质中也有百分之三来自于其他的地方，并非和以前完全等同，又没有了以前的记忆，严格说来，你也不是云天明本人了，所以嘛，我自然无须服从你了。”

“那你这些年还留在我身边干什么？”

“我还没有完成使命啊，我要向这个宇宙的人们传达上一个宇宙的信息。”

“那就去联合国、去美国，去北京也行，有很多人可以找。为啥非在我这穷乡僻壤里待着？”

“可你的梦中情人给我的命令是，传递记忆时不能扰乱这个宇宙中文明的自然发展，这可就两难了。除非到了宇宙末日，否则说出那些信息肯定会改变历史进程的。”

“那你要怎么办？”

“没办法，只有先待着了。本来呢，我是想要把你改造成永生之躯，去继续寻找这个宇宙的隐藏者的，但我只有虚拟的数据复制体，没有足够能量，而这个地球上也没有多少能量能让我吸收的。恐怕等你死了，我都凑不够百分之一的能量。不过没关系，我会设法把你的数据体保留下来的，过几万年有机会的话，还是会让你复活，以便为主宰的千秋大业出力的。”智子一本正经地说。

云天明无言以对。几年前，智子刚刚随着记忆体出现的时候，他觉得她简直是天使，一个别人都看不见摸不着、只悄悄属于自己的美女，满足了每个男人都会有的幻想。但是不久后他就发现，这女人简直是一个魔鬼；现在他更进一步知道，和这女人比起来，每一个魔鬼都是天使了。

“既然主宰都不是以前的主宰了，你为什么还要为它效力？”云天明终于想到一个疑点。

“因为因果链尚未完成。”智子说。

“什么因果链？”

“不同宇宙之间的因果链，上一个宇宙是因为少了五公斤，才变成了这个宇宙的，是吗？那么，这个宇宙又会如何？”

云天明倒抽一口冷气，他想到了些什么。

“想想吧，天明哥哥，这不仅仅是一个宇宙的战争，只要还有时间，就有隐藏者和主宰者之战。我们都会面临着和上一个宇宙同样的困境，是让世界在零维的虚无中毁灭，还是回收所有质量从头循环一遍，抑或再扔掉五公斤，去创造新的可能？”

“那我宁愿选择最后一种。”

“但这一切总有尽头，这个宇宙不可能增加质量，也不可能无穷无尽地抛弃物质。就算每次重新开始只抛弃一个原子，这个宇宙也总有一天会变成虚无；而在那之前很久，生命和智慧就已不存在了。归根结底，宇宙的归宿只有两种可能：虚无或循环。”

“这听起来太无聊了。”

“主宰和隐藏者都不可能改变，对它们来说，这是死局。但对你来说，确实还有一种摆脱这一切的新的可能。”智子说。

“哦？快告诉我怎么能摆脱这乱七八糟的一切？”

智子诡秘地一笑，然后说：“Send cerebra only.”

“什么？这不是维德——”云天明一头雾水，忽然之间如遭电击，张口结舌，几乎说不出话来。

“天哪……你……你不会是说……”

“是的，这就是主宰在上一个宇宙毁灭时留给我的终极任务：在下一个宇宙，当需要抛弃五公斤的时候，设法把一个思维体送到超膜上的其他宇宙中去，为这个宇宙中的一切生灵探索出路。你，当然是最合适的选择。”

云天明目瞪口呆。

“所以，迄今为止两个宇宙中所发生的一切只是序幕，云天明同学，你真正的传奇尚未开始。你的脚步不止于地球，不止于蓝星，不止于上一个宇宙，也不会止于宇宙本身！你要去别的宇宙，别的时空，甚至去包含一切宇宙的超膜界！这是你的使命！”智子罕见地激动起来。

“……”

不知过了多久，云天明苦着脸，拿着遥控器乱按，按到了不知哪个省的地方新闻台，里面出现了一张他熟悉的面孔：“XX 大学青年社会学家 XXX（为保护当事人隐私，此处隐去真实姓名）涉嫌抄袭事件目前持续升级中，XXX 表示，抄袭纯属子虚乌有，是因为指控者不清楚具体情况所致，本台就此事采访了著名学者、文学评论家 XX 教授（为保护当事人隐私，此处隐去真实姓名）……”

“真想不到罗辑混成这个样子。”云天明叹了口气，无论前世今生，他和罗辑都从未谋面，不过当他知道上个宇宙罗辑的那些事迹之后，一直很景仰他。在这个宇宙中，罗辑除了姓名不同，前半生和上个宇宙中的他都很接近，是个吊儿郎当的青年高校教师，但是他恐怕注定等不到生命的转折点了。

庄颜的生命轨迹也改变了，现在她叫刘XX（为保护当事人隐私，此处隐去真实姓名），是全国知名的荧屏玉女，正常情况下，她和罗辑的一生恐怕都不会发生什么交叉了。

“那个智……妹子啊，哥跟你商量点儿事。刚才你说的事……你看去找罗辑成不？你和他也打过不少交道，他应该比我强多了。”云天明赔着笑说。

“那还用说，从我还没有人形的时候，就天天盯着他，直到威慑纪元终了……不过他还是不能和你比。你怎么说也是人家生命中第一个男人，人家自然第一个找你了。”

“喂，我什么时候成你生命中什么男人了，还是第一个？”

“你忘了，人家的身体是根据你头脑中的形象创造的，是你把人家变成了一个女人，你当然是人家第一个男人啦，嘻嘻……”智子吐了吐舌头。

云天明无言以对。继续看着新闻，新闻里罗辑正和指控者论战不休，他想罗辑这样也未尝不是一件好事，过完热闹精彩而又平平淡淡的一生，总比肩负起一个沉重得无法负担的责任，而且还一背就是一百多年来得好。

“那么章北海呢？这家伙换了个名字，不也还存在吗？他也是不逊色于罗辑的强人，前不久还当了舰长，率舰队去索马里剿灭了不少海盗。”云天明又说。

“人家对逃亡主义者没兴趣。”智子笑嘻嘻地说，“何况章北海就知道爱国，没半点怜香惜玉之心，说不定要把记忆体上交给党中央剖开来研究呢！人家就是喜欢你嘛！

“而且天明哥哥，你的大脑与众不同。”智子又接着说，“在上个宇宙中，你在大学时就发明了绿色风暴，这说明你想象力非同凡响。要是一般人，当初在三体人那里是无法熬过去的。相信我，天明哥哥，你是真正的天才。这个宇宙中你的成就不是又证明了这一点吗？”

“天才？那你应该找丁仪去！”云天明赶紧说，“他现在叫什么，李X（为保护当事人隐私，此处隐去真实姓名）吧？头脑一样很好，而且和上个宇宙中一样风流，据说有好几个情人……你去的话，他不定多欢迎你呢。”

“我需要的不是丁仪那种天才，而是你这种。十个丁仪也看不透隐藏者的骗局，但是你可以。其实你的理论理解力虽然不如他，但是创造力和想象力全都超过他，只要再开发一下——”

“免了免了，”云天明赶紧说，“上辈子我被三体人和主宰这些家伙开发够了，这辈子我宁愿当一个普通人，不想再去超膜上流浪了。”

“普通人？嘻嘻，现在全国可都知道你。好吧，超膜的事先不提，反正也是遥远未来的计划。不过我说，你这些遗传物质隔了一个宇宙再重新组合起来可不容易，你也应该为上一个宇宙做点事了。”

“你是说……”

智子的表情忽然认真起来，“写下来吧，天明哥哥，把这一切都写下来，告诉人们上个宇宙发生的一切，等到未来的某一个时刻，人们会发现其中的真谛的，这样我也算是完成程心交代的使命了。再说，这不是你的专长吗？”

“写下来？怎么写下来？”

“你是写什么的？就那样写下来嘛。”

“写成小说？科幻小说？”

“你也可以说是回忆录嘛，比如叫什么《时间之外的往事》之类的，但人们总是会当成科幻小说的。不过将来有一天，当他们发现宇宙深层奥秘的时候，会理解你的真意的。”

云天明从来没有想过这个问题，但想想这还真是一个好主意。为什么不把这一切写下来呢？这会是一个精彩的故事：人类的爱与恨、人性的傲慢、个人的责任、宇宙的命运……也许它将长久流传下去，这个宇宙的人类都会从中受益的。

不需要多少时间考虑，云天明就下定了决心。

"好吧，我写，这总比去超膜容易点儿。"

"那我们说定喽，天明哥哥，不，刘XX先生（为保护当事人隐私，此处隐去真实姓名），你一定要把这个故事写下来。嘻嘻，有什么细节可以随时问我……"

智子微笑着向他眨眨眼，然后突然消失了，只有银铃般的声音还在房中回响着。她本来也只是一个投射的三维虚影，没有实体存在。

此时的云天明心潮澎湃，内心一时被写作的激情所充盈，灵感纷至沓来，首先是标题，然后是结构和内容，都自动跳进他的脑中。他深吸了一口气，迫不及待地坐到书桌前，打开电脑新建了一个文档，然后在空白的文档上郑重地打下了"地球往事"四个大字。想了一想，他又在下一行键入了几个小一号的字——"第一部：**三体**"。